JN326830

Vintage Mystery Series

五枚目のエース

スチュアート・パーマー
三浦玲子※訳　森英俊※解説

The Green Ace
Stuart Palmer

原書房

五枚目のエース

The Green Ace by Stuart Palmer, 1950

主な登場人物

ヒルデガード・ウィザーズ……元教師の素人探偵
オスカー・パイパー……ニューヨーク市警警部
ミッジ・ハリントン……女優の卵
アンディ・ローワン……死刑囚
ナタリー・ローワン……アンディの妻
アイリス・ダン……ミッジのルームメイト
ビル……アイリスの恋人
ポール・ハフ……刑務所看守
ニルス・ブルーナー……ダンス講師
リフ・スプロット……トランペット奏者
クローリス・クレー……スプロットの妻
ジョージ・ゾトス……工場経営者
マリカ・ソレン……霊媒師
ローズ・フィンク……マリカのアパートの管理人
ポール・G・バーグマン……マリカのアパートの住人
ロロ・バナナノーズ・ウィルソン……仮釈放中の窃盗犯

外の罪はただ人の噂に上るだけのこと。殺害の罪は直きに大っぴらになる
——ジョン・ウェブスター（『マルフィ公夫人』萩谷健彦訳）

殺人におあつらえ向きの夜があるとしたら、まさにその日がそうだった。前日ずっと、八月の灼熱の太陽がマンハッタンのコンクリートジャングルに照りつけたせいで早朝から歩道や壁が熱を放射し、汗でじっとり湿った乱れたベッドから哀れな住人をいぶし出す。ニューヨーク自治区の中で、奇妙に忘れ去られたようなスタテン・アイランドでさえ、ニュージャージー州との間のキルヴァンカル海峡を除いて、頑固な暑さが容赦なく襲いかかり、見えないスウェットシャツのように町全体をじっとり覆っていた。

そんな夜は感情の抑えもきかなくなる。気温の上昇曲線と殺人の発生件数の相関関連はわからないが、南ヨーロッパのある地域では、サハラ砂漠からの熱風が吹きつける時期に起こった重大犯罪に対しては、起訴を禁ずるという法律が今でも生きている。歴史をひもといてみると、リジー・ボーデンがあの有名な斧を手にしたときも、むっとするような夏の日だったし、ブリッジの名手で中年プレイボーイのジョセフ・エルウェルの禿頭に銃弾が貫通したのも、むせかえるよ

うな六月の日だったし、オーガスタ・ナックが、ロマンティックなタトゥーを入れたウィリー・グルテンズッペをバラバラにしたのも、うっとうしい七月四日だった。こんな例をあげればきりがない。

土曜の午前三時、スタテン・アイランドのメインストリート、ハイラン・アヴェニューは、ひとっこひとりなく閑散としていて、速度規制を無視した一台のブルーのセダンだけが、南へと向かっていた。この時刻には車もほとんどなく、この程度の違反なら、まあ、見て見ぬふりのはずだった。しかし、幸運の女神は女性で、オペラ『ポーギーとベス』の中でも〝女は気まぐれ〟と何度も歌われている。その気まぐれは、セダンがふたりの警官のそばを通り抜けたときに起こった。ふたりは深夜営業のレストランで、デンヴァー・サンドウィッチ（オムレツ入りの特大サンドウィッチ）とコーヒーで腹を満たして活気を取り戻し、ちょうど外へ出てきたところだった。セダンがニュードープの角の信号を無視して左にハンドルを切り、誰もいないアトランティック・ビーチに向かうのをふたりは見逃さなかった。

警官たちは楊枝を投げ捨て、オオカミの遠吠えのようなサイレンを短く鳴らすと、パトカーでセダンの後を追った。追いつくと、セダンの運転席にパトカーの赤色灯の光を浴びて血まみれになったような運転手の姿が見えた。おとなしくスピードを緩め、乱暴に縁石に車を寄せたように見えたが、ブレーキが甘かったのか、大きなビュイックはそのまま海岸沿いをゆっくり滑るように進み、ついに配達のトラックの後ろに突っ込んで停まった。ヘッドライトのガラスが砕ける音が、音楽の音色のように響いた。最初、警官たちは運転手に警告を与え、そのまま解放するだけのつもりだったが、今度は違反切符が必要になった。それとちょっとした事故報告書が。

しかし、男は運転席で気を失っていて、話ができる状態ではなかった。回転灯の光が顔に当たっていたので、三十前後のハンサムな細身の男だということはわかったが、白目をむいたまま、まったく意識がなかった。警官たちの証言によれば、萎《しお》れた百合のようだったという。

警官たちはたいして腕利きではなかった。さもなければ、いつまでもうだつの上がらないパトロール巡査などしていなかったろう。しかし、ふたりはビュイックの後部座席に、軍隊の古い毛布に包まれたものが押し込まれているのを見つけた。その中身はあまりにも白く蠟《ろう》のようで、人工的だったので、最初はマネキンかと思われた。だが、マネキンなら、肩や胴の部分が切り離されているだろうし、長い脚をジャックナイフのようにV字に折り曲げていることはない。触れてみると青白い肌はひんやりしていた。熱いストーブに触ってしまったかのように、警官は思わずのけぞった。

「女だ!　大柄の裸の美人が死んでいる」

相棒の警官が、運転手の肩を揺すった。「おい、あんた、起きろ。訊きたいことがある」これはその週でも、表彰ものの控えめな言い方だった。

運転席で気を失っている間、アンディ・ローワンは悪夢にうなされていた。警官に起こされてからもその地獄は続いた。一年以上に渡って。

冷笑に反論できる者がいるだろうか？
——ウィリアム・ペイリー

第一章

アンドリュー・ローワンの遺言書は、ニューヨークのシンシン州立刑務所の牧師と看守のポール・ハフの立ち会いのもと作成され、その内容は秘密にされているはずだったが、予想外の落とし穴があった。このことがほどなく所長の耳に入ってしまったのだ。所内の噂話をかぎつけた仕事熱心なこの所長は、いささか古びた件だとぶつぶつ言いながらも、さっそくセンター・ストリートにあるニューヨーク市警本部に長距離電話をかけてきた。

殺人課の指揮官であるオスカー・パイパー警部は、長年苦労を重ねてきた白髪交じりの男だが、このたれこみ電話に対していいかげんに礼を言うと、デスクの電話機に受話器をたたきつけるように置いた。

「くそっ、いったいなんだって、なんでもかんでもわたしのところに回ってこなくちゃならんのだ？」

警部は独り言のつもりだったが、そのほんのわずかな不運な瞬間に、ひとりの独身元女教師がずかずかと彼の部屋に入り込んできた。彼女にしてみれば、フレッシュエア基金集めのためのチャリティバザーのチケットを売りつけるという所用があったわけだが、当然のことながら、警部のその独り言の最後の部分を誤解した。「オスカーったら！」ミス・ヒルデガード・ウィザーズは怒って声をあげた。「相変わらずわたしの帽子の趣味にひどいケチをつけるのをやめないつもりなのね」

パイパー警部は、昔馴染みで、いい論争相手の友人を温かく歓迎するでもなく見上げた。彼女が被っている帽子は、やはり今日も、どう見ても萎びた果物や野菜が乗っているようにしか見えなかった。それをからかってもよかったのだが、今は冗談を飛ばす気分ではなかった。「ああ、まためきみか！」警部は肩を落とした。「きみがなにを企んでいようと、今は聞きたくない。頼むから消えてくれ」

しかし、ミス・ウィザーズはかまわずにさっさと腰を下ろしてしまった。パイパー警部とのつきあいはもう長いので、時に険悪な雰囲気になることもある。たいていの誠実な警察官がそうであるように、自分がムショ送りにした人間が死刑宣告され、その執行があと数日に迫っていることで、警部がいらついているのはわかっていた。「あら！　わたしには、あなたがハリントン事件のことで、またご機嫌斜めみたいに見えるけど。ローワンが土壇場で自白して、あなたをほっとさせてくれるくらい協力的でないのが残念ね」

「自白だって？」警部は、膿んだ歯に短針を突っ込まれたようにびくっとした。「自白どころか、奴は遺言書をこしらえたんだ！　刑務所長がわざわざ電話してきて、その特ダネをすっぱ抜いてくれたよ。たぶん奴の弁護人もこのことは知らないと思うが、どういうわけか、ローワンは遺産三千五百ドルをわたしに遺すといっているんだ！」

「それはまたずいぶんと好意的だこと！」ミス・ウィザーズは、ブルーグレイの瞳を細めた。「そうでないなら、彼を有罪にしたことをあなたに後悔させようとしているのじゃないかしら？」

「焼け火箸を当てられたなんてもんじゃない。でもどうでもいいさ。もちろん、奴が死んでからの話だが、遺言書によると、わたしがその金を使うにあたっては条件があるらしい。奴の不当な死刑の原因となったこの殺人について、徹底的に公正な調査をすることだとさ」

ミス・ウィザーズは皮肉をこめて笑った。「因果応報っていうことかしら、オスカー？」

警部は苦々しい顔で、まだ火をつけていない新しいパーフェクト型の葉巻を噛《か》んだ。「二十日の週にアンディ・ローワンがその命をもってして社会への借りを返したら、そのいかれた遺言書は調べられ、誰かに預けられ、詳細がマスコミにもれる。おそらく、新聞があることないこと書きたてるのは想像がつくだろう」

ミス・ウィザーズはうなずいた。「〝大スクープ！　ローワンは断末魔の苦しみにあえぎながら、正義のために警察を買収〟って見出しが目に浮かぶ。そう、言いたいことはわかるわ」そして、ふと壁のカレンダーを見て、目をらんらんとさせた。「でも、オスカー、刑務所長からの電話のおかげで、まだ時間はあることがわかったじゃないの。ローワンが小さなグリーンのドアから、温熱椅子《ホット・シット》まで最後の道を歩くまでにまだ九日間あるということよ」

「電気椅子《ホット・スクワット》だよ！」パイパー警部はうんざりしたように訂正した。「それに、もう何年も前から死刑囚房には小さなグリーンのドアなどない。で、まだ九日間あるとはどういう意味だ？　九日間でなにができる？　事件を再捜査したって、新しい事実はなにも出てこない。だいたい、そのためには、長官にしかるべき理由を説明しなくてはならない。そんなはめになるなら、わたしが先に死んだほうがましだ」

「あなたはローワンが先に死んだほうがいいと言っているの？　彼が有罪でも無罪でも？」

しかし、パイパー警部は聞いていなかった。「どうしてあいつはわたしになんだかんだと嫌がらせをするんだ？　なぜ、自分を有罪にした陪審員や裁判官や地方検事を恨まない？　わたしは一介の警察官で、自分の仕事をしただけだ。証拠を集め、逮捕する。ただそれだけさ」パイパー警部はため息をついて、額を拭った。

「わかっているわ、オスカー。でも今、わたしたちが真剣に考えなくてはならないのは、正しいにせよ間違っているせよ、自分を有罪にした誰かをローワンが死後にこっそり復讐しようとしているというだけでない、それ以上の別の意味がこの遺言書にあるかもしれないという可能性よ。ローワンはもしかしたら本当は無実かもしれないと、少しでも考えてみたら」

「考えてみろだと！　また蒸し返さないでくれ。ローワンは誰がなんと言おうと有罪だ」

「そうなのかもしれないけど」ミス・ウィザーズはなにかを思い出したように、眉をひそめた。

「でも、ごくわずかであっても、常に誤審の可能性というものはあるものよ。だって、ローワンが自分のお金をこんな尋常でないかたちで遺すなんて、どこかになにか、ごくわずかなヒントがあるということだわ。せめてシンシン刑務所に出向いて、ローワンと話してみたらどうかしら？」

「そんなことしても無駄だよ。ローワンはそのつもりがないのだから、なにもしゃべらないだろう。ファイルのどこかに、逮捕された朝、奴を撮影した十六ミリのフィルムがある。そのときはみんな、奴がいずれ自白するだろうと思っていたから、あとで自白を拒んだときのために、厳しい取り調べを受けていない証拠を残しておきたかったんだ。それを見ればわかると思うが、奴はライトの下で身悶《みもだ》えしてのたうちまわり、それからまるで……」

「貝のように口を閉ざした？　想像がつくわ。あなたがた警察官がよってたかって彼を怒鳴りつけている場面が」

「おいおい、お手柔らかにたのむよ、ヒルデガード！　ローワンはあれ以来、話すのをやめた。答えることができないたったひとつの質問があったからだ。奴がハリントンを殺していないのなら、どうしてシャベルと遺体を車の後ろに隠して夜半過ぎまで走り回っていたんだ？」

「それは状況証拠だわ！」ミス・ウィザーズはぴしゃりと言った。「〝詩人ソローじゃないが、ミルクの中からマスを探し出すようにね〟（コナン・ドイル「花嫁失踪事件」）ということよ。本来ならそこにあるはずがないものでしょう？」

「きみはどうかしてしまったのか？　ミルクの中にマスを入れてはおけないよ」

「お願いだから、わざとボケたふりはしないで。もちろん、あの女性の遺体は、誰か別の人間、未知の人物がローワンの車に隠したのかもしれないと言っているのよ。その人物の残忍な目的のためにね」

「それはありえないよ、ヒルデガード」パイパー警部は、うんざりしたように力なく言った。「背伸びして市民のご意見番気取りはもうやめたらどうだ？　警官だって人間だから、ミスも犯す。だが今回のように単純明快な事件についてはそれはない。いいから聞いてくれ。事件が起こったのは、去年きみが夏の休暇でいなかったときだから、きみは事件の詳細をほとんど知らないだろう。アンディ・ローワンは元新聞記者のはしくれで、アーティストの情報をメディアに提供する広報に鞍替えした男だ。サルディーズ（ブロードウェイ業界のなじみの店）やシューバート・アリーやブリークス界隈をうろついている、いかにも人当りがよくて口のうまい連中のひとりだぞ。被害者ミッジ・ハリントンは、大柄なグラマー女優の卵で、これから売り出そうとしていた、いわゆる彼の顧客だ。出身のフラットブッシュ（ニューヨーク市ブルックリン中南部地区）で、ビジネスマン後援会の後ろ盾によって、ミス・ブルックリンの王冠を狙い、アトランティック・シティの美人コンテストに挑戦して、果ては大々的なミス・アメリカの見出しを飾ってのし上がろうとしていた。そんな彼女の名前を新聞に載せ、顔や生脚の写真を雑誌に載せるのがローワンの仕事だったが、ミッジはとてもそそられるセクシーな女で、大きく丸々した……」

「オスカー！」

「話の腰を折らないでくれ。大きく丸々した尻軽女だった。うまいこと隠していたが、すぐにミッジとローワンは時間外でも〝仕事〟をし始めた。ストークやエル・モロッコ、ピエールズ、ときには夏は使っていないはずのプロスペクト・ウェイにある彼の女房の別宅でもね。わたしにはふたりがミッジの最新のスクラップブックを持って仕事の話をしたり、カナスタ（カードゲーム）をして、長い夏の夜を過ごしたとは思えない。だが、ローワンがまずミッジに飽きてきた――」

「誰かが言っていたわ、オスカー。愛の悲劇は、ふたりが同時に別れることは決してないことだってね。もちろん、わたしには個人的な経験はそれほどないけれど」

パイパー警部はにやりとした。「確かに、ストロベリー・ローンの歌のように、盛り上がるときは一緒だけど、落ちるときはひとりだな。この頃は美人コンテストの結果もさんざんで、ミッジも虫の居所が悪かった。彼女はローワンに一緒に駆け落ちしようと迫り、約束してくれなければ、女房にばらすと脅していたのだろう。これは、金づるを失いたくない男の単純な事件だよ。ローワンの女房ナタリーは、彼と結婚したとき、裕福な未亡人だったし、おまけにお堅いタイプときている」

「そういえば、確か裁判のときに、奥さんはローワンの味方にならなかったのよね？」

「無理もないだろう？　年下のハンサムな夫が、フラットブッシュ出身のお徳用大型ブロンドとよろしくやっていたなんて知ったら、相当ショックに違いない。ナタリーは戦争が終わって数年後に、パリでローワンと出会って結婚した。出会ったときは、彼女は豪勢な旅行ツアーできていて、片やローワンは海外広報部のどうでもいい仕事をクビになったばかりだった。ナタリーはローワンを家に連れて帰り、クライスラービルに広報活動の新しいオフィスをかまえる資金をポンとくれてやった。それをコケにされた女の激しい怒りほど恐ろしいものはないだろう」

「物事はいつもそんなに単純だとは限らないわ」ミス・ウィザーズは長い首筋を伸ばして、警部の傷だらけの古いオークの机の上に広げられている新聞を覗きこんだ。「オスカー、刑務所長から電話がくる前から、あなたはこの事件をもっと掘り下げたくて仕方がなかったのでしょう。つまり、あなたは良心がとがめていたか、なにか疑いを抱いていたに違いないわ」ミス・ウィザーズは机の向こうへ回って、警部のそばに行くと、写真を取り上げた。「アンディ・ローワンは、警察のこんなひどい写真でも相当ハンサムに写っているわよね。口元は少し締まりがないけれど、目は素敵……」

「女ってやつは!」パイパー警部は機嫌が悪くなった。「魅力的な巻き毛とえくぼさえあれば、有罪のはずがないというのかね?」

しかし、このときミス・ウィザーズは検死官報告書に目を通していた。「病院到着時すでに死亡……窒息死、舌骨損傷……栄養状態のいい白人女性、ミッジ・ハリントン十八歳、職業はショーガール、ダンサー……住所はリハーサル・アーツ・クラブ……ルームメイトは女優のアイリス・ダン二十二歳。外傷なし、体重七十キロ、身長一八〇センチ……おやまあ、オスカー、彼女は若いのにずいぶん大柄だったのね」

パイパー警部はうなずいた。「ミッジは華奢な若造のローワンより体重があった。彼女ならローワンと互角に戦えただろう。だが、彼女にはその機会がなかった。不意打ちのパンチをくらったようなものだ。ローワンは女房の別宅でミッジと会ったとき、そのつもりもないのに和解するように見せかけて、仲直りのプレゼントのネックレスを取り出した。ネックレスをしてやろうと、あの男はミッジの背後に立って、こんな風に……」

「まあ、オスカー！」ミス・ウィザーズが声をあげた。「あなたがそういうことに詳しいなんてまったく思いもよらなかったわ。最高に男盛りだった頃ですら、あなたは女性にキャンディの詰め合わせ以上のものをあげたことがなくて、最後の一個がなくなるまで、その彼女につきまとっていたのかと思っていたのに」

「わかった、わかったよ。とにかく、どういう風に殺人が行われたかを再現してみただけだ。ネックレスをきつく首に巻きつけて、あとはぐいっと一回強く引けばいいだけだ。それですべては済む。終わりだ」警部はファイルをパラパラめくって、もう一枚写真を取り上げた。「ほら、これを見たら、哀れなアンディ・ローワンに同情する慈悲深い気持ちなどわいてこないだろう」

ミス・ウィザーズは、思わず死んだ女性の拡大写真を食い入るように見つめていた。モルグの安置台で撮られたものらしい。髪は乱れ、開いた目は怒りに燃えているように見える。ミス・ウィザーズは息を飲むと、興味深そうに首を傾げた。「オスカー、彼女の首のまわりのものは――」

「それは凶器じゃなく、凶器によってついた傷だ。ネックレスが皮膚組織にくっきりと跡を残している。四つの斑点と菱形ひとつからなる跡をね。この写真から、ネックレスがどんな形だったかがわかるということさ」

「でも、ローワンが、どこでこれを手に入れたかはわかっていないのでしょう？」

「そうだ。なにせ、この手の安物のアクセサリーブランドは、ニューヨークのどこでも売られているから、入手先をたどることはできないんだ。店員もたくさんの客に売っているからね。とにかく、アクセサリーの入手経路がわからないのは、一連の証拠の中で唯一脆弱なところだよ」

「それで、その後もネックレスは見つかっていないの？」

「ローワンがスタテン・アイランドにわたる途中で、フェリーからミッジの衣服と一緒に投げ捨てたのだと思うが、ニューヨーク港を根こそぎさらうことはとてもできないからな。おそらく奴は遺体も捨てたかったのだろうが、たくさんの人が乗船していたのでは、水中に落としたときに大きな水音を聞かれてしまいかねない。ご存じのとおり、奴はミッドランド・ビーチから半マイルほどのところで逮捕されたわけだが、停止信号を無視しなかったら、どこかの砂地にミッジのしゃれた墓を掘っていたかもしれない。そんなことになっていたら、いまだに彼女の遺体は見つかっていなかっただろう」

「ぐうの音もでないような決定的な状況ね。あまりにおあつらえ向きすぎる」ミス・ウィザーズは立ち上がって部屋を横切り、窓からかなり離れたところにある向かいのレンガ壁をじっと見た。「やっぱり、わたしはローワンと話してみたいわ」

「死刑囚棟で？」警部はミス・ウィザーズが冗談を言っているのだと思った。「ローワンの女房か弁護士以外は誰もあそこに入れない。しかし、彼らはもう見切りをつけたのか、ずいぶん長いことローワンを訪ねていない。ローワンはもう死んだも同然だ。上告も却下されたし、女性や子供など弱者に対する犯罪への世間の風当たりの強いなか、自分としてはなにも行動を起こす気はないと、所長はほのめかしている。それに、ローワンと接触したとして、きみのような素人探偵が今さら奴からなにを聞き出せると思っているのかね？　熟練の刑事ですらうまくいかなかったというのに」

「熟練の度が過ぎるということもあるわ！　正直言って、新聞でハリントン事件のことを読んだときから、なにかおかしいとずっと思っていたのよ。ローワンが遺書とやらにはっきり示しているように、もし彼が無実だったら？　正義は正義でしょう。それに、あなたが低俗な新聞にたたかれて、さらしものになるのを見るのもまっぴらごめんだし。きっとミセス・ローワンを説得して協力してもらうことはできるはず。彼女の住所をおしえて、オスカー」

「わたしの知る限り、まだプロスペクト・ウェイ一四四の例の別宅に住んでいるはずだ。だが、ヒルデガード……」

「わかっているわ。それ以上は首を突っ込まないと約束する。でも、これは深刻な状況なのよ。あなたほどの人でさえ犯す可能性がある致命的な間違いから、あなたを救うために行動を起こさなくちゃならないだけよ」

「いやはや！」解決しようとすると却って状況が悪くなるような気がして、警部は思わず声をあげた。ミス・ウィザーズはいつも良かれと思って協力してくれるのだが、だいたいにおいてそれが裏目に出て、慌てふためいて右往左往するほど面倒なはめになることがこれまで多々あった。

「ヒルデガード、ちょっと待て！」

「歳月人を待たずよ。こうしてはいられないわ」ミス・ウィザーズは肩越しにそう言い残すと、ヴァイオレット・セク・クリームと石鹸とチョークの粉のかすかな残り香とともに姿を消した。

いつものように、ミス・ウィザーズはさっさと行動を起こし、リヴァーサイド・ドライヴと巨大なジョージ・ワシントン橋を見下ろす、堅固な赤レンガの大邸宅のドアをさっそくノックしていた。旺盛な想像力を働かせてみても、ここが殺人や死と関係があった場所であることを示すものは一見してなにもなかった。芝生はきちんと手入れされ、植込みもきれいに刈り込まれている。しかし、窓は埃で汚れて筋になっていたし、ブラインドが下りていた。案の定、ノックの音にも誰も出てこなかった。意を決して裏に回ってみると、脇の芝生に立てられていた、色あせた看板にあやうくぶつかりそうになった。そこにはこうあった。〝至急　売り家、ディグビー&サンズ〟

家の角を曲がると、かつてはバラ園だったとおぼしき、枯れた茶色の植物がもつれた残骸があった。ミス・ウィザーズはそこではたと足を止めた。革のジャケットを着た若い男が、ちょうどキッチンのドアから出てきたところだった。ミス・ウィザーズが近づいていくと、長身で痩せたその男は明らかにぎょっとしたようだった。

「ちょっと待って！」ミス・ウィザーズは言った。「そこの若い人、不動産会社の人なら、ちょっと家を見たいのだけど」

「不動産会社？」男は訳がわからないというように言った。極端にくだけた服装にしては教養のありそうな声だった。「なんのことを言っているのかわからない」

「この家は売りに出ているんでしょう？　中を見たいから、持ち主に連絡を取りたいの」

「残念ながら、協力できないな。申し訳ないけれど」男はそう言うと、そそくさと立ち去ろうとした。

「それじゃあ、不動産屋さんじゃないのだとしたら、あなたは誰なの？」

「ガス屋ですよ。メーターの検針に来たんです」そして、いなくなってしまった。

ミス・ウィザーズは、あまり期待もせずに裏のドアをノックした。ノブも回してみたが、開かなかった。一段高くなったサンルームのような場所に向かって両開きのガラスのフレンチドアがあったが、すべてのブラインドが下りていた。ミス・ウィザーズは諦めてその場を後にした。

不動産屋に電話したところで、アンドリュー・ローワンの妻ミセス・ナタリー・ローワンの住所は知らないと言われるのが関の山だろうし、交換手の女の子も彼女のことなど聞いたことがないだろう。電話帳や電話番号案内も同様に役に立たなかった。

「おそれていたとおりだわ」がっかりしたミス・ウィザーズは電話ボックスから出ながら独り言を言った。ミセス・ナタリー・ローワンは、おそらく仲介者を通して家を売りに出したはず。そして、自分はバー・ハーバーやサンタ・バーバラのような有閑階級向けのリゾート地で、二十日の週に行われるはずの気の滅入る儀式のことを忘れようとしているのかもしれない。状況が状況だし、こんな恐ろしい悲劇や世間の注目からできるだけ遠ざかりたいと思うのも無理もない。ミス・ウィザーズは、ナタリー・ローワンの居場所をつかむのが重要なカギになるとまだ思っていた。ナタリーがなにをしようとしていようと。

翌日、日曜日の昼前、制服を着た運転手つきのリムジンが、恐ろしげな刑務所の建物の外に停まり、長身でゴージャスな女が降り立った。明るい金色の髪、派手なミンクのジャケットにダイヤのブレスレット。女は入り口の門まで進み、アンドリュー・ローワンに面会を求めた。迷惑顔の守衛は、面会時間は第二水曜日の二時から四時と決まっていると告げた。女は次の面会日にはもう夫は生きていないので、訪ねても意味がないと指摘すると、なるほどと納得した守衛は電話をかけ、女は中へ入ることを許された。シンシン刑務所に足を踏み入れるのは至難の業だと女は改めて悟った。

中で制服の女性看守がきっぱりと言った。「ここに足を踏み入れたからには、しかるべき手続きがあります、ミセス・ローワン」

「もちろんわかっていますわ。身体検査をして、わたしが鉄格子を切るノコギリやヤスリをこっそり隠し持っていないかどうか確かめるのでしょう？」

看守の笑みは凄みを帯びていた。「そんな心配はありませんよ、奥さん。あなたはだんなさまとはガラス越しに、マイクロホンを通して面会するだけです。ノコギリやヤスリなどというばかげたものなど我々は心配していません。しかし、カメラに関しては厳しく警戒しています」身体検査は手際よく、しかも驚くほど徹底的に行われた。もちろん、最近のカメラはかなり小型になっているが、それでも――

女は控室で三十分待たされてから、迷路のような廊下を通って、やっと低いテーブルで半分に仕切られた細長い部屋へと案内された。テーブルはワイヤで補強された天井までの分厚いガラスで隔てられていて、ガラスの向こう側には十あまりの肘掛け椅子が並んでいる。すべてがしみひとつなくきれいで、ブラウンソープと消毒薬のにおいがした。しかし、人間の恥辱と苦しみのにおいがあたりに重く垂れこめているようでもあった。

無表情の看守が、部屋の隅の一段高いところに置いてある肘掛け椅子に座って、部屋を監視している。反対側の壁の鉄の扉のところにもふたりの看守が立っていて、存在感の薄い幽霊のような囚人が入ってきた。アンディ・ローワンに違いない。あるいは彼の抜け殻かもしれない。ハンサムな若いローワンの面影はほとんどといっていいほど残っていなかった。ブルーのビュイックの運転席で気を失い、警察での写真撮影でカメラの前に立った人物とはとても思えなかった。巻き毛は短く刈り込まれ、やつれた顔は、鼻や顎やギラギラした眼ばかりが目立った。ローワンはまるで見えない障害物につまずくのではないかと心配しているように、床に視線を落としたままこちらに進んできた。

ローワンを連れてきた看守は、白髪混じりの体格のいい男だったが、それでも注意を怠らないよう努めていた。いきなり、その看守がローワンの腕をつかんで向きを変えさせ、また鉄の扉のほうへ戻らせた。ドアと仕切りの間だけのどこにも行けない旅。すぐ近くのようでいて、とても遠い。ドアがガチャンと音をたてて閉まると、看守はさっさと部屋を横切り、隔てられている壁のパネルの鍵を開け、がっかりしている訪問者のところにやってきた。

「ミセス・ローワン?」看守は事務的な笑顔を見せた。「申し訳ありませんが、ちょっと手違いがありました。通常の面会日以外のご夫君への訪問については、刑務所長のオフィスで手続きをしていただくことになっております。こちらにいらしていただければ、数分で済むはずです」

女は抗議しようとして、残念そうに肩越しに振り返ったが、すでに看守に腕をつかまれていた。そのやけになれなれしい態度は、囚人を閉じ込め、その鍵を預かる権力を与えられた人間にありがちな深くしみついた性質だった。すべてお見通しだと言うような目、やたら気取った笑みは、互いの間にある種の受け入れ難い了解や共通の秘密があることをにおわせていた。女は身をよじって逃れようとしたが、結局そのまま元来た道を戻るはめになった。入り組んだ廊下を延々と引き換えし、階段を上がって、がらんとした控室でまたしてもひとりでしばらく待たされた。やっとのことで、刑務所の中庭が見下ろせる所長のオフィスへと案内された。案内の看守が退くと、女は前に進み出た。ツイードのスーツを着た落ち着いた感じの白髪の男が立っていて、眉間に深いしわをよせ、鼻の下の溝がやけに目立つ。

男は椅子を勧めながら言った。「ミセス・ローワン？　どうぞお座りください。わたしは所長のボイントンです」

「はじめまして」女は小声で言い、勧められたタバコは断った。

「こんなことを申し上げてはなんですが、ミセス・ローワン、あなたは思っていた方とは違いますな」

「ああ、もちろんですわ！」女はためらいがちに笑みをつくった。「わたしは哀れな夫より少し年上ですの。でも――」

刑務所長は自分のタバコに金色のライターを近づけた。「そういう意味ではありませんよ」そして穏やかに続けた。「あなたはかなりお年を召しているように見受けられる。それに、数インチ背が高くなられたようだ。数週間前にここにいらした時よりもね」

「でも――当然のことながら、わたしは不安のあまり、ずっと具合が悪かったので、別人のように見えるのでしょう。それに今日は高いヒールの靴を履いていますし……」女は急に口をつぐみ、気まずい沈黙が続いた。そして、ミス・ヒルデガード・ウィザーズはダイヤのブレスレットをぐいと引き寄せると言った。「とにかく、いてもたってもいられなくって！」

ボイントン所長が突然、デスクを激しく叩いた。その勢いに、置いてあったペンやこまごましたものや花瓶が飛び上って揺れるほどだった。「いいかげんにしてくれ。もう、新聞記者にはこりごりなんだ！」

「でも――」

「あなたを逮捕する。笑っていられるのも今だけです」

人間とは、草木と幽霊をかけあわせたものである
——ニーチェ

第二章

この瞬間に、笑うなどという考えは、ミス・ウィザーズの頭にはまったくなかった。言いたいことは山ほどあったが、刑務所長はこちらが口をはさむすきを与えなかった。「いいかげんあなたがたマスコミも学んでいい頃ですよ」所長は皮肉をこめて言った。「かつて、わたしがここの担当になる前に、ある記者がこっそり死刑執行室にカメラを持ち込んだことがありました。おかげで翌日、世間は電気椅子で黒焦げになったルース・スナイダーの顔写真に大いにショックを受けることになりました。それと同じようにあなたは、囚人の妻を装って死刑囚棟に入り込んで面会し、お涙ちょうだい記事でもスクープしようと思ったのでしょう。看守のハフが油断していたら、うまいこと逃げられていたかもしれない」

ミス・ウィザーズはぐっとこらえ、自分の持ち味を思う存分発揮させてはみたが、どうやら所

長も素人探偵はお気に召さないらしい。「でも、所長さん、このローワンという人が本当は無実だったらと考えてみてください」少し場が和《やわ》らいだ瞬間に食い下がってみた。

ボイントン所長は嫌悪感を隠さずに、ミス・ウィザーズを見た。「囚人たちはみんな自分の話を聞いてもらうために無実だと言うんです。ここには、自分ははめられただけだと主張しない囚人はめったにいません。みんな、死刑囚棟の中で来る日も来る日も法律書相手に頭を悩ませ、令状や弁論趣意書や上告書をタイプし、ほかの死刑囚は死ななくてはならなくても、自分だけは別だと考える。いいですか――」

「おしえてください」ミス・ウィザーズは口をはさんだ。「ローワンはここに半年近くいます。あなたは彼のことをよく知っているはずです。彼と話したはずです。あなたは彼が有罪だという印象を受けますか?」

所長は肩をすくめた。「どうしてそんなことをわたしがわかるというのです? わたしの知る限り、死刑囚監房に無実の人間はいません。ここに入った時点で、もう死んだも同然なんです。ローワンがなにか奇跡が起こって自分が救われると強く確信しているのは認めます。しかしそれはめったにないことです」

「彼が作った奇妙な遺言書だけが――」

「どこでそんなことを?」ボイントンはまた机を叩いた。「ハフがもらしたのなら――」

ミス・ウィザーズは首を振った。「情報源は明かせません」

「それなら、こちらからおしえてあげましょうか。これを責務としてあなたに伝えなくてはならないのは極めて残念ですがね。虚偽の口実をもうけて州刑務所に入り込むのは軽犯罪で、面会者名簿に虚偽の名前を記入することは重罪です。さあ、言い逃れの名演説でも拝聴しましょうか」

ミス・ウィザーズは目を閉じた。大きくて汚らしいネズミだらけの地下の監房、何か月もパサパサのパンと水だけの生活がありありと頭に浮かんできた。仕方がないので最後の苦肉の策として、残ったプライドをかなぐり捨て、スプリング七―三一〇〇に長距離電話をかけてもらって、自分が怪しい者ではないことを、この男にわかってもらうよう拝み倒すしかなかった。「ここからコレクトコールくらいはかけさせていただけますよね」決定打になればと期待して言ってみた。

さらに説得が必要だったが、刑務所長はやっと電話をつないでくれた。相手の話に耳を傾けたあと、やや態度を軟化させ、机越しにミス・ウィザーズに受話器を寄こした。話が終わると、所長はゆっくりと受話器を置き、相変わらず黙ったままドアを指差した。「だから、言っただろう！」耳にはパイパー警部の痛烈な怒鳴り声がまだ響いているなか、わずかに残された威厳にしがみついて、出したりひっこめたりしている勇気を精一杯かき集めたのだ。

しかし、最後に一度だけ、もうひと押ししてみたい衝動を抑えられなかった。「所長さん、アンドリュー・ローワンの遺言書について、正直どう思っているのか、おしえてください」

「あれは、悪ふざけですよ。わたしはそう思っている。死刑囚はときどき、奇妙なユーモアのセンスを発揮することがある。おかしなヴァレンタイン・ギフトや、下手くそな詩を、わたしや、警察や、地区検事長や、死刑囚の支援者などに送りたがる。昔、電気椅子に座らされる最後の瞬間に、刑務所長に自分の膝の上に座ってもらいたいとささやかな最後の要求をした奴がいた。笑えないギャグだ」

ミス・ウィザーズは眉をひそめた。「それでは、無実の男を電気椅子送りにすることについてはどう感じているんですか？」

「変わりません。わたしは公僕だ。裁判所の命令に従うだけですよ。個人的には、死刑には反対ですがね。死刑が行われた日はいつも、妻がわたしの食後のコーヒーにこっそり鎮静剤を入れるくらいだ。だが、わたしは一個人ではない。単なる執行機械なんです」

「死刑執行人《ムッシュ・ド・パリ》は、少なくとも黒いマスクをかぶっていたわ！」ミス・ウィザーズはぴしゃりと言うと、部屋を後にした。

「あとちょっとだったのに！」門が音をたてて閉まると、ミス・ウィザーズは、がっかりしてため息をついた。しかし、あとちょっとということは、意味がなかったということだ。あと一歩ということは、失敗だったということだ。それに、アンディ・ローワンがまだ答えていない、どうしても訊きたい疑問がひとつあった。八日後には、彼はもう答えられなくなってしまう。九月の二十日の週が実際にどういう意味をもつのか、彼の死刑執行が月曜なのか、それとも次の日曜の夜あたりまで延びるのか、はっきりはわからない。でも、どうあっても同じ結果だ。これまでの経緯から判断すれば、ローワンはハリントン殺害犯として確実に死ぬことになるだろう。そして、ミス・ウィザーズがあるときは腹をたて、あるときは母のような感情を抱く、生涯ただひとりの男であるパイパー警部は、遺言書のことが公表されたとたん、マスコミのさらしものになるだろう。

殺人が起こるとすぐマスコミは、極悪非道の犯人を血祭りにあげようと大騒ぎする。しかし、いったん誰かが有罪になり、死刑が宣告されると、新聞はこぞって無実の人間が司法の絶対権力によって踏みにじられたとほのめかして、再審に躍起になる。今回の場合は、規則には必ず例外があるというケースで、それが真実である可能性が高い。

多少途方にくれたものの、ミス・ウィザーズは自分で雇ったリムジンでしぶしぶマンハッタンへ戻った。ヨンカーズ（ニューヨーク州南東部）の郊外を通過したとき、彼女は突然叫んだ。「よりによって、なんて大ばかなの！」

ちょうど左折しようとしたトラックとのちょっとした小競り合いの末、かろうじて勝ちを得た運転手が怒ったような顔をした。「なにが大ばかだって？」

「あなたじゃなくて、わたしのこと！」ミス・ウィザーズは慌てて言った。「お金のことを忘れていたわ」

運転手が料金を踏み倒されそうになっていると誤解しても無理はない。しかし、ミス・ウィザーズは西七十四丁目のこぢんまりした自宅アパートの前で、ちゃんと支払いを済ませ、ささやかなチップも上乗せした。それから、急いで家の中に入って、借り物の派手な服を脱ぎ捨て、飼い犬のフレンチプードルのタレーランを安心させた。タリーは集団を好む犬だ。規則正しくごはんをもらうのももちろんだが、もっと好きなのは誰かにかまってもらうことだ。それがたとえ、一日中放っておかれた相手でも。タリーは今生の別れだと思っていたかのように、ミス・ウィザーズを大歓迎し、一目散に走ってクローゼットのドアを開けに行った。これは彼が独学で覚えた芸のひとつで、歯でうまいことドアノブを回さなくてはならない技なのだが、勝ち誇ったようにリードをくわえて喜び勇んで戻ってきた。

「わかった、わかった」ミス・ウィザーズは言った。「でも、散歩はほんのちょっとだけよ。やらなくてはいけないことがあるの。〝獲物はもう動きはじめている《ゲーム・イズ・アフット》〟（シャーロック・ホームズの決まり文句）のだから」

ふたりで一ブロックいくと、タリーは立ち止まって、新しいにおいを調べ、チューインガムの残骸をひとかけ拾った。しかし、ブラウンストーンのアパートのいつものステップまで戻ってくると、女主人は立ち止まって考え込んだ。「よく考えてみたら、おまえを一緒に連れていったほうが、結局は効果があるかもしれないわ。おまえみたいなおかしなアンズ色の毛をした大きな犬を連れている女性は、ひと目で筋金入りの変人だとわかるでしょうし、こっちが伝えたい印象がはっきりするもの」

タリーは短い尻尾を振り、真っ赤な舌を見せて笑っているように見えた。彼は家にいるほうが好きだが、絶対というわけではない。

というわけで、元女教師と、落ち着きのないスタンダードプードルは、連れだって探索の旅に出かけた。山坂の多い行程で、徹底して勝手な方向に進みたがるタリーに、リードを引っ張られて振り回されてばかりだったが、ついに、プロスペクト・ウェイの家の現在の持ち主は、ミセス・エミール・フォーゲルという人物であることを突きとめた。前の持ち主についての情報が得られる可能性はほとんどないだろうが、訊いてみる価値はある。翌日の午前十時、ミス・ウィザーズはタリーを連れて、家の購入について相談するために面会の予約を入れて出かけた。

ブラインドはまだ下りたままだし、窓は相変わらず汚かったが、今度は一回のノックでドアが開き、スラックスをはいたスタイルのいい娘が立っていた。色っぽい唇に、赤みがかった明るい髪が、どこかもっとにぎやかな繁華街のタイムズ・スクエアあたりに住んでいそうな感じを受けた。

「あなたが、ミセス・フォーゲル？」ミス・ウィザーズは訊いた。

「彼女はちょっと都合が悪くて。わたしは彼女の秘書兼話し相手なんです」娘はうさんくさそうにタリーを見おろした。リードを引っ張り、黒い唇をまくりあげて輝く牙をむき出しにしている。

「噛まれないかしら？」ミス・ウィザーズはもちろんそんなことはないと答えた。「でも、怒っているみたいに見えるけど」

「まさか。ガムの残りを噛んでいるだけよ。悪い習慣だけどタバコじゃないだけいいわ。それで、結局、ミセス・フォーゲルにはすっぽかされちゃったのね。別にそれほど家を売りたいと思っていないということかしら」

「いえいえ、売りたがっているわ。詳細はわたしが――」

ミス・ウィザーズはすでに玄関ホールに入り込んでいた。質素な電話台、硬そうな長椅子、一九一〇年頃の古い蓄音機が置いてある。厚手のカーテンを通り抜けると、その向こうには広い居間があり、ブラインドが開いていれば例のフレンチドアから庭が眺められる。娘がスイッチを入れると、頭上のボウル型のシャンデリアがほのかに灯った。どっしりした椅子やいぶしたオーク材のテーブルが薄暗い部屋を占領していて、壁には金色の額縁に入ったしかめっ面をしたちょび髭男の肖像画が掛けられている。こちらも明るい絵ではなかった。

「こちらの希望価格は、家具込みで二万八千から三万ドルです」

「わかりました」ミス・ウィザーズは、タリーの滑らかな頭の毛を軽く撫《な》でながら言った。「でも、少しお高くないかしら？　ここには幽霊が出る可能性があるから値引きしていただくというようなわけにはいきません？　確か、去年ここで恐ろしい殺人事件がありましたよね？」

まるで誰かがピアノで不協和音を奏でたかのように、娘はびくっとしたが、慌てて言った。「そんなことがありましたっけ？　わたしは聞いたことはありませんけど」

「でも、今の持ち主なら聞いていらっしゃるはずだわ。だから、売り急いでいるのでは？」

「ええ、でも――ミセス・フォーゲルがここを所有していたのは短い間でしたから――」

「あら、それはおかしいわね。芝生に立てられていた売り家の看板は、長いこと風雨にさらされてぼろぼろよ。わりと最近持ち主が変わったにしてはね。それに誰かが今現在、ここに住んでいらっしゃるでしょう。約束がないとドアを開けてもらえないにしても」

「でも、ミセス・フォーゲルは――」

「もう、いいかげんにしましょう。本名で彼女の名前を呼んだらどうですか。ミセス・フォーゲルは隠れる理由はなにもないけれど、ナタリー・ローワンなら理由があるかもしれない。ミセス・ローワンに入っていただくよう、声をかけてください」

これは的を射たようだ。娘は驚いて目を丸くした。「でも、ミセス・ローワンは――つまり、ミセス・フォーゲルは誰にも会いません。だから――」

「ばかね。どういうことかわかってないのね」廊下の向こうから、女のかすれた声が遮《さえぎ》り、ひとりの女性がカーテンの向こうからいきなり現れた。年は四十代前半だが、その瞳はもっと年をとっているように見えた。目鼻立ちは整っているが、どこかかたくなな雰囲気がある。甲羅の中をほじくり返されないように、必死で肩ひじ張っている傷つきやすいカメのようだ。「アイリス、もう下がっていいわ」

アイリスはためらっていたが、若々しい肩をすくめて部屋を出ていった。その姿は端役の俳優たちでひしめく舞台から退くミス・タルーラ・バンクヘッド（一九〇〇年代前半の女優）そっくりだった。

ナタリー・ローワンははっきり言った。「マスコミにはなにも話すことはありません」ナタリーは当てつけがましく、腰を下ろそうともしない。

いつの間にかミス・ウィザーズはこの女性が好きになっていた。いつもよぼよぼの犬や、物乞いを放っておけないたちだったが、彼女には絶望的な状況にあっても、くじけない魂のようなものがあった。それに、ジャーナリストの一員だと勘違いされているのが少しばかり嬉しかった。「やれやれ、わたしは記者じゃないのよ」中年の元女教師はしぶしぶ白状した。「最近、よく間違えられるから、新聞協会の名刺でも作ろうかと考え始めているところよ。ミセス・ローワン――」

「できれば、今は最初の夫の名字を使いたいのだけど。不愉快な評判をできるだけ避けるためにね。カメラマンとかマスコミ連中がどんなに無情かあなたには想像できないでしょうけれど」

間違いなく、この女性は怯えて体を強張《こわば》らせていて、ギターの弦のようにピンと張りつめている。しかし、ミス・ウィザーズのこの日の慈悲心は、すでに限界を超えていた。「あなたの最初の夫のことはどうでもいいわ。現在の夫の命はもう八日しかないのよ」ずばりと指摘した。

また痛いところを突かれて、ナタリーは指輪をいじくりながら小声で言った。「それが――それがあなたにとってなんだと言うのかしら？」

「そう訊いてくれて嬉しいわ」ミス・ウィザーズは苦笑した。「答えが見つからないとき、ときどき、自分にそう自問しているから。でも、こういうことはいつもあるわ。善良な市民なら、誤審の可能性を防ぐことに関心があるはずでしょう？　特に当局が例のごとく、なにもせずにただぼうっとしているような場合は」

これがナタリーの心に少しひっかかったようだ。「それなら、あなたは警察の人ではないの？」

「今のところ、まったく違うわ」ミス・ウィザーズは、武装解除させようと正直に言った。「でも、実を言うと、過去にちょっとパイパー警部の手伝いをしたことがあるの」そして、自己紹介すると、なぜ事件に興味をもつようになったのか、ざっとおおまかな説明をして、遺言書のことにもふれた。

「アンディがそんなことを？」ナタリーは呆気《あっけ》にとられて声をあげた。「わけがわからないわ。どうして彼はわたしに託さなかったのかしら。そもそも、わたしはお金を必要としているわけではないわ。ただ――」

「ただ、すでにあなたのプライドはさんざん打ち砕かれた。もういいでしょう？　そのことは忘れましょうよ。あなたの夫が遺言書を作ったのは、殺人犯の汚名をすすぐためみたいよ。彼がまだあなたを愛しているという証拠だわ」

「それが?」ナタリーは怪訝《けげん》な顔をした。

「もちろん。彼は悪いことはなにもしていない無実の男としてあなたに覚えておいてもらいたいのよ。そして、まさに彼は本当に無実なのかもしれないの。だから、今なにか行動を起こさなくてはならないのよ。死刑執行の後では意味がないわ。これは異常な事態だから、いつもとは違う手段が必要だわ。わたしにはそれがひととおりわかっているの。警部によく言われているから。ざっくばらんに言うと、そのためにはあなたの協力が必要なのよ。あなたはここでなにもせずに、結婚した相手の男を見殺しにするわけにはいかないのよ」

「どうしてわたしが――」

「あなたが裁判で夫の味方になるのを拒絶していたとき、すでにピンときたわ。あなたは夫が弁護士費用を支払えるのか心配していたに違いない。そうでなければ、裁判や上告の費用がかかった後で、彼の銀行口座に三千五百ドルも残せるわけがないでしょう。これは、まだあなたは密かに彼のことを愛しているからじゃないの?」

ナタリーは殻の開いた牡蠣《かき》のように、へなへなと椅子に座りこんで、ゆっくりとうなずいた。

「そのとおりよ。わたしが彼の弁護士を手配したの。わたしの最初の夫エミール・フォーゲルの代理をしていた堅実な弁護士よ」そして、壁の肖像画にちらりと目をやった。「前の夫は、ネジを留めるコッターピンを製造している会社をやっていたの。弁護士はアンディのために最善を尽くしてくれたと思っているけど、アンディはまったく協力的な依頼人じゃなかった。とにかく、わたしは彼のためにできるだけのことをした。同じ立場の女性なら誰でもやるようにね」

「でも、あなたは裁判ではアンディのそばにいなかった。弁護士から大いに彼の助けになると言われたに違いないのに。彼が苦境に陥っているときに、あなたは遠くから傍観していた――」

ナタリーは悲痛な叫び声をあげた。「アンディにあの女とはなんの関係もないと言われたのよ。ただの顧客だって。それなのにずっと――」そして息を飲んだ。「ずっと、あのふたりはまさにこの場所でこっそり会っていたのよ。わたしたちの、いえ、わたしの家でね。わたしたちがとても幸せだったこの家で！」

「気持ちはわかるわ」ミス・ウィザーズは言った。「嘘つきで女たらしだからといって、殺人犯とはかぎらないものね」

恐ろしいほどの沈黙が続き、聞こえてくるのは足元にいるタリーの静かな鼻息と部屋の向こうの金箔をあしらった小さな時計のチクタクいう音だけ。ナタリー・ローワンは、高い飛び込み台の上から冷たい水の中に飛び込もうとしているように、震えるような息をついて小声でつぶやいた。「彼が無実なのはわかっています。今でもね」

「だから、彼に会いに刑務所へ行ったのね？　すばらしいわ」ミス・ウィザーズは声をあげた。「これでやっと先に進めるわね。あなたがなにか無実の証になるようなものを見つけたんだとしたら――」

ナタリーはためらいがちに部屋の向こうを見た。「それはきっと、警察やあなたでさえとても信じられるような代物ではないわ」

「決めつけてはだめよ」ミス・ウィザーズは自信をもって言った。「若い頃は、朝食の前に六つの不可能なことを信じていたわ」ナタリーがぽかんとして見ているので、説明した。「不思議の国のアリスからの引用よ」

「ミス・ウィザーズ、あなたは死後の世界を信じます？」ナタリーがいきなり訊いた。

「そうね、パークウェイ・ユニテリアン教会の顕実な信者として、信じるべきなのでしょうけれど、科学的な証拠を示すことはできないわ」

「わたしが言いたいのは、いわゆる超常現象と呼ばれているものを信じるかということなの」

「おやおや。現代では、エスパーとか空飛ぶ円盤とか水素爆弾というものとは、一線を引くものでしょう？　要点を言ってちょうだい」

「実は」ナタリーが言った。「今回の事件が起こって以来、わたしはひどく孤独で辛くて、あらゆる学説や数霊術や鎮静剤を試してみたけれど、どれも効果がなかった。数か月前に、九十六丁目にマリカというすばらしい女性がいると友だちから聞いたことを思い出した。彼女は正式な霊媒というわけではないけど、インチキでもないの。ただトランス状態になって話すだけ。それに料金も取らないのよ。心付けを置いていこうとしても……」

「まあまあ！」ミス・ウィザーズはありもしない椅子に腰を下ろしてしまったような気持ちになった。この手のたわごとは、サー・オリヴァー・ロッジ（英国の物理学者、心霊現象研究協会メンバー）やボストンの霊媒《マージェリー》や、こうしたことに心酔したコナン・ドイルの著作と共に姿を消したはずだ。昨今では、騙されやすい哀れな女性たちが、精神医学やカナスタや実存主義を持ち出して、笑いものになっているだけ。

ナタリーは鋭い視線でミス・ウィザーズを見た。「あなたがなにを考えているかわかるわ。わたしは必ずしも騙《だま》されやすいタイプではないけれど、マリカがトランス状態になったときに、彼女が話したわたしの子供時代のことは、決してインチキなんかじゃなかった。幸せだった高校時代につきあっていた男の子のこと、二度目のハネムーンのこと、パリーでアンディと出会って結婚したことなど、みんな当たっていたのよ。ああ、チュイルリー宮、ブローニュの森、シャンゼリゼ、ロンシャン競馬場……」

「シャンシャン、シャンシャン、騒ぐ森」ミス・ウィザーズははっきり声に出した。

だが、ナタリーはまたマリカの話題に戻った。「……そして、数週間前のある夜、彼女はいつになく深いトランス状態に陥った。そうしたら突然、彼女の喉から別の声が聞こえてきたんです。聞き間違えようのない声、そう、最初の夫のエミールの声だった。彼はわたしにこう言ったわ。アンディがハリントンの娘を殺してはいないのは火を見るより明らかと」

「ほう」ミス・ウィザーズはなんの感情もこめずに言った。

「あの世からの声なんて、信じないでしょうけれど、この耳で確かに聞いたのよ」

ミス・ウィザーズはその言葉を受け流した。「亡くなったミスター・フォーゲルは、殺人の目撃者としては適任でないのでは？　もちろん、彼がたまたま殺人のあった夜に幽霊となってこの家を徘徊していたのなら別だけど」

「でもマリカは、死んだ人は宇宙的な意識のいたるところにいて、過去のこと、未来のことなどあらゆることを知っていると言っていたわ」

もしそうなら、ほとんどの霊のメッセージが、八歳児の知能レベルなのはおかしいと指摘することもできた。「それで、愛する故人は、本当の殺人犯の名前をおしえてくれなかったの？」

ナタリーは首を振った。「そこでトランス状態が終わってしまったのよ。マリカがもうそれ以上耐えられなかったから」

「その後、あなたはまた交霊会をやったの？」

「アンディを助けるのに忙しくて――」

「わかるわ。でも、アンディの無実を証明するのに墓場からのメッセージを受け取る以外に、ほかに本当にやりようはなかったのかしら？」

「どうしようもなかったんです。アンディと刑務所で話したけれど、あの娘の遺体が車の中に置かれていたのを見つけただけという最初の話は、嘘だったことを彼は認めたのだから」

ミス・ウィザーズは集中的に鼻をひくひくさせた。「警察はこの居間のあちこちについていた娘の指紋や、灰皿にあった彼女のタバコ、死んだ後、カーペットに残った引きずられた彼女のヒールの跡を発見しているけれど、本当の自白ではなかったということなのね？」

ナタリーは慌てて言った。「アンディは今は本当のことを言っていると思うわ。でも、最初から話すと、一年前の今頃、八月のことだった。わたしが夏に借りている別荘地のダリエンのような田舎でさえ、むっとするような暑い夜だったわ。アンディは夕食のとき、なんだかピリピリしてイラついていて、いつも以上にわたしの料理にケチをつけた。わたしも気分が良くなかったから、早くベッドに入ったわ。夢うつつに彼の車が出ていく音が聞こえた。でも、新鮮な空気を吸いに出かけただけだろうと思って、またうとうとした。真夜中過ぎに目を覚まして、アンディの姿がなかったので、警察や病院に電話をかけた。結局、彼はあの女と出かけたのだろうと思って、そのまま泣きながら寝てしまったみたい。朝の八時少し前にメイドが起こしに来て、警察が下に来ていると言われた。それから、半狂乱になってしまって。何時間もたってから、書斎にある壁の隠し金庫を見てみると、彼がお金を全部持っていったのがわかったんです」

「お金？」ミス・ウィザーズは耳をそばだてた。「あなたのお金？　それとも彼の？」

「ふたりのよ」ナタリーは誠実に答えた。「五千ドル以上あったわ。この頃、わたしはときどきアンティーク家具や古いグラスを買いに行くので、それくらいの金額は手元に置いておくんです。ニューイングランド人との取引は、小切手より現金のほうがものをいうから。でも、わかるでしょう？　もし、アンディが殺すつもりで出かけたのなら、お金なんか持っていかないはずだわ。お金を持ってあの女に会いに行ったのは、彼女にお金を渡して口封じするのが、ゆすりで面倒を起こされないようにする唯一の方法だったからよ。彼女はミス・アメリカになるチャンスをふいにしたことでアンディを恨みに思っていた。自分の失敗を彼のせいにしたのよ」

「なにが失敗だったのか、知っているの？」

「あの女は昔かなり派手にやっていたのだと思うの。とにかく、彼女は自分の支援者がアンディに大金を払って、売り出させようとしたのを知っていて、そのお金の一部をちゃっかりもらおうとしていた。アンディの話では、妻のわたしにすべて話すと彼女に脅されているということだった。未成年の彼女をお酒やドラッグで堕落させたとか、アンサートさせられたとか、あれこれひどい嘘を吹き込んでやると……」

ミス・ウィザーズは目をぱちくりした。「なんですって？」

「ああ、ごめんなさい。パリーに行っていたから、いつの間にかフランス語の表現が出てしまって。つまり、妊娠させられたという意味」

「なるほど」ミス・ウィザーズは息をのんだ。「ねえ、ミセス・ローワン、この話はみんな、十八歳の少女が絡んでいるにしては、ひどく淫《みだ》らで考えられないように思えるわ」

「あの女は十分性悪《しょうわる》になれる年齢だったわ。そういう女なのはわかっていた。とにかく、アンディの話によると、あの日、十時頃に町に着いたらしいの。少なくともあの女があの夜のセッティングをして、会うことになっていた」

「木曜だった？」

「金曜よ。彼女がその日を支払い期限に指定したんです。アンディはこの家から彼女に電話して呼び出し、最後の手段としてお金を渡して決着をつけるつもりだった。でも、彼が家の中に入って明かりをつけると、あの女がわたしのオービュソン（フランス中部の絨毯の産地）の絨毯の真ん中で死んでいたというわけ！」ナタリーはミス・ウィザーズの足元を大げさに指差した。

「静かに、タリー」ミス・ウィザーズは命令した。「これは散歩より重要なことなのよ」彼女は考えを巡らせるようにうなずいた。「あなたの夫は本当のことを話しているのかもしれないわね。おかしなことばかり起こって――」

ナタリーはつっかえつっかえしながらも、一気にまくしたてた。「彼はまず警察に電話しようと思って、電話が置いてある廊下に急いだと言っているわ。でも、ダイヤルして警察が出る前に頭を殴られたと。気がついたのは、何時間もたってからよ」

ミス・ウィザーズは訝《いぶか》しげに眉を上げた。「どうして彼にそんなにはっきり言えるの？」

「もちろん、遺体よ。アンディが最初に彼女を見つけて触れたときはまだ温かったのに、意識が戻ったときは、冷たくなっていたというの。発見直後は可能だったかもしれないアリバイの証明が、できなくなってしまったことに動転して、遺体の身元をわからなくするために服を脱がせて、なんとか車まで運び込んだ。彼を後ろから殴った誰かに、お金の入った封筒は盗まれてしまったけど、彼は恐ろしくてなにも考えられず、そのときは封筒がないことに気づかなかった。それから、遺体を捨てる場所を探して一晩中車を走らせていたというのが、彼の話よ。でも――」

「でも、そこには疑うべき点がある、ということね？」

ナタリーはうなずいた。「ええ。それは、彼の話を信じてあげたいわ。でも、この家の電話はもう一か月以上不通だったのよ」

「電話？　わたしが指摘しようとしたのはそのことじゃないのよ。アンディは電話が不通だったことを知らなかったかもしれないでしょう。たとえ彼がこの家であの少女と何回か過ごしていたからといって、電話を使ったとは限らない。警察に電話をしたとき、コール音が鳴るのを待っていられなかったのかもしれない。急いでいるときは、たいてい人は待たないものだもの。いいえ、もっと重要な点よ。彼が修正した供述のなかで本当のことを言ってるんだとしたら、くだんの少女――それにその殺害犯――は、どうやって家の中に入ったんだというの？」

ナタリー・ローワンはローズウッドのキャビネットに似せた小さなバーからコニャックを注い

で一息つき、吐き捨てるように言った。「ひどい話よ。アンディはわたしに知られたくなかったから、黙っていたけれど、今になって、不倫が始まった頃、彼女に鍵を渡していたと認めたのよ」

ミス・ウィザーズは静かに言った。「ずいぶんと込み入った話だわね——」そして考え込んだ。

「アンディが証言台で鍵のことを話していたら、死刑を免れたかもしれないのに」そしてタリーを見下ろしてふいに立ち上がると、部屋を横切って玄関へのカーテンをさっと開けた。そこには、例の秘書兼話し相手が潜んでいた。興味津々で耳をそばだて、ぽかんと口を開けてなんとも言えない表情をしている。

「おやおや！」ミス・ウィザーズは棘《とげ》のある言い方をした。「ふたりでかわりばんこに盗み聞きとはね」

アイリスは真っ赤になった。ナタリーがあっさり言った。「彼女には当然関心があるはずだわ。ミス・ウィザーズ、こちらはアイリス・ダン——」

「はじめま——」ミス・ウィザーズははっとした。「もしかしたら、アイリス・ダンって、ミッジ・ハリントンの遺体を確認したルームメイト？」

ナタリーがうなずいた。「なぜ彼女がわたしのところにいるのか、変に思うでしょうけれど、わたしが彼女のことを調べ出したの。アイリスはわたしがハリントンの過去を調べるのを手伝おうとしてくれたのよ。そうすれば、真犯人につながるかもしれないから。さあ、ここに来て、座りなさい。三人寄れば文殊の知恵と、いつも言うでしょう。アイリス、わたしたちの新しい仲間と握手をなさい。彼女はなんでもお見通しだわ」

カーテンの向こうに誰かが隠れていると直感したのは、タリーが玄関のほうを見て、尻尾を振ったからだったが、ミス・ウィザーズはそれは言わないでおいた。あのシャーロック・ホームズでさえ、ワトソン博士に推理を披露するたびに〝なんだ、そんな単純なことだったのか！〟と言われているではないか。

ミス・ウィザーズは、ブランデーで少し元気になったナタリーが、ふたりの孤独な女による、残念ながら失敗に終わったように思える虚しい救済努力について、詳しく話すのを辛抱強く聞いた。

「でも、アンディが無実だとわかった以上、なにかをせずにはいられなかったのよ！」ナタリーは言った。「あなただって、彼が無実だと信じているはずでしょう、ミス・ウィザーズ。そうでなければ、ここにいるはずがないわ」

「確かにアンディの立場だったら、疑わしきは罰せずという原則の恩恵を受けてもよさそうね」ミス・ウィザーズはいつものように慎重な言い方をした。「それに、パイパー警部でさえ、一連の証拠の弱点を認めている。あなたはどう思うの、ミス・ダン？」

アイリスは肩をすくめ、驚くほど無邪気に少女のように微笑んだ。「わたしはミセス・ローワンからお給料をもらっているから、ここにいるだけなんです。ショービジネスの世界はこの時期いつもより厳しくて。もちろん、地方巡業劇団の主役の純情な小娘程度の役はもらえましたけど――」そこで、言葉を切ると、ひらめいたというように満面の笑みを浮かべて、唐突に言った。

「殺人については、わたしはなにも知りません」

「でもとにかく、アイリスはとても役にたってくれているんです」ナタリーがはっきり言った。「アンディが本当に無実なら、ミッジの死を願う誰か昔の関係者が、彼をはめて、無実の男を苦しめても構わないと思っているのは明らかなのではないかしら？」

「ミッジは男性にとって悪魔のような女でした。特にお相手のいる男性にとって」アイリスが急に口をはさんだ。「自分の恋人のシェーヴィング・ローションを彼女に嗅《か》がせてはだめですよ。さもないと、カレを取られてしまうから」

「なるほど」ミス・ウィザーズは言った。「すごく教訓的な話だわ。でも、ミッジ・ハリントンが関わっていた男性って誰だったのかしら？　もちろん、アンディ・ローワンは別として」

アイリスは自分の指先をじっと見た。「五か月間、ミッジと部屋をシェアしていましたけど、彼女は自分の恋愛について打ち明け話をするようなタイプではありませんでしたね。デートの相手はたくさんいましたが、何度も出かける相手は多くはありませんでした。ミセス・ローワンには覚えている限り話しましたけど」

「この手の調査には、プロの手助けが必要だわ」ミス・ウィザーズは言った。

「でも、わたしは町一番の私立探偵のところへ行ったのよ」とナタリー。「どうしてもというならやるけれども、やるだけ無駄だと言われたわ」

「男の考え方ね」ミス・ウィザーズはため息をついた。「だから、あなたたちだけで始めたのね？」

「でも、やはりうまくいかなかったわ。一年以上たっても、手がかりはほとんどなし。アイリスとわたしは今や崖っぷちに立たされている状態なんです」

「手がかりも捜査の糸口になるようなものも、まったくなし？」ミス・ウィザーズは期待をこめて念を押した。

ナタリーが答えた。「ミッジは十六歳のとき、彼女のダンス教師だったニルス・ブルーナーの妻が起こした離婚訴訟で、共同被上訴人になっているの。その一年後、彼女はリフ・スプロットというスイングジャズのトランペット奏者と関わりをもったのだけど、別れたとき、彼のほうは睡眠薬で自殺未遂をしたわ」

「胃洗浄をされたのよ！」アイリスが助け舟を出した。

「ニルス・ブルーナーとリフ・スプロットね」ミス・ウィザーズは考え込んだ。「まだいそうね」

「でも、たいして役にたたないんです」アイリスが言った。「ミッジはつきあった男性と別れるときは、完全に見切りをつけるんです。ブルーナーと奥さんが別れた後に、ミッジがまた彼と会ったとは思えません。わたしと部屋が一緒だったときでさえ、彼の名前は出てきませんでした。リフ・スプロットは、ミッジが亡くなるおよそ半年前にはもう彼女のことを思い出すのはうんざりしていました。噂では、自分のバンドの女性歌手と結婚したらしいです。だから――」

ミス・ウィザーズが言った。「そんなに慌てて容疑者をはずさないで。もう少し突っ込んで調べてみるべきだわね。ところで、ミッジがミス・ブルックリンに挑戦するのを支援していたのは誰かしら？」

「ただの古臭いクラブじゃないでしょうか」アイリスが言った。

「ビガー・フラットブッシュ・ビジネス・ブースターズよ」ナタリーが詳しく答えた。

「クラブというと、男どもの集まりよね」ミス・ウィザーズは鋭く指摘した。「男というものは、ミッジ・ハリントンのような美しいメスの言いなりになるものよ。彼女のキャリアを応援するのに特にご執心だった人はいなかったのかしら？」

アイリスは首を振った。

「たまたま主人の部屋で、クラブの伝票を見たことがあるのだけど」と、ナタリー。「そこにはゾトスという男性の名前が連署してあった。ジョージ・ゾトスよ」

「まあ、あきれた！」アイリスが笑った。「ジョージー・ポージーの老いぼれって、いつもさんざん言ってたのにねえ。実際、彼はコッカースパニエルみたいに人畜無害な人で、それに少なくとも四十歳を過ぎたおじさんだって」

ミス・ウィザーズは、道楽に年齢制限はないと指摘した。「ミスター・ゾトスも容疑者リストに入れなくてはね。ブルーナー、スプロット、ゾトス。ミッジ・ハリントンの幽霊に、この男だと透き通った指で名指ししてもらえないのが残念だわ」

「マリカはそんなことを約束できないと思うわ……」ナタリーが言った。

「冗談よ。でも容疑者の度肝を抜くという意味では、マリカはわたしたちの調査のある段階で役にたつかもしれないわ。殺人犯はもちろん逃げおおせられると思っているでしょう。ローワンが死刑になれば、完全犯罪だもの。でもきっとびくついているはず。心理的な方法を試してみるのもまんざら悪くなさそうだわ。なんとか口実をみつけて、それぞれの容疑者を訪ねて、急にミッジの名前を出してみたらどうかしら？　それに反応して、真犯人がボロを出すかもしれないわ」

ナタリーは二杯目のブランデーにむせた。「なんですって？　そんなことうまくできそうにないわ。女優じゃないんだし」

「わたしは女優ですよ」アイリスが言った。「少なくとも、俳優組合には入っているわ。でも、モルグでミッジの遺体を見ているのを忘れないでほしい。たとえ大金を積まれても、自分の白い首を殺人鬼に差し出すような危ないまねはしたくないわ」彼女は優雅に震えてみせた。

ミス・ウィザーズは立ち上がって、いつものように外に出たがるタリーがぐいぐいリードを引っ張るのをこらえた。「ねえ、それはむしろわたしに任せて」

ナタリーは息を切らせて、真実を突きとめてくれる人には誰でも報酬として、一万ドル、いや、二万ドルでも、喜んで払うと宣言した。

「最善を尽くすわ」ミス・ウィザーズは言った。「お金のためではなくてね。わたしはまだ素人の立場だから。でも、見込みのない困難ほど、放っておけないという生来の執着心があるの。いくら時代が悪くなったといっても、正義は正義だもの」そして、まるで遠くから響いてくるドラムのとどろきやトランペットのファンファーレに見送られるように、大仰に犬と共に部屋を出ていってしまった。

ふたりの女性は椅子の上で呆然としたまま取り残された。「驚いた！」アイリスが突然声をあげた。「この目で見ても、まだ信じられない！　あのすごい犬は前髪にリボンをつけていたし、彼女の帽子ときたら、電柱にひっかかったおもちゃの凧《たこ》みたいだった！」

「でもあの帽子の下の頭は侮《あなど》れないわ」ナタリーは考え込んだ。「あなたには彼女はただの変わった人に見えたかもしれないけれど、わたしは彼女があのセンター・ストリートの警部を意のままにできると聞いたわ。その彼女が、なぜかどこからともなくここに現れて、もう絶望的に思えるまさにこのときに手を差し伸べてきた……あなたは天使を信じる？」

「確かにブロードウェイのお話みたいですね。入場の合図を待っているときに、救いの手をさし伸べて優先的に入れてくれる……ミセス・ローワン、今朝はもう四杯目のブランデーですよ！」

「飲んでないわ。あとは流しに捨てているのよ。今から頭を使わなくてはならないから」

ミス・ウィザーズは玄関ホールに出ると、わざと音をたてて内側から玄関のドアを閉めて、少し立ち聞きしていたのだ。満足そうにうなずくと、今度こそ本当に外の太陽の光の中に足を踏み出し、静かにドアを閉めた。

第二章

我々はそれぞれ、違う温度で沸騰する
——エマーソン

「一度評判を落としたら最後」ミス・ウィザーズは朝食のコーヒーを飲みながらつぶやいた。「そうなったら、それ相応に生きるしかないのかもしれないわね」そして、その名前が行いにふさわしい数多くの有名な殺人犯たちを思い浮かべた——たとえば、コーデリア・ボトキン。マーティン・ソーンとオーガスタ・ナック、言うまでもなく、ハーマン・マジェット、イヴァン・ポダージェイ、ドクター・クリッペン等々……

ミス・ウィザーズが最後のバタートーストにマーマレードを塗り、端をかじると、正面の椅子に陣取っていた相棒が、物欲しそうな視線で、言葉にはならない哀れな鳴き声をかすかにもらした。

「目下の難題に、当てずっぽうでぶつからなくてはならなかったけど、勘に頼るのも悪くはなかったわね？　今のところ有力な容疑者は、ブルーナー、スプロットとゾトスだけ。というか、わたしはリフ・スプロットという名前が、殺人犯としてぴったりだという気がするのだけど」

　アンズ色をした大型プードルのタレーランは、すねたようにむっつりしていた。彼は成犬のエサの時間は、夜に一回だけという一般的見解を決して受け入れていない。女主人がトーストを口に入れるたびに、そのブラウンの瞳を妬《ねた》ましそうに熱く輝かせる。さらには、サーカスや舞台を通して、何世代にもわたって受け継がれてきた持ち前の演技の才能を発揮して、いまにも飢え死にしそうな素振りを見せる。

　しかし、残念ながらその努力の甲斐もなく、女主人は、彼女にとって外国語のようにちんぷんかんぷんな言葉で書かれた、大げさなニュース週刊誌を熱心に見ていた。これまでさんざん首を突っ込んできたパイパー警部の扱った事件のひとつ（Four Lost Ladies, 1949）で、多くのやっかいごとと一緒に彼を引き取ってくれた女主人は、ときどき、読むのをやめては、記憶に留めておこうとするように、言葉に出してみたりしている。女主人が没頭しているのを尻目に、タリーは用心しながらそっと体を伸ばし、砂糖入れの一番上の角砂糖に口を近づけた。

「虫歯になるわよ！」ミス・ウィザーズが顔を上げずにぴしゃりと言った。「さっさと伏せをなさい」タリーは非難がましい視線を向けると、しぶしぶ椅子の脇に寝そべった。しかし、すぐに気が変わったのか、なにか期待しながら玄関のクローゼットのほうへ向かった。

「もう散歩はしたでしょう」ミス・ウィザーズはタリーに向かって言った。「残念ながら、次の遠足には、おまえは邪魔になるだけだわ。今度は復讐《ネメシス》の女神として登場したいから。魔女《マザーグース》じゃなくてね」そして、いつもパイパー警部にローズボウル（米国で最も古いアメフトの大学対抗戦）の山車《だし》みたいだと言われる、二番目にお気に入りの帽子を被り、もっとしゃれたスカーフにつけ替えた。ビーニー帽（丸い縁なし帽）、セーターとスカート、ボビーソックス（足首で折り返してはくソックス）という若者風のいでたちを試してみたかったが、それではおそらくやり過ぎだろう。出かけようとして振り返り、冷蔵庫のドアのまわりに慎重に細いチェーンを巻きつけた。「念のためよ」とタリーに向かって言った。「また悪さしたくてうずうずしているでしょうから」

ミス・ウィザーズが出かけてしまうと、タリーは、あらゆるテーブルの下をとことん調べ始めた。しかし、ミス・ウィザーズの以前の生徒たちが訪ねてきてからだいぶ時間がたっているし、ガムを残しておいてくれたりする者は誰もいなかったようだ。少なくともこの日はタリーにとって悪い滑り出しになった。

一方、ミス・ウィザーズは、秋の明るい日差しの中に足を踏み出しながら、期待に満ちた自信に胸を膨らませていた。きびきびとセントラルパーク方面に向かい、さらに南の劇場地区や、タイムズ・スクエアへと進んだ。奇跡を起こすのに、もうあと一週間もないが、時間は全世界共通なのだと自分に言い聞かせた。

しかし、すぐにわかったことだが、音楽家というものは、はっきりいってコウモリや、フクロウや、カタツムリのように極端に夜行性の人種だ。リフ・スプロットは、ドュードホテルの14Bに住んでいるはずだったが、不在だった。その日の午後も遅くなってから、やっとミス・ウィザーズは、七丁目のはずれにあるグロット・クラブという店の長い階段を用心深く下りていた。昼は見えなかったが、夕方になってネオンが灯り、それが当の店であることがわかった。ひんやりした狭い地下室に詮索《せんさく》好きの鼻を突っ込むと、そこは昨夜のアルコールと、タバコと、高級な香水と、食べ物のむっとするようなにおいがまだ残っていて、おそらくゴキブリもかけずりまわっていただろうと想像できた。がらんとしたバーで、憂鬱そうにグラスを拭いていたひとりの若者がその手を止めて、グレイのタオルでミス・ウィザーズが行くべき方向を指し示した。奥の部屋から、急にガヤガヤうるさい音が聞こえてきたので、すぐにわかった。ミス・ウィザーズの耳には黒板を爪でひっかくような音にしか聞こえなかったが、かまわずに進んだ。

椅子が逆さに乗せられたテーブルの合間をぬって、家のリヴィングのラグくらいの大きさのダンスフロアを横切り、おずおずと舞台に近づくと、ぽっちゃりした赤毛の女が退屈したようにピアノに寄り掛かっていて、派手にエナメルを塗った長い爪で音に合わせて拍子をとっていた。五人の男は普段着だったが、そのドレスは前は肌が露わで、後ろはさらに露出度が高かった。

トランペット――ミス・ウィザーズはコルネットと呼んでいたが――の男は、三十代前半の見るからに神経質そうな男で、カレイの腹のような白い顔色がタイプというなら、見てくれは悪くない。あらゆる色が配色されたハリウッドシャツを着て、ほんの少し口ひげを生やしている。訪問者に気がつくと、うんざりするほど丁寧に自分のトランペットを置いた。「みんな、十分休憩しよう」そして、輝くばかりの歯を見せて笑みを浮かべながら、ステージを下りてきた。「なんでしょうか」

ミス・ウィザーズは深く息を吸い込むと、明るく言った。「ハーイ、リフ！　サインをもらえないかしら？　あたし、ダサく見えるかもしれないけど、古臭いジャズじゃなくって今風のイカすやつやってるの。あなた、最高に熱い五人組バンドをやってるんでしょう。あなたたちが最近、新譜を録音したなら、あたしの本物のノリノリスイングジャズのアルバムに入れさせてもらえるかと思って、たまたま立ち寄ったってわけよ」

一同は、ミス・ウィザーズとまじまじと見た。静かに即興で演奏していたテナーサックスの男が、急にけたたましい不協和音を出した。リフ・スプロットが、ゆっくりと後ずさりした。「悪いけどさ、また出直してもらえないかな。そうすればわけのわからない話を省くことができる」

「おやおや！」独身の元女教師は、残念そうに首を振った。「《ダウンビート》誌や、《ウィークリー・ヴァラエティ》誌を、何時間もじっくり読んだっていうのに、業界用語をちゃんとわかってないってこと？」

「芝居以前の問題だな」スプロットが言った。そしてため息をつくと手を差し出した。「わかったから、訊きたいことがあるんなら、さっさと済ませてくれ。リハーサルに戻らなくてはならないからな」

「いえね、裁判所の召喚令状を持ってきたわけじゃないの」ミス・ウィザーズは言った。「ミスター・スプロット、わたしがここに来たのは、あなたがミッジ・ハリントンのことを聞いているかどうか知りたかったからなのよ」

まるで尖った靴の先で腹に蹴りを入れられたかのように、スプロットはうめき声をあげた。病人のように顔色が真っ青だ。そして、ミス・ウィザーズの腕をつかむと、他の人に話を聞かれないよう、ダンスフロアを横切って急いでその場を離れた。「なあ、ハリントンと言ったのか？」

スプロットは息をのんだ。「だが、ミッジは——ミッジは死んだはずだ！」

「わかってるわ。でも彼女を殺した犯人の捜査が再開されるの」

つかまれているスプロットの手に力が入った。「なんだと？」

「彼女はあなたの友だちだったんじゃないの？」

「いいかい」スプロットが答えた。「いっときミッジとぼくとがゴシップの格好の材料だったことは素直に認めるよ。それから袖にされたせいで、愚かにも薬を一壜まるまる飲んで意識朦朧《もうろう》となったこともね。ベルボーイがぼくを発見して、救急隊が救命処置を施してくれたから、結局ぼくは埋葬されずに済んだが、すでに終わったことだ。もうすっかり忘れたいんだよ」

「死者は、忘れ去られたままにならないこともあるわ。あなたは一時、ミッジのことをよく知っていたでしょう。わたしは単なる好奇心から訊いているわけではないの。彼女は本当はどんな人だったのかしら？」

スプロットはふと遠い目をした。それから口を奇妙に捻じ曲げているさまは、いかにも殺人犯さながらだった。決して存在しない、存在するはずもない理想の女性への愛におぼれて、逆上するタイプ。ひどい気分屋のように見えるが、その青白い細い手は驚くほど力強い。摑《つか》まれた跡が明日には痣になっているだろう。

「彼女がどんな人だったか知りたいって？」スプロットは穏やかに言った。「ミッジは——音楽のフレーズのような人だった。言葉にすることのできない数小節そのもの。なぜか頭から離れず、嫌いなのか好きなのかわからないのに、思わず一日中口ずさんでしまうようなちょっとしたメロディ。どこかで聴いたのか、はたまた自分で作曲したものなのか定かではないが、未完成なのは間違いない。おそらく、この業界にいる人間なら、そんなフレーズを曲の中に取り込もうとするだろう。でもできないんだ」

「〝耳に響く音楽は美しい、だが、耳にひびかぬ音楽はことさらに美しい〟（キーツ『ギリシャ古壺のうた』より）だわね」

ミス・ウィザーズは引用した。

「〝さあ、その静かな笛を……〟」スプロットは目をしばたたいた。「まだ覚えていた詩だ！　学校で覚えさせられたよ。とにかく、ミッジ・ハリントンは多彩な面のある女性だった。そのすべてが美しかった。彼女の墓石に刻みつけたくなるほどに」

「でも、メロディのような美しい女性というのが、あなたの言わんとしていることなの？」

スプロットはさっと自制心を取り戻した。「それは古臭い昔のベルリンの曲の歌だよ」

「感傷的ね。でも、あなたとミッジはとても愛し合っていたんでしょう？　なにがあったの？」

「確かに、ぼくは恋の病にかかっていた。それがあんたになんの関係があるかわからないが、諸悪の根源は、ミッジがそこまでぼくを愛してくれていなかったことだと言っていいだろう。たぶん、彼女がほかの男のせいで心を閉ざす前に、ぼくが彼女と出会っていたら、事態は違っていたかもしれない」

ミス・ウィザーズは共感してうなずいた。「一度、女が男を愛したら、その後は恋に恋するだけと言われているわ。でも、そのほかの男とは、あなたたちの間につきまとう生き霊は誰だったのかしら？　ニルス・ブルーナー？」

「ブルーナー？　あのダンサーの？」スプロットは顔をしかめると、七色のシャツのポケットからタバコを取り出して火をつけた。まるでどうしてもそれがなければやってられないというように煙を吸い込むと、冷ややかな疑い深い目で、ミス・ウィザーズを見た。「そんなこと、どうしてぼくがわかるというんだ？　あんたは誰だ？　どうしてこのことに首を突っ込んでくるんだ？」

ミス・ウィザーズは本名を名乗った。「わたしはパイパー警部の友人で、ときどき彼と事件のことを話すの。だから、ミッジの殺害犯として、誤った男を拘留したのではと警察が思い始めているのを知ったわけ」

火はすでにちゃんとついているのに、スプロットはもう一度、タバコに火をつけ直そうとした。

「なんだって？　誰がそんなことを言ったんだ？　あのローワンって奴が犯人なんだろう」

「いいえ。彼は無実よ。しかるべき筋からの話だわ。とびきりの情報源からのね」

「へえ？」

「しかもひとつだけじゃないわ。そう、そもそもの始まりは、霊媒師とか千里眼とかそんな風に呼ばれている、九十六丁目に住んでいるマリカとかいう人の仲介した霊からのメッセージなのよ」

「冗談だろう？」スプロットが言った。

「本当よ。真犯人の名前がわかる前に、マリカのトランス状態が終わってしまったのは重ね重ね残念だわ。でも、少なくとも彼女はニューヨーク市警のお偉いさんたちの考えを覆して、それが広がっていく口火を切ったわけよ」

スプロットはやや慎重に言った。「でも、いったいそれがぼくになんの関係があるのかな？」

「なにもないわ、もちろん！」ミス・ウィザーズは優しく言った。「友人の警部にも話したけど、あなたは有名なアーティストだわ。わたしはあなたの放送をずっと聴いていたし、レコードも何枚か持っている。『スルー・フット・ブギ』や『ハー・ティアズ・フロード・ライク・ワイン』が特にお気に入りよ。そんなあなたを疑うなんて、まさか。刑事があなたの跡を密かにつけまわすなんて、まったくばかげたことだと思っているわ。あら、こんなこと、うっかりしゃべるべきじゃなかったわね？」

スプロットはまるで珍しい発明品ででもあるように、タバコをためすすがめつ眺めて、困ったような顔をした。そして、なにか言いかけたが、また口をつぐんだ。

「でも、そういえば」ミス・ウィザーズが意地悪く続けた。「あなた、わたしがミッジの名前を出したら、ビクッとしていくぶん青くなったわ……」

「あたりまえじゃないか！」スプロットは声をあげた。「ピアノの脇で、自分の曲のリハーサルを待っているぼくの妻の前で、あんたがミッジの名前を出したからだよ」そして肩越しにステージのほうを見た。「ぼくたちは結婚して一年と四か月だが、彼女はまだぼくの心にミッジがいると思っている。ミッジの名前を出しただけで、クローリスはカンカンになるんだ。きっと――」

「まあまあ」ミス・ウィザーズが遮った。「一年以上も前に死んだ女性に、まだあなたの奥さんは嫉妬しているということ？」

スプロットはうんざりしたようにうなずいた。「いいかい、彼女はこうしてぼくと話しているあんたにも嫉妬《しっと》しているんだよ！　頼むから、箒《ほうき》の柄《え》にまたがって、家に帰ってくれないかな？」丁寧だが、きっぱりと言って、スプロットはミス・ウィザーズをバーの出口のほうへじりじりと追いやった。背後で鍵がかかる音が聞こえ、話はこれまでだと悟った。

ミス・ウィザーズは通りに戻ると足を止め、帽子の羽飾りを撫でつけた。気がつくと、まわりは広告のポスターだらけだった。〝リフ・スプロットと楽しい五人の仲間たち＆クローリス・クレー〟。カラー写真で、実物よりかなり大きかった。曲線美の女性は、確かにさっきピアノのそばに立っていた女性に似ている。クローリス・クレーは口を開けて、今にもスタンドからマイクを食いちぎろうとしているかのようだ。

ミス・ウィザーズは、圧倒するようなポスターに背を向けると、収納力抜群の大きなハンドバッグの中から小さなメモ帳を取り出して書きつけた。〝リフ・スプロット、グロット・クラブ、過剰な反応、妻のクローリスが嫉妬深いといううさんくさい言い訳、ミッジに入れ込んでいたが、ミッジのほうはそれほどでもなかったことを認める、クローリスが、いつバンドで歌い始めたかを調べること〟

事態は確かに好転しているようだ。犯人がスプロットだったらいいのにと、ミス・ウィザーズは切に願った。絞殺魔にふさわしい名前をしているうえ、箒の柄うんぬんと皮肉めいたことを言われたからだ。もし、彼に罪悪感があるなら、警察が密かに尾行しているかもしれないとほのめかしたことで、相当怖気づくはずだ。

でも今は、早急に答えを出すときではないし、直観頼みでもいけない。ほかにも容疑者はいるのだから……

次の標的はニルス・ブルーナーだ。ダンス教師なら、ミュージシャンよりは規則正しい生活をしているだろうが、居場所を特定するのはかなり難しい。あの手の職業は、すぐにその場を引き払って、より実りの多い新しい場所へと移ることが多い。案の定、フラットブッシュのスタジオは閉鎖されていて、去年の十月から貸スタジオになっていた。転居先の住所はわからない。

しかし、ミス・ウィザーズは、並みの素人探偵や、時には警察でさえ使うことのできないある情報網を持っていたので、そこに問い合わせてみた。第三十八小学校での二十年あまりの間、だらしのない悪がき世代が彼女の指導の元、巣立っていき、外の世界で自分たちの居場所を見つけた。そのほとんどと今でもクリスマスカードを介して連絡を取り合っている。そのおかげでこうした瞬間でも、シャーロック・ホームズが予告なしにふいに現れるように、遠方の組織にも訪ねていくことができる。教え子たちの何人かは、影響力のあるしかるべき重要な地位に昇進しているからだ。

そのひとりが、ウィリー・プルジュブルスキーだ。かつては体も小さく、三年生の算数がわからなくて苦しんでいたが、いまや頭は薄くなり、メガネをかけ、公益法人で監査役をしている。その彼が同じ日の夜、電話をかけ直してきて、ミス・ウィザーズがもっとも欲しい情報をおしえてくれた。

ローワンの命も残すところあと五日となった翌日の正午前、ミス・ウィザーズはグランドコンコース地区の入り組んだ町中にある、ドラッグストアの階段を二段飛ばしで上がっていた。そしてこう書かれた札が下がっているドアを勢いよくノックした。〝プロのタップ、スパニッシュ、リズムダンサー養成のための新英才学校〟

誰も出てこなかった。もう一度、ノックしてから、狭い受付に入ってみた。家具がまばらに置いてあるだけで、興味をひくものはなにもない。しかし、奥の部屋からかすかに音楽が聞こえてきたので、ミス・ウィザーズはドアを開けて、中をのぞいてみた。

長くがらんとしたホールの一部が見えた。窓の下に練習用のバーがついていて、反対側は壁一面鏡になっている。どっしりと重そうな年代ものの自動蓄音機が『シグマの恋人』を奏でていて、磨かれた床の中央で長身で色白な男性が踊っていた。染めたダチョウの羽根の巨大な扇を二本お伴にしている以外は、そこをまるまるひとりで占領し、薄緑色のスラックスとアンダーシャツのみの姿をしている。

「おやまあ!」ミス・ウィザーズは思わず声をあげた。「ねえ、おじゃましますよ!」

しかし、孤高のダンサーは、踊るのに夢中になっていて、こちらを振り向きもしなかった。ミス・ウィザーズは、これはやわな女装パフォーマンスではないことにふと気がついた。しなかやかでたおやかで、女性らしい動きとは裏腹に、そのダンス教師には女っぽいところなど微塵もなかった。

「あの!」ウィザーズはもう一度声をかけた。

男が振り返り、青磁のような瞳でじっとこちらを見た。そして踊りをやめることなく言った。

「どうぞ。クラスに参加したいのなら入って。そこの隅に予備の扇がありますから」

誰かがくすくす笑う声が聞こえた。ミス・ウィザーズが中に入っていくと、露出度の激しいコスチューム姿の若い女性が三人いるのが見えた。彼女たちも、ダチョウの羽根をつけていて、先生のほうを向いて、その技法を真似ようとしている。

音楽が突然止まった。「わかりましたか、みなさん？　すべてはコントロールです。それからリズムの遅れ。ターンするとき、扇の位置とタイミングが微妙にずれているのを調整して、こつをつかんでください。ワン、ツー、スリー！　とこういう具合にね。いいですか？」そして時計を見た。「オーケー、十一時半ですから、あとは家で練習してください。それと、イルマ、ダイエットはやめなさい。そうしないと、誰もあなたが扇を振ろうがどうしようが気にしなくなりますよ」

生徒たちは騒々しく更衣室に向かっていった。ニルス・ブルーナーは、扇をとって額の汗を拭いながら、ミス・ウィザーズのところにやってきた。「それで、なんでしょうか？」

「ダンスのレッスンを受けたいんです」ミス・ウィザーズは言った。「でもこの扇のダンスじゃなくて」話しながら、鏡に映った自分の姿を見て、準備してきた話の切り出し方が、なんてばかばかしいのだろうと思った。

ブルーナーはにこりともしなかった。「もちろん、ほかにもありますよ。社交ダンスのプライベートレッスンとか。ワルツとかですか？」

ブルーナーはとても色白で、ほとんど先天性色素欠乏症といってもいいくらいだった。髪にポマードをつけた形跡はなく、想像していたようなもみあげもなかった。この長身の一風変わった若者に、夕方になって無精ひげが伸びてきたら、頑固そうな顎に霜かカビが生えているように見えるだろう。

「ええ、ワルツがいいかなと」ミス・ウィザーズが答えた。

ブルーナーは残念そうな表情をした。「来週、一日時間をとりましょう」

「今日はだめですか？　来週だと遅すぎるんです。少なくともアンディ・ローワンにとっては」

ブルーナーはますます悲しそうな顔をした。「残念ですが、正直言って予定が詰まっているんですよ。数分後には、タップとソフトシュー（底の柔らかな靴を用いるタップダンス）のクラスがあって、黄色い声の若い生徒たちでここはいっぱいになります」

「キャンセルしてください」ミス・ウィザーズはいきなり言った。「ミスター・ブルーナー、本当のことを言いますと、わたしはここにダンスのレッスンを受けに来たわけではありません。数年前にあなたのレッスンを受けていた少女のことを覚えていませんか？　名前はミッジ・ハリントン」

薄い睫《まつげ》が一回だけまたたいた。それからブルーナーは慌てて言った。「もちろん、覚えていますよ！　無残な最期でしたね。あの子がまだダンスをやっていたら、非凡な才能があったのに。あの個性、あの美しさ……」

「ひょっとして、どこかにプロとしての彼女が写っている写真がありませんか？」

今度はためらっている時間が明らかに長かった。「持っているかもしれないが」やっとブルーナーは言った。「サイン入りのだけです。確かに思い入れのあるつきあいでしたね。どこかの新聞に載せるつもりですか？　五十ドルまで出せます？」

「いいえ。新聞ではありません」せいぜい二十五ドルだわ、とミス・ウィザーズは思った。それから、あれこれ値段の交渉をして、大きなスタジオ用の写真を手に入れた。濃い化粧をした長身のミッジが、スペイン風のコスチュームを着て、カスタネットを鳴らしながら、ラ・アルヘンティニータ（ブエノスアイレス出身のダンサー）のような笑みを浮かべている。〝わたしに踊りのすべてを教えてくれた、ミオ・マエストロ、ニルス・ブルーナー先生へ。ミッジ〟。下のほうに丸みを帯びた子供っぽい字で走り書きしてあった。未熟な少女のようなその字を見て、どういうわけかミス・ウィザーズはぐっときて、哀れな思いにかられた。モルグの不気味な写真を見たときはこんなことはなかったというのに。

ブルーナーは、抜け目なく小首を傾げた。「その写真にまつわる話を聞きたいんじゃないですか？」

「え、ええ」ミス・ウィザーズは答えた。「彼女の人柄がわかるようなことはなんでも役にたちます」

ブルーナーは声を落とした。「もちろん、わたしと妻との離婚訴訟で彼女の名前の出てきたことは、とうにお調べになっているのでしょうね。プロのダンサーとしてのわたしの評判を失墜させるためだけに、妻のヴィルラはそうしたのですよ。実際、ダンス教師は妻をもつべきではありません。この職業で、本物の才能、スターダムにのし上がってスポットライトを浴びることが運命づけられた個性にお目にかかれることはめったにありませんから、個人的な興味を少しも見せずに、そんな才能を発掘して、つぼみを大輪のバラに開花させることなどほとんど不可能です。

みんな誤解しているのですよ」

「それじゃあ、あなたは彼女と恋愛関係にはなかったと？」

「オフレコですよ」ブルーナーは慌てて言った。「ねえ、あなたがたプロなら、こういうことを、揉め事を起こさずにどういう風に書けばいいかわかっているでしょう？　とにかく、わたしは離婚してからミッジとは一度も会っていません。でも、金ができたのなら、わたしの個人レッスンの代金は払っていてくれたでしょう。でも、そうはならなかった。そのためレッスン代はツケにせざるをえませんでしたよ。彼女には金はありませんでした。なにせ身寄りがありませんでしたから」

「孤児だったってこと？　それともヴィーナスのように貝から生まれたとでも？」

「確か、母親はいたと思います」ブルーナーはゆっくり言った。「舞台女優をしていたはずですが、確かなことはわかりません。とにかく、母親はブルックリンハイツで彼女を寄宿舎に預けた。しばらくして母親が送金をやめたので、ミッジはひとりぼっちになった」

まさに悲しい話の典型だが、本題から話がずれ始めたようだ。「あなたが彼女と結婚しなかったのはとっても残念ね。ミッジはあなたのことをとても愛していたのではないの？」

ブルーナーの淡いブルーの瞳が曇った。「いや。彼女は愛してなどいなかった。なにかいつも障害が立ちはだかっていました。わたしは彼女には忘れられない男がいるに違いないといつも思っていましたよ。わたしの生徒になる前に出会った誰かが」

またしても実態のない恋人登場。「なるほど。十六歳にもならないうちに、もう大恋愛ってわけ？

それはそれは」

例の三人の生徒が着替えを済ませ、小さな肩掛けかばんを持って、さよならを言って帰っていったので、少しの間、会話が中断された。ミス・ウィザーズはどこかくすぶった思いを抱きながら、まだぐずぐずしていた。

「ほかになにかわたしに協力できることがありますか?」ブルーナーが言った。「たとえば、わたしの写真とかはいりませんか?　あなたの雑誌がどんな特集を組もうとしているのかはわかりませんが、どこかにこのスタジオの名前を入れてもらえると……」

「わたしは雑誌社の者じゃありません」ミス・ウィザーズは打ち明けた。「《ライフ》や《ルック》や《ピープ》なら、今頃になってミッジ・ハリントン事件をほじくり出しかねないでしょうが、わたしはゴシップ屋じゃありません。フリーの私立探偵なんです。警察が間違った男を拘留してしまったので、ハリントン事件の捜査を再開したという話は、聞いたと思いますが」

ブルーナーは外国語でかすかになにかつぶやいたが、その表情からは真意は読めなかった。ミス・ウィザーズは、力が強く、激怒している男とふたりきりであることにふと気づいた。この男は少しばかり余分に自分を売り込もうとしてしゃべりすぎたことを、今は深く後悔している。わずかに自制心が崩れかけているように見えた。

「おそらく、なにも新事実は出てこないでしょう」ミス・ウィザーズは慌てて言った。「すべては霊のメッセージとやらが発端なんです。九十六丁目に住むマリカという霊媒師が、ローワンは無実だと言い出したのだけど、これまでのところ、肝心な真犯人の名前は言っていないんです」

「警察は、そんな人間の言葉を真に受けるんですか?」ブルーナーは不明瞭な声で言った。

「証拠固めになるものがありそうだという理由だけですよ。ご協力ありがとうございました、ミスター・ブルーナー。それにもちろん、写真も」ミス・ウィザーズはそそくさと退散すると、無事に外の通りに逃げ出した。そして、メモ帳を取り出して書き留めた。〝ニルス・ブルーナー、クロトナビルにダンス教室、無反応、無関心すぎる、ミッジとの恋愛は否定するも、彼女が自分からお金を借りていたことは認める、人をうまく操る狙いか? 問題の夜、妻のヴィルラ・ブルーナーはどこにいたのか?〟

少々疲れたので、ミス・ウィザーズは店に入って、お茶とサンドウィッチを頼んだ。ブルーナーも、あのトランペット吹きと同様、どこから見てもかなり怪しい容疑者だと認めざるをえない。

三十分後、より犯人の可能性が高いことに気づいた。というのも、ミス・ウィザーズが座っていた店から、ダンススタジオに続く階段への入り口が見えたのだが、あれから若い子たちの集団がダンスのレッスンにやってくる気配はなかった。時刻は十二時。十二時半になっても、体にフィットしたセーターを着た早熟そうな娘以外、誰もスタジオには入っていかなかった。娘は黒い渦巻模様のバスケットを持ち、見るからにアイルランド系の顔をしていた。戸口でいったん立ち止まると、口紅を塗り直して、一度に三段ステップを飛び越して階段を駆け上がっていった。

「へえ!」ミス・ウィザーズはさらに三十分ほど、そこに居座っていたが、誰も階段を降りてこなかった。

「わたしの生徒たちがやるような方法で決めたほうがいいわね。どれにしようかな、神さまの言うとおり……」ミス・ウィザーズはぶつぶつ言いながら、バスの停留所に向かった。「でも、公正を期すために、あとひとり残った容疑者のジョージ・ゾトスも入れておかなくてはいけないわ」

ミス・ウィザーズにしてみれば、この工場主についてはいいことがひとつあった。この時間、彼は工場にいるに違いない。だが、もちろん、ほかの容疑者の後では、ゾトスが期待外れに終わるはずだった。

一ブロックもありそうなそのビルは、煤《すす》で汚れていて、ロングアイランドの場違いな場所にあった。バニラやチョコレート、シナモンのむせかえるような甘ったるい香りが充満していて、半ブロック離れていても耐えられないほどだった。工場の中でなんとか口実を並べているうちに、金輪際ペストリーは食べないと誓いたくなったくらいだ。

シュークリーム王は、オフィスの大きな机の向こうの大きな椅子に座っていた。壁にはなにかの大会の写真や、額に入った会員証明書などがずらりと並んでいる。本人は当たりの柔らかそうな、ぽっちゃりした男で、黒い巻き毛が頭頂部にまばらに生え、潤《うる》んだブラウンの瞳をしていた。アイリスの言ったとおり、彼はコッカースパニエルにそっくりだった。だが、歯をむき出して唸るのか、尻尾を振ってなつくのかわからない、油断できないスパニエルだ。

これまで、ジャズ愛好家やダンスの生徒を装って潜入しようとしたけれど、成功したとはいえない。今度は、名刺をデスクの上に差し出してみた。「ミスター・ゾトス」ミス・ウィザーズは、呆気にとられている小男に言った。「あなたのご意見をうかがいにまいりました。なんでもけっこうです。ミス・ミッジ・ハリントン殺人事件の件で、警察が新たな手がかりをつかんだということについて」

「誰だって？」ゾトスが訊き直した。

「ミッジ・ハリントンです。去年ミス・ブルックリンに挑戦するのを、あなたが支援した女性。彼女は殺されました。覚えてますよね？」

するとゾトスのブラウンの瞳からはばかることなく涙があふれ出て、ぽっちゃりした頬にとめどもなく流れた。「ええ」ゾトスはか細い声で言った。「覚えていますとも。でも、どうしてわたしのところへ？」

「わたし、彼女の親戚なんです」ミス・ウィザーズはしゃあしゃあと言った（だって、わたしたちはみんなアダムや猿の子孫なのだもの。結局みんな親戚同士ということよね）。「警察の捜査に協力するために、ミッジのことを知っている人たちを訪ねてまわっているんです。行き詰まっていた捜査が、ある人物の遺言書の奇妙な項目と霊からのメッセージと思われるものから、再調査されることに……」

「霊のメッセージですって？　お話がよくわかりませんが」

「わたしもです。でも、九十六丁目に住んでいるこのマリカという霊媒師が、警察が逮捕して有罪にした男は、無実だというメッセージを受け取ったというんです。それに、それを裏づける証拠もあるようです。ミッジの仇をとるためにも、わたしは正義がなされるのを見たいのです」

「そうですね」ゾトスはハンカチで涙を拭うこともせずに、静かに言った。「ミッジ・ハリントンはただひとりの女性だった――」彼は涙をぐっとこらえた。「それなのに逝ってしまった。問題はそのことだけです。彼女はわたしが愛したただひとりの女性でした。警察がこんなひどいことをした犯人を捕まえたのは知っています。でも、再捜査を始めたのなら、どうすればいいのかわかっているのでしょう。わたしで助けになるのなら――」急に顔を輝かせて、デスクの中に手を伸ばした。「これを見たいですか？」

それからたっぷり三十分、ミス・ウィザーズは、ローワンがミッジを売り込んだ広報記事を集めたゾトスのスクラップブックを見せられ、かなりよくできているのに感心せざるをえなかった。水着姿の写真、作り笑いをしてポーズをとる写真など、ありとあらゆる写真がおさめられている。中でも貴重なのは、ジョージー・ポージー、ゾトス自身がなにかの昼食会のイベントでミッジにランのコサージュを贈っているもの。ミッジを見上げるゾトスは、おもちゃ屋のウィンドウを食い入るように覗きこむ幼い少年のようだ。「わたしはこっそり彼女の声も録音しています。『凍える戸外』を歌う彼女の声を。ときどき、それをかけて聴いています。ああ、まったくなんという人だ！」ジョージ・ゾトスはため息をつくと、首を振った。

「彼女を愛していたんですね――とても？」

「彼女を愛さない男がどこにいますか？」この質問に驚いて、ゾトスは訊き返した。

「ミッジもあなたのことを愛していましたか？」

ゾトスは目をぱちくりした。「もちろん、そんなことはありませんよ。ミス・ハリントンは――いつも彼女は手が届かない人だと思っていました。触れてはいけない人だと。なんというか、彼女は、誰か別の人間のものだったような気がするんですよ。ずっと以前に彼女が出会ったか、憧れていた誰かの」

「まただわ」ミス・ウィザーズは小声で言った。

「彼女のような人はいませんでした」ゾトスは、痛ましいほど真剣に言った。「彼女は芸術作品です。彼女はケーキにかかっている甘い砂糖衣。あなたの言っていることが本当なら、彼女にこんな恐ろしいことをした男は野放しになっているわけですよね。五分間でも、そいつとふたりになることができたら……」

「シュークリーム攻めにして窒息死させる？」ミス・ウィザーズは遠慮がちに言って、立ち上がった。「ありがとうございました、ミスター・ゾトス。これがわたしの名刺です。もし、なにか事件に関連したことを思い出したら、お電話ください」

「もちろんです。わたしにできることがありましたら――」

「ひとつあります。どうしてミッジのミス・ブルックリンになる夢や、ミス・アメリカの栄冠への挑戦は、実現しなかったのでしょうか？」

「どうして――」ゾトスは言いよどんだ。

「ミッジの派手な過去のせいだったのですか？　それがなにを意味するにしても？」

「そうではありません。まったく違います。アトランティック・シティ美人コンテストを主催している委員会には厳格なルールや規定があって、それが当然ながら地元や州の委員会からも承認されています。確かにわたしたちの推薦した候補者のミス・ハリントンは、参加資格はないと言われました。そう、どこぞのおせっかいが手紙で言ってよこしたおかげでね――」

「それは、ミッジがこのブルックリンではなくて、マンハッタンのリハーサル・アーツクラブに住んでいたからなのね？」

「おそらくそうです」ゾトスは曖昧に言った。

ミス・ウィザーズはドアのほうに向かった。「あとひとつ、ミスター・ゾトス。警察がやってきてなにか訊かれても、わたしがここに来たことを言う必要はありませんよ。わたしが口出しするのを、彼らがおもしろくないということもあるので」

「了解です」ゾトスは心ここにあらずという感じで言った。ミス・ウィザーズが部屋を出るとき、慌ただしくスクラップブックを片づける音が聞こえた。くたくたに疲れ切って、地下鉄で家まで帰る途中で、またメモを書き留めた。〝ジョージ・ゾトス、やけに感傷的な醜い男、三人とも、愛している者を殺すだろうか？　とにかくゾトスはミッジをまだ愛している、まちがいない〟

家に近づくにつれ、不安がつのってきた。この二日間、どう過ごしたかを聞いたら、また事態を紛糾させたと怒られるに違いない。それに、自分の人生におけるもう一匹のオスであるタレーランが、長く留守にしていた間に寝室でいたずらをして憂さ晴らししているか、とんでもないことをやらかしているのは確実だ。通りを歩きながら、ミス・ウィザーズは不愉快な災難が迫りくるのをぼんやりと感じていた。ちょうどいつもの直観が働き始め、中間段階をすっとばして近道しても、正しい答えにたどり着けそうなタイミングだったので、なおさら腹がたった。もちろん、いくら直観で得た答えだからといって、後でちゃんと論理的に確認しなくてはならないのは、よくわかっていた。

ミス・ウィザーズは急いで階段を上がり、鍵を差し込んだ。タリーは少なくとも、寂しがって吠えたり、他の住民を徐々にイライラさせるようなかすかな遠吠えをしているわけでもなかった。実際は、キッチンのお気に入りのコンロのフタの上で平和そのもので眠っていた。

電話の受話器が外れていた。何度もしつこくベルが鳴り、ついにタリーが前足で一撃を加えて黙らせたのは確かだ。ミス・ウィザーズはコートと帽子をとらずに、座ってパイパー警部に電話をかけた。しかし、彼は自宅にも署にもいなかった。

「殺人事件で出かけているのかしら？」ミス・ウィザーズは電話に出た巡査に訊いてみた。

「わたしにはわかりません」

「知っていても、絶対言わないで！」そして唐突に電話を切った。それから、殺人のことは頭から追い出して、自分と犬のために簡単な食事を作った。その後、いつも読み始めるのはいいけれど、決して読了することのない古典『戦争と平和』を取り出して、やっと落ち着いた。今夜も同じことの繰り返しだ。十時半が過ぎても、電話は頑として鳴らなかった。ミス・ウィザーズは電話帳を取り出した。これはときどき、なかなかお気に入りの読み物になることがある。

祈りが通じたのか、それは見つかった。「マリカ――西九十六丁目……」さっそくダイヤルしてみると、すぐに男が出た。ひどく用心しているようだ。「もしもし？」

「マリカさんとお話ししたいんですが、お願いします」

「どちらさまですか？」

「それが重要なことかどうかはわからないけど、わたしの名前はヒルデガード・ウィザーズ。予約をとりたいのだけど……」

くぐもった男の声が聞こえ、誰かが電話をかわった。「ヒルデガード！」パイパー警部の怒鳴り声が聞こえてきた。「こんなときに電話をしてくるなんて、どういうことなんだ？ どうしてこのことがわかった？」

「本当に予約をとりたかっただけよ」ミス・ウィザーズは言った。「あなたじゃなくて、マリカのね」

「ほお、たいした千里眼の持ち主だな。なにせマリカという女は、まさにここわたしのそばの床に転がって、ホトケそのものになっているんだからな！」

「なんですって、わたしにも予知能力があるのね！ 彼女も同じあのネックレスで絞殺されたんじゃない、オスカー？」

「違う。自分の水晶玉で脳天を殴られたんだ」

第四章

小さな習慣のおかげで、時折、犯罪の重大さにたどり着くことがあるかもしれない
――ハンナ・モア（英国の宗教作家）

「ちょっと待って！」ミス・ウィザーズは言った。「十分でそこに行くわ。いえ、十五分。着替えていないのを忘れていたわ」

「いや、それには及ばない、ヒルデガード」警部の声は冷たかった。「現場は封鎖している。今度は、いくらきみが相手でも締め出さなくてはならない」

ミス・ウィザーズは一瞬ためらった。「でももうすでに首を突っ込んじゃっているのよ」

「なんだと？」パイパーは、悪態をつくように言った。

「事後従犯ってことだけど、もちろん」ミス・ウィザーズはたたみかけるように言った。「良かれと思ってやっただけのことよ。マリカは明らかになんらかの形でハリントン事件に関わっていたのよ。でもわかったわ。ごめんなさい。あなたの言うことは正しいわ。なんでもかんでも、わ

たしが口出しするべきじゃないわよね。もうすべて解決済みなんでしょう。うっかりわたしがこんなことをしゃべってしまって、申し訳なかったわ」

「ちょっと、待った！」パイパー警部は、思わずラジオのジャック・ベニー（一八九四年生。アメリカのコメディアン、俳優）の口調で叫んでいた。「きみはこの騒ぎにすでにどっぷり首を突っ込んでいるんだろう。着替えていようがいまいが、今すぐにここへ来るんだ。さもなければ、パトカーをやって、手錠をかけて引きずって来させるぞ」

ミス・ウィザーズは、ぜひパトカーを寄こしてくれるよう言った。タクシー代の節約になる。数分後には、帽子をつかんで、けたたましいサイレンを鳴らしながら走るパトカーに乗り込み、陰鬱に鳥が群がる壮麗なグラント将軍の墓を通り過ぎて、西九十六丁目の黒ずんだ建物に向かっていた。そして、無表情でやる気のなさそうな無口な警官に、狭くて薄暗い階段を三階へと案内され、マリカの部屋らしき現場に着いた。ウィザーズは、部屋の様子をはっきりと思い描いていた。きっと、プロの預言者らしい古びた小道具が散乱していて、きつい香のにおいがたちこめ、擦り切れたヴェルヴェットのカーテンが下がって、暖炉の上のフクロウの剝製《はくせい》には埃がかぶっていたりするのだろう。

ドアには怪しげなエジプト文字らしきもので〝マリカ〟と書かれた控えめな表札が掛かり、常人には見えないものまで見通す、乱視気味の人間の目などが描かれていたりするかもしれない。

しかし、認めざるをえなかったが、その予想はまったく間違っていた。なんの飾りもない質素なドアを通って中に入ると、そこは眩いばかりに明るく居心地のよさそうな陽気な部屋だった。

ふかふかした快適そうな椅子、明るい模様の壁、小型の蓄音機、本がぎっしり詰まった大きな書棚。ミス・ウィザーズのよくきく鼻が、暖炉の上にあるストック（アラセイトウ）やキンギョソウの鉢、熱をもったフラッシュ電球、タバコや汗のにおいを嗅ぎ分けた。もっとも、電球やタバコや汗のにおいは、部屋の向こうの出窓あたりに群がっているパイパー警部や、その仲間たちが発しているにおいなのはすぐにわかる。いつものように首を伸ばして、ミス・ウィザーズはプロが注目するものには目も向けず、別のにおいをとらえた。甘ったるく、吐き気を覚えるようなにおいだ。

遺体のことは完全に警察に任せておいて、ミス・ウィザーズは殺人課の専門家たちが決められた仕事をこなすのを見つめていた。いつもこういうときに思うのだが、人は木を見て森を見ないことがある。警察に対して敬意は払っているが、敬意は軽視と背中合わせだ。彼らの限界は、自分たちの仕事を完璧に把握しているがゆえに、細かいことにこだわりすぎて全体が見えなくなってしまうことだ。ミス・ウィザーズに言わせれば、犯罪というものは、絶対的な科学的真理を超えるものだ。そうでなければ、カメラや、指紋の粉や、顕微鏡で攻撃すれば、封じ込められるはずだから。

自分の推理のあらましを、部屋じゅうの刑事たちの前で説明できたら楽しいだろうが、彼らはミス・ウィザーズがこっそり開け放した戸口のほうへ移動しても、注意も払わなかった。冷蔵庫や、食器棚や、ゴミ箱の中を覗きこんでみたい衝動を抑えられたのは、ほんの一瞬だけだった。マリカは几帳面というほどではなかったが、きれい好きだった。ベイクドポテト、ラムチョップ二本に冷凍豆、デザートのカスタードの夕食をここでとったらしい。プロの霊媒師にしては、妙に庶民的に思える。

しかし、ほかになにが見つかるというのか？　ガラスの皿に盛りつけられたグリフォンの胸肉や、マンドレークのクリームあえや、ツタウルシのサラダがあるとでも？　ミス・ウィザーズは思わず苦笑した。霊媒師の世界などほとんど知らない。これまで会ったことのある数少ない霊媒師は、まるでお茶とクラッカー以外ほとんど口にせずに生きているようだった。

ミス・ウィザーズは、居間に戻ってパイパー警部の注意を引こうとしたが、彼はまだ別のことに夢中になっていた。ふと、部屋の向こうにまた別のドアがあるのが目に入った。好奇心の罪悪感に絶えずつきまとわれつつも、ミス・ウィザーズは忍び足で近づき、そのドアを開けてみた。そこは寝室だった。狭いが居心地が良さそうで、初期アメリカの控えめな女性らしい趣味のしつらえだった。タンスの上には信じられないほど睫の長い、ターバンを巻いた魅力的な女性の肖像画があった。

入ろうとすると、制服の警官が立ちはだかり、ミス・ウィザーズをじっと睨《にら》みつけた。どうやら彼はベッドの端に腰かけている、花柄の服を着た中年女性のお守りをしているようだ。女性はむせびながら肩を震わせ、警官の肩で思い切り号泣しそうだった。その姿はまるで、丸々太ったずんぐりしたマナティーが、海から上がってきたはいいが、どうやって帰ったらいいのかわからずに途方に暮れて涙ぐんでいるといった感じだ。

「あら、失礼しました！」ミス・ウィザーズは礼儀正しく謝った。

「なあに、大丈夫ですよ。職務の邪魔をされたというわけではないですから」警官はむしろこの突然の割り込みを歓迎しているかのように言った。「誰に送り込まれたんです？　警部ですか？」

「神さまの導きよ」そう言うと、ミス・ウィザーズは慌てて部屋を出た。今は死んだ女性の寝室をあれこれ調べるには都合が悪い。また居間に戻ると、一番近くの書棚の脇にひざまずいて、いつものように調べ始めた。本の並べ方や埃の積もり具合、読んだ形跡を見るのが、これらの本を購入した持ち主の個性や嗜好をとらえる近道なのだ。

「きわどい小説でも探しているのかね、ヒルデガード？」突然、パイパー警部が声をかけてきた。

ミス・ウィザーズが立ち上がると、部屋の向こうで顔色の悪い若い男が、小さな黒いかばんを閉めて立ち去ろうとしているのが見えた。確か検死官補のひとりだ。彼がこう言っているのが聞こえた。「死亡推定時刻は十時十五分から前後三十分といったところでしょうか。検視解剖したあとなら、おそらくもっと詳しいことが言えるはずです。被害者が最後に食事をした時間がわかればいいのですが」

「七時頃だと思うわ」ミス・ウィザーズがふいに言った。

まわりが一斉に彼女を見た。「いったいどうしてそんなことがわかるんだ？」警部が訊いた。「くそっ、ここにいたわけでもあるまいに」

「汚い言葉を使うのはやめて、オスカー。キッチンにあった確かな証拠から推理しただけよ。彼女はポテトを焼いたけれど、オーヴンは冷え切っていた。フライパンの油汚れは完全に固まってはいなかった。皿用の布巾はまだ少し湿っぽかったけど、ほかの布巾は乾いていたわ。家事をしたことのある人間なら誰だって、そんなことはお見通しでしょう」

「さすが、女性ですね！」検死官補が、やや親しみをこめて言った。「でも、七時頃ということであれば、その角度から仕事を進めますよ」彼はまわりに向かってにこやかに言うと、出ていった。すると、出窓付近に群がっていた人たちも退散し始めたので、ミス・ウィザーズの目にも、ラグの上に横たわっているものが、ちょうど真ん中に見えてきた。そばには小さなさくら材のテーブルとふたつの椅子があり、ひとつがひっくり返っていた。

「ああ！」ミス・ウィザーズははっとした。

人間の行動の問題や、チェスの課題として、純粋に客観的に殺人を観察するのは好きだったが、遺体はあまりにも厳然たるもので、現実的で、どうにもしようもないものだった。あらゆる傷がすべてを声高に語っている。

あちらの世界を見通せると主張していた女性は、今やラグの上にあおむけになって、腕を曲げて倒れていて、明らかに彼女が垣間見た世界を身をもって証明していた。霊媒師の典型として思い描いていたような、みすぼらしいごますり屋とは大違いで、生きていたらマリカは美人だったに違いない。どちらかというと色黒で痩せ型、黒髪に黒い瞳。年は三十代前半くらい、寝室にあった写真の女性によく似ていた。もちろん、今は化粧はしていないので、つけまつげも口紅もつけていない。着心地がよさそうだが、セクシーとはいえないネグリジェがめくれて、長く白い脚がぶざまに前に突き出されていた。

なぜか、口元は笑っているようにも見えた。恐怖にひきつった笑いではなく、まるで楽しい夢をみているような表情だ。もっと近づいてみると、ようやく彼女の頭蓋骨が陥没しているのがわかり、ラグに大きな黒い影のようなものが見えたが、それは影などではないことはすぐにわかった。

「オーケー」パイパー警部がきびきびと言った。「きみは彼女を見た。これで満足しただろう。わたしの好奇心は満たされないがね。どうしてきみが今夜ここに電話してきたのか、そのわけを知りたい。この事件について、きみがほかになにを知っているのかも」

「予約をとろうと思って、電話しただけよ。マリカに警告するつもりだったの。わたしが話したことが、マリカの命を危険にさらすかもしれないと気づいたからよ」

警部は、信じられないと言って密かに舌うちした。さらになにか言おうとしたとき、ひとりの私服刑事がなにか訊きにやってきた。ガラスのボウリング玉のようなものを手に持っている。「いや」パイパー警部が答えた。「それを特別に押収する必要はない。それについていた指紋は被害者のものだけだ」

「殺人犯は手袋をするものじゃないの、オスカー？」ミス・ウィザーズは鼻を効かせた。「それが凶器？」

警部はうなずいた。「被害者の商売道具のひとつだ。計画的な殺しではないかもしれないということだな。それとも犯人は別の凶器を用意してきていたが、とっさにその玉を使ったのかもしれない。手頃だし、とても重いからな」

「〝自分の未来は見通せなかった〟ということね」ミス・ウィザーズはふと言った。「自分の血で見えなくなってしまったものね。ねえオスカー、このかわいそうな女性がこの水晶玉を覗きこんでいるときに、犯人が奪って殴ったのだと思う?」

「きみの推理はぼくと同じくらい優秀だ」

ミス・ウィザーズは警部を見た。「たいてい、わたしの推理のほうがあなたのよりずっと優秀よ。あなたもわかっているわよね。でも、オスカー、ミセス・ローワンから聞いたのだけど、マリカはトランス状態に入ることができる霊媒師で――」

「ミセス・ローワンから? いったいなんのことだ? きみはシンシン刑務所から尻尾を巻いて戻ってきたとき、少しは利口になって、おせっかいをやくのは金輪際やめたはずだと思ったのだがね!」

「わたしの変装がばれたのは、本物のミセス・ローワンが心変わりして、わたしよりも先にあそこに現れたせいよ」そして、ナタリー・ローワンを探し出した方法と、ナタリーの死んだ夫エミール・フォーゲルの幽霊のメッセージのことを説明した。

「ばかばかしいこと極まりない!」と警部。

「ごもっともだわ、オスカー。でも、さっき言おうとしていたことだけど、マリカはトランス状態になれる霊媒師だったわ。古臭い水晶玉を使うなんて、おかしくないかしら? こうした業界について調べてみたけど、この世界にははっきりとした格の違いがあるらしいの。ハイクラスな霊媒師は、小道具を使うのを軽蔑するんですって」

「きみはわたしと同じく、マリカのことを知らないだろう。ここにはあらゆるものがあるぞ。あそこのキャビネットの中にはウイジャ盤やプランシェット(ともに文字、数字、記号を記した占い板)もある。霊が文字を書く石板や占星術チャート、おかしな絵が描いてある何組かのカードも」

「タロットカードのこと？　ピラミッドの基礎ができる前から、未来を占うのに使われていたものよ。もちろん、にせ医者のほとんどが使っていた。でも、火のないところに煙は立たないというじゃない」

「その方面の切り口は、我々が心配する必要はない」警部が言った。「マリカは千里眼で、占い師で、霊媒師で、愛や運命や結婚に関する自称アドバイザーだった。そこまですべてお見通しだというのに、自分の殺人は予見できなかったというわけだ」警部の声には軽蔑がこめられていた。

「いずれにしても、オスカー。世界にはもっといろんなことがあるものよ」ミス・ウィザーズは首を振った。「でもそれなら、マリカはまったくのインチキ霊媒師だったということ？」

「こういう奴らはみんなそうなんじゃないのか？　昔のペテン師たちがよく使っていたような、濡れたチーズクロス（巾布）や、氷の詰まった手袋や、幻灯機があったわけじゃないが、今の時代、頭のいい奴はそんなものは必要としないからね」

「ねえ、オスカー、偽者の霊媒師が本物の霊のメッセージを得た可能性はあると思う？」

「冗談だろう？　『バーニー・グーグル』のスパークプラグ（一九二〇年代の人気マンガに登場する馬）が翌春のケンタッキー・ダービーで勝つようなものじゃないか」

しかし、ミス・ウィザーズは聞いていなかった。半分自分に言い聞かせるように言った。「もちろん、実際には霊のお告げなどではなくて、霊媒師にたまたまそういった情報源があったとしたらの話よ」部屋の向こうで、遺体に沿ってラグの上にグリーンのチョークで線を引いている警官を見ながら言った。

「マリカ・ソレンには前科がある」まるでそれがすべてを解決するというように、警部は言うと、ポケットから一枚の紙を取り出した。「一九四八年一月、ライセンスなしで占い師を語った疑いで逮捕されているが、起訴には至らなかった。同年五月にも同じ容疑で捕まっているが、これも取り下げられている。一九四九年七月も同じくだ」

「つまり、有罪にはなっていないのね？」

警部は肩をすくめた。「カモになった被害者たちが、訴状にサインしたり、法廷で証言したがらなかったんだよ。だが、詐欺事件対策班の連中はマリカのようなペテン師を執拗に追い詰める」

「よくわかるわ。法を破った証拠もないのに、哀れな女性を徹底的に追い詰める。あなたがた思想警察（ジョージ・オーウェルの『1984』に出てくる思想犯罪を取り締まる秘密警察）はね！」

「今はそんなことはどうでもいい！」警部はつっけんどんに言った。「それより、どうしてきみがしゃべったことのせいで、マリカの命が狙われるかもしれないと思ったんだ？」

「ああ、オスカー、それは話せば長い話で――」ミス・ウィザーズは言葉を切って、部屋の向こうを指差した。「見て！」

マリカの哀れな遺体が慎重に持ち上げられ、細長い籐の籠の中に入れられようとしていた。これからベルヴューのモルグまでの長い道のりに旅立ち、医者によって身の毛もよだつ解剖儀式が行われるのだ。遺体が横たわっていた場所に、マリカの体の重みによって押しつぶされてぺちゃんこになったなにかの残骸が落ちていた。ミス・ウィザーズは、いち早くそれを拾った。

「これはなにかの手がかりになるかしら、オスカー？　男性の帽子のように見えるけど」

パイパー警部は刺々しい態度を抑えて、ミス・ウィザーズからその帽子を受け取った。「そのようだな」そして顔を輝かせた。「これが最大の幸運でなかったら、なんだというんだ！　完全犯罪なんてものがあるなら、警察の仕事があがったりになるだけだ。この帽子は犯人ともみあったときに落ちたに違いない。たまたまマリカがその上に倒れたのだろう。犯人は自分の帽子をあちこち探しまわったが、結局見つからずにそそくさと逃げ出さなくてはならなかった。その場面を想像してごらん！」

「汗止めのところに犯人のイニシャルが入っているのではないかしら？」

「いや、イニシャルなど必要ない。ラボの連中に一、二時間、これを調べさせれば――」

「犯人の頭のサイズもわかるのかしら？」

「帽子の持ち主の母親よりも誰よりも、もっといろんなことがわかるさ。見ていたまえ」パイパー警部は、刑事のひとりに明確な指示を与えて帽子を渡すと、ミス・ウィザーズのところへ戻ってきて、腕時計を見て言った。「いいかい、全部白状するんだ。早くしてくれ。尋問しなくてはならない目撃者をほかの部屋で待たせてあるんでね」

「あのマナティーのことね？」ミス・ウィザーズが訊いた。「実際の殺人の現場を見たの？」

「いや。ここの家主だが、階段ですれ違った犯人をはっきり見ているんだ」

「三人のうち誰だったのかしら？　一番の候補はやっぱりミスター・スプロットなのだけど、彼はどちらかというと帽子というより、ベレー帽タイプだわね……」

「いったい、なんの話をしているんだ?」

「もちろん、三人の容疑者のことよ」ミス・ウィザーズは深く息を吸うと、すべて話した。

だが、警部はあまり重要視しようとしなかった。「くだらん」

「あなたの言うとおりかも。でもオスカー、繰り返すけれど、わたしは町中かけずりまわって、ハリントン殺害のもっとも怪しい三人の容疑者たちに、マリカがローワンが無実だと言うお告げを聞いたというヒントを与えてきたのよ。さらに、わたしたちは、マリカの口から真犯人の名前がわかるのは時間の問題だと期待しているとほのめかしてきたわ」

「わたしたち?」

「あなたの名前を持ち出したのは少し軽率だったかもしれないわね、オスカー。もちろん、いかにも本物らしく聞こえるようにするためだったのだけど」

パイパー警部は渋い顔で睨んだ。「そんな風に楽をしようとすると、いつかきみは大火傷することになるぞ」そして時間をかけてゆっくりと新しい葉巻に火をつけた。「だが、今回に関しては、必ずしもきみが事態をぶち壊しているわけではなさそうだ。もちろん、我々はあらゆる可能性を調査するつもりだ。だが、わたしに言わせれば、現時点でのミッジ・ハリントン殺しの犯人は、シンシン刑務所で死刑囚として残された一週間をじっと待っているんだ。きみの度を超した空想を除けば、このふたつの死の間にはなんの関連もない」

「でも、オスカー、もしローワンが無実なら、真犯人は罪の意識に苛まれているに違いないわ。犯人が迷信深くて、マリカの力が本物で、またトランス状態に入って自分の名前をしゃべってしまうかもしれないと思い込んだとしたら？」

「これはそんな類の殺人ではない。マリカには、自由に彼女の部屋に上がってこられる顧客がごまんといる。彼らのほとんどはなんらかの苦境に陥っている。そうでなかったら、こんなところには来ないだろう。死刑判決を受けた夫をもつ女が、その顧客のひとりだったとしてもおかしくない。この手のいかがわしい商売をやっている連中と同じようにマリカも、ローワン夫人からいろいろ聞き出して、知りたい情報を得たのさ。そしてトランス状態に入ったふりをして、夫人に喜ばしいニュースを知らせたというわけだ」

「でもそれなら、ローワンは無実だというマリカのお告げを、わたしが広めた後ですぐに彼女が殺されたのは、あまりにも偶然すぎないかしら？」

「人生は偶然だらけだよ。それにいいかい――」警部は急に真剣な表情になった。「マリカのような女は生活のリスクが大きい。他人の生活や感情のもつれに首を突っ込む職業は危険だ。おそらく、彼女のアドバイスを受けたけれど、うまくいかなかった誰かが恨みに思って、今夜戻って来て復讐を遂げたのかもしれない。あるいは、彼女ががっぽり儲けているという噂が広まっていたのかもしれない。寝室の床に、金が入っていたブリキの箱が空のまま放置されているのが見つかった。わたしの考えでは、典型的な物盗りのケースで、金を盗もうとして襲った結果、殺しになってしまったようにみえる」

「そうした考えに長くこだわりすぎているのかもよ、オスカー」

「いいか、そいつは彼女の顔見知りだったに違いない」警部は論理的に続けた。「特に夜遅くに新規の客が訪ねてきたら、マリカは不審に思ったはずだ。ドアを見てごらん。通常の鍵だけでなく、チェーンやかんぬきまでついている。それに、彼女のデスクに予定表があった。今日のページだけが――」

「なくなっている？　それなら、マリカは犯人と約束があったのね。でも、オスカー、残っているページを使って、前のページに書いてある文字を判別する方法があったんじゃない？」

パイパー警部は首を振った。「それが、犯人は次の週のページも破り取っているんだ。慎重な奴だな」

「そうね。でも帽子は誤算だったわね。誰だって間違いを犯すものよ」

「階段を上がってくるところを見られるという、もっと大きなしくじりもしているよ」供述をしに入ってきたミセス・ローズ・フィンクによって、そのことは確認された。この女性はどうやらどこにでも首を突っ込む典型的な詮索魔タイプらしい。古いブラウンストーンの建物を改装したアパートの管理で細々とした手当をもらい、地階をただで貸してもらっているという。白髪交じりの、生焼けのパン生地の一部みたいに太った女性で、長年鍵穴から覗き見しているせいか、常にやぶにらみの目をしていた。

ミセス・フィンクにとってはまさに今が見せ場であり、彼女はそれをとことん楽しむつもりでいた。彼女の証言によれば、夜の九時四十分頃、最上階の廊下の切れた電球を取り換えようと階段を上がり、その帰りに犯人とぶつかりそうになったという。男はちょうど最初の踊り場を上って来ようとしていたので、住人の誰かがロビーの扉を開放するボタンを押したに違いない。男は急いでいる様子だったので、ミセス・フィンクは住人ではなく、これまで見たことのない男だと気がついた。

警部のお情けでかろうじて留まっていられる部屋の片隅から見つめながら、ミス・ウィザーズはしぶしぶその手腕を認めた。ミセス・フィンクのような性癖の人間は、よそ者を描写するとき、浅黒い肌に、六フィート六インチのがっしりした体格、サルのような腕に、中身はおそらく鉈《なた》であろう怪しげな包みを抱えていた、という話をしがちだ。警部はこれをうまいこと避けて、男の背格好を聞き出していた。ミセス・フィンクは自分が目撃した男は、身長五フィート八インチのパイパー警部くらいだったと断言した。がっしりした体形で、黒い帽子を目深にかぶり、ギャバジン織のトレンチコートを着ていたという。手袋をはめていたか、両手はポケットに突っ込んでいたらしい。

「でも、あの顔は忘れられないわ」ミセス・フィンクは大まじめに言った。「大きな分厚いメガネをかけていたのよ。それに鼻が――」そして、八インチかそこらはありそうなぽっちゃりした手のひらを顔の前で広げた。「鼻が顔中を占領してる感じだったわ」

さらに突っ込むと、ミセス・フィンクは口ひげはなかったが、無精ひげを生やしていたような気がすると言った。「それで」パイパー警部は促した。「その男はあなたを押しのけて上に行ったんですね。それから、あなたは自分の部屋へ戻った？」

「ええ。部屋は地下なんです。ちょっと口にするのははばかられるものを洗わなくちゃならなくて」ミセス・フィンクが、小娘のようにはにかんだ言い方をして微笑んだので、警部はあからさまにどぎまぎした。ミセス・フィンクはかまわずに続けた。「洗い物が終わったのが、三十分くらい後だったかしら。この部屋の下の新しいテナントのミスター・バーグマンが、物音がすると文句を言いに下りてきたんですよ。彼はシェフをしているので、早起きしなくてはならなくて、ほかの住人がパーティをやると必ず文句をつけにいくんです」

パイパー警部がひとりの巡査に向かってうなずくと、相手は咳払いをして言った。「ポール・G・バーグマン、四十一歳。チャイルズ・コロンバス・サークルという店の軽食担当のシェフです。かなり不機嫌だったので、供述をとってさっさとベッドに送り込みました。事件当時、一階全部を使っている高齢のジラール夫妻以外は、住民は誰も部屋にいませんでした。ジラール夫妻は早めにベッドに入ったとのことですが、ふたりとも耳が聞こえませんので、なんの物音も聞いていません」

「バーグマンはどんな音を聞いたと言っている？」

「大きな音楽と、誰かが足を踏み鳴らしたり、ダンスをしたりしている音だと言っていました。その物音で目が覚めてしまい、時計を見たら十時八分過ぎだったとのことです。寝返りをうってまた寝直そうとしたら、すさまじい音がしたと言っていました」

「そのとおりよ！」ミセス・フィンクが同意した。「彼を黙らせるために、あたしが上に行って、ここのドアのところで中をうかがったんです。でもなにも音は聞こえませんでした。ノックをすると、しばらくかすかな足音が聞こえたような気がしました。だからまたノックして声をかけました。〝ねえ、あたしよ〟って。もちろん、マリカは誰だかわかったはずです。彼女はほかの住人とはつきあいはありませんでしたから。ロビーから呼び鈴も鳴らさずに、ドアをノックするのはあたしくらいですからね」

「あなたはマリカが部屋の中にいながら出てこないと思ったんですな？」

ミセス・フィンクはうなずいた。「別に用はなかったけど、三階分も階段を上がったんだから、ちょっと部屋に立ち寄ってお茶の一杯でも飲ませてもらって、マリカがときどきやっているように、カードで占ってもらおうかと思っていたんですよ」

「あなたもああいうことが好きなんですか？」パイパー警部はうんざりした顔をした。

「いいじゃないですか？　彼女にお金を請求されたことはありません。それに彼女には特別な能力があったんです。色の浅黒い女に気をつけるようにと言われたことがありましてね。その三週間後、スペイン人の女が2Bに引っ越して来たんですが、案の定、大麻の密売で逮捕されましたよ。それに、いつぞやはマリカに競馬の大穴をおしえてもらったこともありますよ。確か、その日は二と五が大当たりの日だと言って……」

「わかりました」警部は時計を見た。「もうけっこうですよ、ミセス・フィンク」

「彼女が二度目のノックに応えなかったんで、考えたんです――」

「あなたがしたことだけを話してください」

「聞き耳をたてていたら、誰かがドアの向こう側にいるような音がしたんです。ドアにかんぬきをかけたに違いありません。わたしは部屋を出るときは合鍵を持っていきますから、ドアに鍵がかかってても開けられますが、そのドアは開きませんでした。それで、背筋にぞくっと冷たいものが走りましたよ。やっぱり、こういうことは起こるんだって、自分に言い聞かせました。マリカのお金のことを耳にした誰かが襲いにきたんですよ。マリカが現金ですべての支払いをしているのは、まわりはみんな知っていました。彼女はどんな銀行とも取引していませんでした」

「貯蓄に国家補償のある銀行でも、信用しなかったと」

「銀行にお金を預けなければ、所得税を払う必要がありませんもの」ミセス・フィンクはいかにも世渡りに長けている風に指摘した。「一度、あたしが家賃を集めに行くと、マリカは寝室に入って行って現金を持って戻ってきました。そのとき、ブリキの箱を開ける音が聞こえたんですよ。今回ドアに耳をつけているときも、それと同じ音が聞こえたんです。誰かが慌てて箱の鍵をこじあけようとしているような音が。だから、あたしはこれは正真正銘、強盗だと思ったんです。

金切り声をあげて、階段を二段、三段飛ばしながら駆け下りたんです。ミスター・バーグマンが、バスローブ姿でいったいなにごとかとドアから出てきました。ふたりで下に戻って、あたしの夫のロイを起こしました。三人で地下を通り抜けて、外の裏階段から、そりゃ、一目散で三階へ上がりましたよ。マリカの部屋のキッチンのドアが開けっ放しになって風に揺れていて、部屋の明かりがみんなこうこうとついていました。あたしがここに駆けこむと、マリカが床にあおむけに倒れているのが見えました。血だまりの中であえいで、今にも息をひきとろうとしていて、あたしは自分に言い聞かせたんです――」

「独り言は飛ばして！」

ミセス・フィンクはむっとした。「彼女のほうに身を屈めると、彼女が虫の息で〝お母さん〟

と最後の言葉をつぶやくのが聞こえました。それで動かなくなったんです」

パイパー警部は、肩越しにミス・ウィザーズのほうを睨んだ。隅のほうからこちらに近づいてきて、なにやら必死のアピールをしている。警部は巡査のほうを向いて、ミセス・フィンクを示した。「オーケー、彼女を署へ連れていって、供述書をタイプして、サインしてもらえ。それから明日、特に女性に暴力をふるう押し込み強盗犯や、犯罪者の写真を見てもらうんだ。たぶん、くだんの鼻でかの男を見つけ出してくれるだろう」

「オスカー」ミス・ウィザーズが警部の耳にささやいた。「あの女性は嘘をついているわ。ひどく頭を殴られたマリカに意識があって、何秒か息があったなんて、ありえないもの」

帰りかけていたミセス・フィンクが、戸口のほうからとがめるように言った。「いったいなんだって、あんたここにいるのさ?」

やっと、ミス・ウィザーズとうんざりしたような警部のふたりだけになった。あとは朝まで現場を見張る制服の警官がひとり残っていたが、彼はそこにある安楽椅子に目をつけていて、早くふたりが出ていってくれないかと思っているようだった。

「フィンク夫人の聴力は、すごいのねえ」ミス・ウィザーズは、考え込みながら言った。「分厚いオークのドアの向こうの、しかも離れたところにある寝室で、お金の箱をいじくる音が聞こえるくらいですもの。でも、強盗の写真集の中から、殺人犯の見分けがつくかどうかは、大いに疑問だわ。彼女にジミー・デュランテ（アメリカの歌手、俳優）や、シラノ・ド・ベルジュラックやピノッキオの写真を見せてごらんなさいよ」

「またそういう言い方をして、単純なことを複雑にしようとしているのか！」警部はもぞもぞとコートを着ながら、怒りをあらわにした。「これは間違いようのない単純明快な事件だよ。この四十八時間以内に殺人犯を捕まえることができるさ。マリカの最期の瞬間について、多少ミセス・フィンクの空想が入っていたとしても、犯人の様子をつぶさに語ってくれた。犯人はマリカの顔見知りだろう。そうでなければ、部屋の中に入れないはずだ。おそらく顧客か――顧客とはダンスなどしないだろうから、ボーイフレンドだな。とにかく、犯人は彼女が現金を手元においていたことを知っていて、いくらか借りようとしたのかもしれない。それを断られたため、そいつはテーブルの上の水晶玉をつかんで、彼女の脳天に一撃をくらわせた。マリカが倒れたとき、大きな音がしたので、下の住人を起こしてしまったというわけだ」

「マリカは、もみあって脱げた犯人の帽子の上に倒れたんじゃなかった？　それなら犯人はそのとき、ダンスをしている間にも、帽子を被っていたに違いないわ。そんなのちょっとおかしくないかしら？」

「わかったよ、それならそいつは、礼儀を知らない奴だったんだろう。殺人犯なんて、たいていそんなものさ。家主が戸口にやって来た音が聞こえたからドアにかんぬきをかけて、すぐに金の箱をこじあけたか、マリカが持っていた鍵を見つけた。最後に帽子を探そうとしたが、諦めて裏の階段から慌てて逃げたんだよ」

ミス・ウィザーズは小首を傾げた。「それなら、彼は地下を通って、家主の部屋を通り過ぎて出ていったということ？　三人と出くわさなかったのはおかしいわ」

「いや、地下の裏口のドアは内側からカギがかかっている。この建物には脇に通れる通路はない。ビルは同一平面上に作られているんだ。逃げられるとしたら、裏のフェンスを乗り越えるか、この先の大きなアパートのひとつを通り抜けていかなくてはならない。フェンスは六フィートの高さだから、犯人は運動選手タイプということになる。中庭に下りて、暗がりの中でこんなフェンスを乗り越えなくてはならないのは、わたしだったらごめんだね」

ミス・ウィザーズは、嬉しそうに笑みを浮かべてうなずいた。「思わず納得してしまいそうな推理だわ、オスカー。あなたが探さなくてはならないのは、身長五フィート八インチで、がっしりしていて、分厚いメガネをかけて、極端に目立つ鼻をした男よ。しかも、彼はマリカの古い友人で、喉から手が出るほどお金を欲しがっていて、西部のどこかで買ったテンガロン風の帽子を被っていて、おまけに運動選手。おそらく力の強い男か、軽業師かも――」

「どうしてそんな人物像になる？ いくら重たいといっても、あれしきの水晶玉を振り回すのにそれほど力はいらないだろう。ああ、きみはフェンスのことを言っているのか」

「なんとなくそんな気がしただけよ、オスカー。あの本棚の下の棚には、《ビルボード》誌のバックナンバーがたくさんあるわ。あの雑誌はカーニヴァルや行楽とかをとりあげる月刊誌よ。つまり、かつてマリカがそうした職業に就いていたということでしょ。おそらく、巡業公演で自分のショーに取り組んでいたのじゃないかしら。思うに、彼女には連絡をとっていた仕事上の友人がいた……」

「でかした！」警部が声をあげた。「たまにはきみも役にたつな。後で余裕ができたら、この本棚にあるものを調べてみようじゃないか」

ミス・ウィザーズは残念そうに警部を見て、首を振った。「あなたの仮説はなかなかだわ、オスカー。マリカを死なせてしまったことへのわたしの罪の意識が少しは楽になるから、あなたの推理を支持したいのは山々なのだけど、残念ながらそれはできないわね」

「なんだって？　どうしてだめなんだ？」

「ひとつには犯人像が、ハリントン殺人事件の三人の重要な容疑者、リフ・スプロットにも、ニルス・ブルーナーにも、ジョージ・ゾトスにも合わないからよ」

「ただでさえ頭が痛いんだから」パイパー警部は吐き捨てるように言った。「これ以上困らせないでくれ」ドアに向かったが、ミス・ウィザーズはその後についてきて言った。

「重要なことなのよ、オスカー――」

「いいかい。ミッジ・ハリントンのこの三人のボーイフレンドについてはすべてわかっている。彼らはみんなミッジが殺された夜のアリバイがあるんだ」

「犯人ならとりわけそうでしょうね」ふたりは階段を下りた。「オスカー？」ミス・ウィザーズは悲しそうに叫んだ。

「なんなんだ？　ああ、そうか、家まで乗せていってもらいたいのか？」

「そんなことじゃないわ。誰かにミセス・フィンクとその夫に訊いてもらいたいの。それに、ミスター・バーグマンにも。裏口からマリカの部屋に入って、遺体を発見した後で、三人のうちの誰が正面ドアのかんぬきを外したのかを？」

「わかった、わかった。訊いてみるよ」

「あなたは本職だから、あなたの犯行の再現力にはAをあげるけど、正確性という点ではDマイナスだわね。あなたはマリカの蓄音機の脇に積み上がっているレコードの山を見るのも忘れている」

「レコードがどうした？　どうしてわたしが、マリカがスイングジャズか、ビバップか、ワルツが好きかなんて気にしなくてはならないんだ？」

ふたりは正面のドアから外へ出て、マンハッタンのいくぶん新鮮な空気の中へ足を踏み出した。「ねえ、オスカー、わたし調べたのよ！　ヴィクトローラ（ビクターの蓄音機）は、顧客と向き合うときに使うムード音楽を流すための彼女の商売道具にすぎないけど、あの部屋にはその手のレコードはたった一種類しかなかった。もし、マリカが犯人と最後のダンスを踊ったのだとしたら、『日暮れて四方は暗く』（イギリスのウィリアム・ヘンリー・モンク作曲）とか、『まもなくかなたの』（アメリカの聖職者ロバート・ローリー作詞・作曲）といった、古き良き時代の静かな讃美歌でそうしたということになるわ」

死にたくない、死んではならないんです。若い紳士と約束までできているのに。
——ジョン・ウェブスター

第五章

電話だ。いや、もっと正確に言えば、タレーランがベルの音に向かってヒステリックに吠えている声だ。ミス・ヒルデガード・ウィザーズは目が覚めた。反射的にいつも欠かさずにやっているように髪を何度も撫でつけたが、またぐったりと枕に頭を沈めた。しかし、あたりはすでに夜から明るい昼間に変わっていた。

元教師はベッドの上で体を起こしたが、最初にわいてきた思いは深い失望だった。難解なパズルを解くのに夢中になっているうちに眠りに落ち、朝、目覚めたときにはすべて解決してすっきりということは、これまで何度かあった。しかし、潜在意識をいくら煎《せん》じてみたところで、答えが出ることはない。こんな夜は初めてだった。ぐったり疲れ切っているのは、ひどい悪夢をみたせいだと冷静に判断できても、これほどすっきりしない感覚が後をひいたことはなかった。

タリーの吠え声と電話のベルが、不協和音のデュエットを奏でていた。タリーのパートはテナーだ。「静かに。うるさいわよ！」ミス・ウィザーズは、かつて教室で効き目抜群だった声で一喝した。一瞬、静かになったので、また枕にもたれたが、しばらくするとまたデュエットが始まった。しぶしぶ足を伸ばしてローブとスリッパを見つけて居間へ行き、まるでガラガラヘビを相手にするように慎重に、わめいている受話器を取った。

もちろん、電話は和睦を望むパイパー警部からだろう。昨夜、むきになってしまったのはとてもまずかった。ひとりでタクシーを探して、九十六丁目からさっさと帰ってきてしまったのだが、珍しく警部は必要以上にイライラしていた。まだ自分の推理にこだわっていたのだ。

「おはよう、オスカー！」ミス・ウィザーズは、努めて明るく電話に出た。

しかし、相手は警部ではなく、ナタリー・ローワンだった。どこかそわそわと落ち着かない様子だ。「ああ、ミス・ウィザーズ、昨夜、お電話したのだけど、いらっしゃらなかったから。でも、あれからなにかあったのね。新聞を見ました？」

「もう出ているの？」ミス・ウィザーズはため息をついた。「いいえ、まだ《タイムズ》を見る機会がなくて」

「夕刊という意味よ！」ミス・ウィザーズは、夕刊がほとんど朝食時に届けられるような、じれったい時代に生きていたことをまた思い出した。「見ていないのね」ナタリーはまくしたてた。「でも、わたしがマリカという霊媒師の話をしたのは覚えているでしょう？」

「九十六丁目に住んでいる小柄で素敵な女性のことでしょう？」もちろん、忘れるわけがない。

ちらりと見ただけだが、頭を叩き割られたマリカの姿は、死ぬまで忘れることはないだろう。

「そうよ。彼女、死んだのよ！」ナタリーが言った。「無残にも殺されたの。これですべてはかなり絶望的になったわけね？　彼女のお告げは、わたしがでっちあげただけだと警察に思われてしまうわ。また降霊会をやって、エミールとコンタクトして、ミッジ・ハリントンを殺したのは本当は誰なのかをおしえてもらう最後のチャンスが、これでおじゃんになってしまった」

ミス・ウィザーズは、そうとは限らないと思った。「少なくとも警察の目には、あなたが霊のメッセージを鵜呑みにしすぎていると映るでしょうけれどね。このひどく厄介な状況で、なにか手段を講じるには、生きている人間が動かなくてはいけないわ。あなたの夫にはまだ四日間の猶予があるのよ。生きていれば、希望があるわ」

「そうね。でも――」ナタリーは言いにくそうだった。「とてもがっかりだわ！　また降霊会のようなことをやって、なんとか容疑者全員を同席させられたかもしれないのに。そうすれば、犯人を追い込むようううまく演出して、自白にこぎつけられたかもしれない。これですべておしまいだわ」

「それはひとつのアイデアだけど」ミス・ウィザーズは認めた。「斬新なアイデアというわけではないわね。わたしたちの標的は、きっと罠を嗅ぎつけるわ。恐ろしげな声で脅かしても、急に泣き出して白状するようなタイプじゃないと思う」

「でも、なにかをしなくては！」ナタリーは藁《わら》にもすがる思いで叫んだ。「ただ手をこまねいているわけには――」

「誰が手をこまねいていると言ったの？」ミス・ウィザーズはきっぱり言った。

「でも、どうしたらいいのかわからない。やっぱり、私立探偵を雇うべきだったかも」

「そうかもしれないわね」ミス・ウィザーズは、若干冷ややかに言った。「確かにそれについては反対しないわ。でも、ここまできたら、わたしも引き下がれない。いくつか策があると思うの。それに、今回のことで、成果のようなものがあったと言えるんじゃないの？　一年以上もじっと隠れていた殺人犯が、表に出てきて動かざるをえなくなったのよ。わたしが三人の容疑者のうちのひとりを刺激したから、こういう結果になってしまったのだと思うの。今のところ、彼らのうちの誰とは言えないけれど」

「なんですって？　ミッジ・ハリントンとマリカを殺したのは同一人物だということなの？」ナタリーが急に歓喜の声をあげた。「それなら、アンディが無実だということが証明されるのね？　彼は自由になれるんだわ！」

「事はそんなに簡単じゃないのよ」ミス・ウィザーズは水を差すようなことを言った。「警部は、まだわたしの説を受け入れるつもりはないようなの」

「ねえ、あなたは殺人やらなんやらのことは承知済みなのね？」

「少しだけね。ラッキーな偶然のおかげだけど。でも警察は、マリカは金目当ての強盗に殺されたという線で結論を出そうとしていることはつかんだわ」

「でも、ミス・ウィザーズ、あなたは警部と近しいのでしょう。彼を説得できないのかしら――？」

「オスカー・パイパー警部は、かろうじて人の説得を聞く耳をもつ人だけれど、信じるのと証明するのは、まったく別の問題なのよ」

電話の向こうから、ナタリーの絶望的なため息が聞こえてきた。

「でも、元気を出して。警察はマリカ殺害犯の人相がはっきりわかっているの。わたしに言わせると、三人の容疑者の中にはっきり当てはまる人はいないように思えるけど。ところで、訊いておかなくてはいけないことがいくつかあるわ。まず、あなたは誰からマリカと彼女の霊的な能力について聞いたの？」

「どうしてそんなことを――」しばらく沈黙があった。「はっきり覚えていないわ」

「でも、友だちに勧められたと言っていなかった？」

「そうよ。でも、考えてみると、マリカのことは夫から聞いたような気がします。つまりアンディよ。彼がマリカのところに相談に行ったということではなくて、こういう仕事をやっている人を知っているといったような言い方だった。確か、なんの気なしに名前を出したという感じ。今回のことで辛くてどうしようもなくて、どこに相談したらいいかわからなかったときに、電話帳で調べて……」

「だめよ！　あっちへ行ってなさい！」ミス・ウィザーズは、いきなりぴしゃりと言った。散歩か朝食、というよりむしろ両方を要求して、タリーが裸足の足首を舐《な》めたのだ。「あら、ごめんなさい、あなたのことじゃないのよ、ミセス・ローワン。それからアイリス・ダンに連絡をとりたいのだけど、彼女の住所や電話番号を知っている？」

「もちろん」ナタリーはそらで言ってみせた。「でも、彼女は家にいません。昨夜、アイリスに何度も連絡しようとしたのだけど、どこかへ出かけて遊び歩いているみたい。今朝もなんの連絡もないんです」

「やっぱり若い人は若い人なのね」ミス・ウィザーズは悟りきったように言った。「確かにそういうものだわ。それはそうと、アイリスを捕まえなくてはならない、なにか重要なわけでもあるの？」

「よ、よくわからないわ。でも、昨日、あなたが捕まらなかったときによく考えてみたのだけど、アイリスは始めからずっと、ミッジの過去の誰か、あるいは過去の出来事について、隠していたのではないかという気がするの。あなたが訊き出すまで、ミスター・ゾトスのことをなにも言わなかったでしょう。それに、アイリスはなんでもざっくばらんに話してくれるかと思うと、だんまりになって、なにも覚えてないとか言うのよ。でも絶対に、彼女はなにか知っているような気が……」

「それはただの直観？　それともなにか特別にそう思う根拠でも？」

ナタリーは口ごもった。「そうねえ、あるとき、アイリスにミッジのことや、彼女のボーイフレンドについてあれこれ訊いたんです。アイリスとミッジが同居するようになってまもなく、ある朝、ミッジに花が届いたんですって。美しい白いランの花だったらしいのだけど、イースターの翌日のことで、おかしな時期だったって。ミッジはその日、寝室に閉じこもったまま、寝間着にランの花を挿して、ずっと泣いていたらしいわ。アイリスは花を贈った男の名前は思い出せないと言ったけれど、そのときの彼女の眼差しはなにか言いたげで――」

「そういう眼差しならわかるわ」ミス・ウィザーズは遮った。実体のないかすかな考えが頭をよぎったが、はっきりつかみとる前に消えてしまった。「とにかくミス・ダンにも、ロマンティックな側面があるということよね。夜、どこかへ出かけたことも、彼女の年齢では多少情熱的でも無理はないわ。ねえ、一晩中、出かけていたわけではないんでしょ？」

ナタリーはそれはわからないと言った。アイリスに三、四回電話してみたけれど、捕まらなかったし、ダウンタウンのアイリスのアパートへ出向いて、ドアを叩いてみたけれど、いなかったらしい。それから、精神的な慰めが欲しいという以外、特にこれという理由もなく、ミス・ウィザーズに電話したけれど、これも空振りで、やけになって映画に行ってきたという。「映画は殺人ミステリーの二本立てでした。なにかヒントがあるかもしれないと思ったんです。でも、一本目の『サムソンとデリラ』は、いちおう最後までそのまま観ていたのだけど、ひどいものだった。結末以外、本と内容が違うのよ。ヘディ・ラマー（オーストリアの女優）を見ていると、常にミッジ・ハリントンのことを思い出してしまって。それに、彼女がわたしのアンディにしたことも――」ナタリーははっとした。「もうひとつの映画は、なぜか殺人犯は実は犠牲者のひとりだということがわかるというもの。犯人の女は頭が混乱して、ほかの人物を殺すために用意した毒入りのカクテルを飲んでしまうの。この小柄な女はオペラ歌手と恋に落ちて――」

「残りも全部聞きたいところだけど、わたしは忙しいの」ミス・ウィザーズはきっぱり遮った。「アイリス・ダンのことはわたしに任せてくれないかしら。おそらく、イプセンのお芝居に出てくるペールとボイドみたいに、遠回りに攻めていかなくてはならないでしょう」

「ああ、そうそう！　『ペール・グリムの復活』でしょう。数年前にエミールと一緒に行ったことがあるわ。あれも幽霊のお芝居だった――」

ミス・ウィザーズは、ナタリーが幽霊や幽霊のメッセージを持ち出すのはもううんざりだった。

「また連絡するわ。とりあえず、鎮静剤でも飲んで」

「昨夜、飲んだわ」ナタリーが言った。「セコナールを二錠。そうしたら、夜中にマリカが火の灯ったキャンドルを持って寝室に入ってきて、〝わかったわ！〟と言う夢をみたわ。その時刻には、彼女はもう死んでいたのね？　だから、彼女の霊魂が本当にやってきて――」

「ミセス・ローワン、お願いだから！」

「とにかく、わたしは叫んだわ。〝わかったのなら、誰だったのかおしえて〟って。あまりに大声だったので、それで目が覚めてしまった！」

「セコナールを三錠飲んでおかなくて残念だったわね。その夢の続きをみられたかもしれないのに。それじゃあ、また、ミセス・ローワン」

ナタリーは、とても手に負えない状態だと感じられることがある。ただでさえ苦境にあるところに、夫のアンディが無実の罪で裁かれようとしているのを突然知ったのだから、あの哀れな女性の精神状態がさらに悪化してしまっているのも無理はない。でも、彼女はパズルのピースをいくつか提供してくれた。アンディ・ローワンはマリカのことを知っていた。彼はマリカが殺されたあのアパートに相談に行ったことがあるのかもしれない。あるいは、彼の友人か、彼がよく知る人物が、マリカのたくさんの顧客のひとりだった可能性もある。

「ミッジもお客だったのかもしれないわね」ミス・ウィザーズは、急いで服を着ながら、散歩に連れていってもらうのを辛抱強く待っているプードルに向かって話しかけた。「たぶん、ミッジはマリカのところへ行ったことがあるんだわ。ショービジネス界の人たちはたいてい迷信深いというじゃないの。たぶんマリカは、もっとも欲しかった情報をミッジから聞き出した。そして水晶玉を覗きこんで、ルーン文字を読み、あなたは色黒、細身で、えくぼのある巻き毛の男と結婚する運命だとミッジに告げた。つまり、アンディ・ローワンのことよ。ミッジは、あなたと結婚する運命だと占い師に言われたと、アンディに迫ったのじゃないかしら?」ミス・ウィザーズはふと立ち止まって、首を振った。「推測が多すぎるわ」

じゃれまわるタリーと、さっさと短い散歩を終えて帰ってくると、玄関のところにパイパー警部がいた。にこにことやけに機嫌が良さそうだ。「署に行く途中なんでね。ちょっと立ち寄ってみようかと思って――」

「もちろん、コーヒーのためでしょ」ミス・ウィザーズは警部を家の中へ招き入れた。「朝食はどう?」

「朝食はまだなんだよ! 三十分前に昼食は食べたがね」

「たぶん、あなたのデスクの端に、干からびたサンドウィッチが乗っているのね。あなたの癖はわかっているもの」そして責めるように警部を見た。「オスカー、あなた、とても得意げな顔をしているわ。マリカを殺した犯人をもう逮捕したなんて、言わないでね」

「逮捕したも同然だね」パイパー警部は自信満々で言った。「ヒルデガード、きみはいつも、警察の科学的な捜査方法をからかうけれど、これはちゃんと聞いてくれ。あの帽子のことを覚えているか？　あれについてラボから報告があった」

「それで、ついに殺人犯の頭のサイズがわかったわけね！」

警部は慌てなかった。「そうだ。六と八分の七（五十五センチ）だったよ。男の身長にも合致する。帽子は六、七年前にテキサスのダラスで購入されたものだった。戦争中にそのモデルが製造中止になったからわかったんだ。三十ドル前後で売られていたものだが、型取りもされていないし、手入れもされてない。つまり、持ち主は帽子を買った時はたまたま羽振りがよかったが、最近はそうではないということだ。汗止めには五ドル札がたくしこんであった。ぐしょ濡れで色も変わっていたから、何年もそのままだった証拠だ。タクシー代や飲み物代に使うつもりで、そこに隠しておいたけれど、忘れてしまったというところだろう。安っぽい整髪料と高価な育毛剤の痕跡があり、明るいブラウンの髪が数本見つかった。一週間ほど前に最後に散髪したときの名残らしい。掃除機で吸い取ったものの中に、アルファルファとラクダの糞《ふん》の粉末があった」

「たぶん彼は、風の強い日に動物園を歩いていただけよ」

警部はコーヒーカップを置いて、ベーコンエッグにかぶりついた。「ヒルデガード、本気になれば、この男についてはもっとたくさんのことがわかるぞ。五、六年前、奴はテキサスにいたが、そこから追い出されるはめになって、それ以来、辛い日々を送っていた。身なりには気を遣い、明るいブラウンの髪が薄くなるのを心配している。きみが言う動物園うんぬんは正しいかもしれないが、この男は髭剃りの後で額におしろいをはたくようだ。男は普通わざわざそんなことやらないがね。ミセス・フィンクの証言もあるし、間違いないはずだ」

「たぶんそうでしょうね、オスカー。でも、わたしなら、どの角度からしても、この事件に対しては間違いないという言葉は使わないけど。ところで、ミセス・フィンクは、犯罪者の写真をどれか特定したの？」

「あの老女は、今も署で棚をひっかきまわしているよ。わたしが署を後にしたときは、はっきりと特定できたものはなにもなかったが、スミス巡査によると、ひとつ見込みのありそうな写真を彼女は見つけたらしい。ただ、その男はアルカトラズから出所してきて数年にもなるから、さらに確認してもらう必要がある。もちろん、顔写真という線は、なんの意味もないかもしれない。犯人は初犯かもしれないからな」

ミス・ウィザーズは、意味ありげに鼻を鳴らした。「そんなことはないわ。彼は一年前にミッジ・ハリントンを殺しているのよ」そして、コーヒーを注ぎ足した。「あ、そうそう、オスカー、あなた、わたしが頼んでおいたことを忘れたのね。マリカの遺体を見つけた三人のうち、彼女の部屋のドアのかんぬきを外したのは誰か訊いておいてといったこと」

「ばかを言うんじゃない。もちろん、忘れずに訊いてみたさ。でも、三人とも遺体を発見してとても動転していたので、誰もはっきりと答えられなかった。ミセス・フィンクは自分の夫ロイだと思い、ロイはバーグマンだと思っていたよ。みんな、そのまま大慌てで部屋を飛び出して、階段を下りて、警察を呼んだというんだ」

「変ね。電話はマリカの部屋の中にもあったのに」

「たまには、犯罪現場のものにはなにも手を触れないという機転がきく奴がいてもいいだろう！」

「そうね。それで、念のために訊いておくけど、スプロット、ブルーナー、ゾトスの昨夜のアリバイは確認してみたのかしら？」

「ほかにやるべきもっと大事なことがあったんだよ！　ヒルデガード、関係ないふたつの殺人を結びつけようとするのは、もうこれっきりにしてくれないか？　それに、きみ自身だって、殺人犯の人相が、きみの三銃士の誰とも一致しないことを認めたじゃないか」

「シラノの鼻以外はね。でも三人のうち誰かの可能性はあるわ。身長は合わないけれど、ブルーナーでさえその可能性はある。トレンチコートを着た彼が、背中を丸めていたのかもしれない。暗い階段では背の高さがよくわからなかったのかも。オスカー、わたしは考えに考えたのよ。鼻がつけ鼻だった可能性はないかしら？　ずいぶん前に、チャールズ・ロートンが自堕落なネロを見事に演じた『暴君ネロ』という映画を観たわ。映画の中では、まさにローマ人の鼻をしていたけれど、あれが本物のはずはないもの」

「化粧用のパテか」パイパー警部は抜け目なく言った。「俳優がよく使うが、近くでよく見たらわかってしまうぞ。でも、いいかい、マリカは犯人を部屋に通した。それは彼女が犯人を知っていたからだ。彼女がドアを開けたときに、犯人がつけ鼻をしていたら――」

確かにそれは否定できなかった。マリカの部屋のドアをノックする前に、犯人が階段の上でつけ鼻を取って、元の鼻に戻す時間はほとんどなかっただろう。しかし、鼻については、まだもう少しなにかがありそうだった。もちろん、故J・P・モルガンのように、本当に大きな目立つ鼻をしている者もいる。

警部はコーヒーを飲み干すと、もう行かなくてはと言った。「途中でマリカのアパートに行くの？」ミス・ウィザーズは、せがむように訊いた。

警部はうなずいた。「車の中に彼女の私信や私物が入った箱があるから、返したいんだ。その中にはたいして役に立ちそうなものはなかったが、例外は郵便為替の大量の領収書だ。マリカはアリゾナのフェニックスに住むカウソーンという男に金を送っていたらしい」

ミス・ウィザーズは目を細めた。「ゆすりみたいに思えない？　食い物にされる代わりに他人を食い物にする霊媒師についてあなたが話してくれたから、そう思ったのだけど」

「例の如く、すぐに結論に飛びつかないことだね」警部は困った顔をした。「単にマリカはいつか引退したときのための、行楽用の牧場かなんかの払い込みをしていただけだよ。これについてはフェニックスの警察に調べてもらうよう頼んである。ほかの私信は、未来を占って欲しいとか、星占いをして欲しいという客からのものがほとんどだった」

「星占いも？　まあ、マリカは手を変え品を変えいろいろやっていたみたいね。ひょっとして、彼女は鶏の内臓で占いをしたりしてたのかしら？」

「かもしれないな。でも、あまり得意じゃなかった可能性もあるぞ。自分自身の運命についてはまったく警戒していなかったわけだろう。すべてを考えると、アンディ・ローワンが無実だという幽霊のお告げだって、大昔のドル紙幣よろしく、まるで価値がないことがわかるじゃないか」

「オスカー、あなたはかつてのドル紙幣が、今や高価なコレクターズアイテムになっているのを知らないのね」

「わかった、わかったよ」パイパー警部は戸口で立ち止まって、けんかを売るように目をギラギラさせた。「マリカのアパートに行ったら、あのレコードの山をじっくり調べてみるつもりだと言っておくよ。讃美歌のレコードの間に、きみが見落としたダンス音楽がはさまっているかもしれないからね。きみも知ってのとおり、我々はみんな、所詮、生身の人間だからね。ミスも犯すさ」

「余計なお世話よ」ミス・ウィザーズはぴしゃりと言った。「いちおう言っておくけど、わたしの視力はまだまだ正常よ。讃美歌とダンス音楽の違いくらいわかるわ。初心《うぶ》な頃の自分のことを、まだ十分覚えていますからね。ロマンティックな感情を抱いた男女が、アパートの部屋でふたりきりでダンスをするときのことくらいわかるわよ。マリカのアパートにやってきて、彼女の頭をかち割った男は、彼女が愛していた相手などでは決してないわ。女が夜に自宅にいて、ちゃんと口紅をつけている意味に、目を留めて欲しいのよ」

「だが、マリカは口紅などつけていなかったぞ！」

「ますます興味深いじゃないの。だから、彼女が本当に愛する人を迎える気分だったのかどうか疑わしいということよ。あなたはたくさんの犯罪事件を知っているんでしょう、オスカー。でも、女性のことは知らないのね」

「勉強中さ。とても骨が折れるけどね」そう言うと、警部は出ていった。

ミス・ウィザーズは、パイパー警部を見習ってすぐに行動を起こしたが、向かう先はまったく違っていた。なにかをたっぷり隠していそうな、アイリス・ダンと腹を割って、じっくり話すときがやってきたのだ。

少なくとも、ナタリーはアイリスは腹に一物あると感じていた。それにときどき間抜けに見えることもあるが、ナタリーは騒々しい愚か者などではなさそうだ。

ミス・ウィザーズがたどり着いた場所は、中流下位の居住区、ウェストサイド地区のワンブロックを占める巨大なビル。三十年代に建てられ、勉強不足の建築家が、〝近代的複合住宅〟とか〝生活のための仕組み〟というフレーズで喧伝した建物だ。ミス・ウィザーズは、エレベーターで十八階まで行くと、長い廊下のはずれの部屋のドアをたたいた。すぐに、金属ののぞき穴が開いて、緊張したような若い女性の声が聞こえた。「誰?」

「見てわかるように、わたしよ。入ってもいいかしら」ミス・ウィザーズは言った。

チェーンががちゃがちゃいう音がして、渋るようにゆっくりとドアが開いた。無理強いすれば、アイリスはミス・ウィザーズの鼻先で思い切りドアを閉めてしまったろう。「別の人かと思ったから」

「そうだったらいいと思うことがあるわ」ミス・ウィザーズは狭い居間へどんどん入っていった。壁に備えつけのベッドはまだ下がったままだった。「誰か来ることになっていたの?」

「ああ——賃貸業者ですよ」アイリスは言った。

猫のようにあたりに神経を研ぎ澄ませていたミス・ウィザーズは、背後でドアが閉まると、背筋にぞくっとするものが走るのを感じた。ここはなにかがおかしい。とても変だ。よく警部が言うように、関節がぴくっとして、小刻みに震える感じがする。洋服や女性の持ち物が散らばり、赤い革張りの蓄音機が『You'd Be So Easy to Love』を奏でているが、ここはただの雑然とした部屋ではない。ベッドの上は色とりどりのイヴニングドレスで覆われていて、床には額に入った写真、そのほとんどが二流の芝居のさまざまなスターのサイン入り写真が山と散らばっていた。アイリスは紐と古新聞を用いてそれらを束ねようとしていた。

「ラーレスとペナテス（ともにローマ神話の家庭の守護神。ここでは家財一式の意味）が天から下りてきたみたいね？　引っ越しなの？」

「ええ。そのとおり」アイリスはやけに明るく言うと、音楽を止めた。「ここは借りているから」

「家具つきのいい部屋じゃない？」ミス・ウィザーズは、質素な狭いキチネットの方を見た。開いたドアを通して広くて贅沢といっていい化粧室と浴室が見えた。「ここを引き払うのはとても残念ね」

　アイリスはそわそわしていた。「ええ。でもここは不便でしょう。手頃なところにあるメイシーズ百貨店以外は、どこも歩いていくには遠いし」アイリスは腕いっぱいのサマードレスを、あちこちに広げたスーツケースの中にどさりと入れた。

「今日は十六日よね？　賃貸契約が切れるのは普通、一日か十五日じゃないのかしら？」

　アイリスは立ちすくんだままだった。「それは――」ゼンマイをきつく巻いたように体を強張らせ、笑顔の裏に、なにかすぐには読み取れないものを隠していた。初めて会ったときのような落ち着いたかわいらしさは、どういうわけか見えなかった。今はやけに愛嬌があって、少し幼く素のままに見えた。「ショービジネスの世界って、明日はどうなるかわからないでしょう」またしても、見せかけの明るさ。

「時間はとらせないわ」ミス・ウィザーズは椅子の上から二組のダンスシューズをどけて、そこに座った。「それなら、あなたは町に残る気持ちが変わって、巡業劇団と仕事をするつもりなの？」そして驚いてみせた。「わたしはてっきりまた、この暑くてむっとするニューヨークにいたがるなんて、なにか個人的な理由か、それともいい人がいるからじゃないかと、思っていたわ」

「必ずしも巡業というわけじゃないけれど――」アイリスは言いかけてやめた。

「夏季公演かしら？　九月に？」

「ちがうわ！　どうしても知りたいなら言うけれど、ただ引っ越すだけですよ。ハリウッドあたりにね。ハリウッドには挑戦したことがないから」

「テレビの時代になってから、多くの人たちが挑戦しているけど、ロサンゼルスで大成功したという話は聞かないわ。でも、失くした恋を忘れたいときは、特に都合のいい場所だわよね」そして、アイリスをじっと睨んだ。

「恋？　とんでもない。どこからそんな考えが出てくるんです？　わたしは独り身がお似合いなのよ」

「荷造りのためにイヴニングドレスがいっぱい広げられていることからわかるわよ。昨夜、この町を出ていこうと心変わりするようなことが、なにかあったから？」

アイリスは、ハンガーの音をがちゃがちゃいわせながら、腕いっぱいのドレスをどさりと置いた。「なんですって？　そんなはずないじゃない」

「当てずっぽうに過ぎないけど」好奇心旺盛なミス・ウィザーズはしれっと認めた。「でも、あなたは今日はちょっと取り乱しているように見える。どこかの若い男性があなたにランの花を贈るのを忘れたか、さもなければ――」

「ランは嫌いなの！　虫酸《むしず》が走るわ。若い男性なんて誰もいないと言っているでしょう。いたらいいと思っているけれど！」

「昨夜、あなたが出かけたときに、なにかあったのね？」

アイリスは必要以上に強く首を振って、断固として言い張った。「わたしは出かけてなんかいない。ずっと家にいたわ！」

ミス・ウィザーズは眉を上げた。「でもね、お嬢さん――」

「だったら、電話をかけてきたのはあなただったのね！」アイリスは即座に言った。「頭痛がしたから、電話に出る気がしなかっただけ。ただそれだけよ」

「それで、昨夜は頭痛に耐えながら、ここでずっとあれこれひとりで考えたあげく、かわいそうなミセス・ローワンやわたしがハリントン事件を解決するのを手伝うのをやめて、ハリウッドへさっさとトンズラしてしまおうと決めたというわけなのね？」

アイリスが目をギラギラさせながら、近寄ってきた。「違うわ！　あなたはまったくわかっていない。どうしてわたしがこんなことに巻き込まれなくてはならないの？　わたしは刑事でもなんでもないわ。ミッジ・ハリントンのことも、それほどよく知らない。彼女の事件のことなんか、聞かなければよかった。わたしは――」

「それならどうしてあなたたちは知り合ったの？　単なる詮索じゃないわ。可能性のある手がかりを探っているのよ」

アイリスは嫌気がさしたようにため息をついた。「どこにでもあるような話よ。パレス劇場でボードヴィルショーを再演しようとしていた週のことだったわ。アクロバットや、ヨガ行者の読心術や、マジックや、犬のショーや、その他どうでもいいことをいろいろやっていた。わたしは大きな葉巻を使う喜劇で、フリップ・ヤエンと組んでボケ役をやっていたわ……」

「喜劇役者は、みんな葉巻を使うのよね」とミス・ウィザーズ。

「彼のは人一倍大きかったわ。ミッジはダンスショーに出演していたけど、ハーレムナンバーや、できそこないのモダンダンスのようなものだけだった。そこでわたしたちは知り合ったのだけど、その週が終わって、劇団が撤収する頃には、節約のために一緒に暮らそうと決めていたわ。ちょうど、ミッジがリフ・スプロットと破局したすぐ後くらいだった」

「なるほど。劇場に出入りするのは魅力いっぱいに違いないわね。そんなおもしろい人たちと出会えるのだもの」

「それはどうかしら」アイリスは皮肉をこめて言った。「ほとんどの女は頭がからっぽだし、男は自惚《うぬぼ》れが強いだけで、中身のない連中ばっかり。わたしがずっとやりたかったのは、ショービジネスの世界にさよならして、どこか田舎に落ち着くことだった」

「だんなさまと、乳母車《うばぐるま》と、窓辺にペチュニアの植木鉢がある家と共に？　それがみんな手に入れば幸せだと言われるけれど、わたしにはついぞわからなかったわ。でも、物事には順序があるものよ。あなたは正直な目をしている若い女性だわ。きっと良心もあると信じている。だから、よろけながらでも、もう少しでうまくいきそうなこんなときに、ひとりで逃げ出そうとあなたが本気で考えているなんて、信じられないのよ。どうして、かわいそうなミセス・ローワンや死刑囚棟にいる人をがっかりさせられるの？　なにかが起こりかけているというのに——」

「起こりかけているどころじゃないわ！」アイリスは身震いした。

「昨夜の殺人のことを言っているのね。そうよ。あなたの元ルームメイトを殺した男は、また表舞台に出てくるという大きなミスを犯したわ。これは、この前ミセス・ローワンの家の居間でわたしたちが話したことの、直接の結果だと確信しているの。たとえ、警察が目の前のことしか見ていなくて、重要なことを見落としていても、わたしたち三人だけでも——」

「わたしたちも、いとも簡単に死体になってしまう可能性があるのよ！」アイリスが激しい勢いで遮った。「これ以上、けしかけられるのはもうたくさん。協力も死ぬことも、まっぴらごめんこうむる」アイリスは明らかにはた迷惑な訪問者ににじり寄った。「どうしてわたしが逃げ出そうとしているか、その理由を本当に知りたい？　ものすごく怖いからよ。それが理由よ。どうして、わたしが電話やドアベルに出るのさえ恐れているのか、知りたい？　殺人犯がわたしの電話番号を知っているからよ。ここに住んでいるのも知っているわ！」

ミス・ウィザーズは、好奇心旺盛な小鳥のように首を傾げた。「でも、わからないわ。誰だって、電話帳や番号案内で調べればわかるでしょう」

「まだ、わかってないのね。そ、そいつは実際にわたしに電話してきたのよ！」

ミス・ウィザーズは後ろにもたれて、深く息をついた。

「ついにきたわね！　わたしたちは今、いい線いっているわ。犯人があなたに電話してきて、怯えさせて逃げ出させようとしたですって？　なんて言われたの？　どんな声だった？　どうして相手が殺人犯だとわかったの？」

「わたしにはわかるのよ！」アイリスは思わず言った。「そのことについては話したくないし、考えたくもないわ。最初は、今朝早くだった。電話が鳴って、受話器を取ったら、誰かが笑っている声が聞こえたのよ」

「笑っていた？　でも――」

「あなたの考えていることはわかるわ。誰でもいたずらだと思うわよね。だから、わたしは警察に通報しなかった。わたしだって、最初はどこかの酔っ払いが番号を間違えたのかと思った。それとも混線しているか、相手がふざけているのだろうと考えたわ。でもなにかどこか違う気がしたの」アイリスは指の関節を噛んだ。「電話を切って、忘れようとしたわ。それから一時間後、マリカの身に起こったことを新聞で読んでいたとき、また電話が鳴ったのよ。誰か知り合いからだろうと思ったから、受話器を取った。そうしたら、またそいつは笑っていたの」

「そいつと言ったわね？」ミス・ウィザーズは落ち着いて訊いた。

「そうよ、男だったわ。でも、どんな男かは説明できない。変な笑い声だった。楽しそうなハハハではなくて、なんだか奇妙な感じの笑い。受話器を取り落としてしまって、しばらくしてからまた耳に当ててみたら、まだその笑い声は続いていた。確かに信じられないような話でしょうけど、ものすごく怖かった。どうしてわたしが荷造りしているかわかるでしょう？　ここにひとりでいるのが怖いの。このままただなにもしないで、ミッジや昨夜のマリカのように殺されるのを待っているのは嫌なの。刑事ごっこなんかしたくない。わたしはまだ若いんだもの、死にたくない。もっと生きて、これから起こるすばらしいことを体験したい。いつかは結婚したいし——」突然、アイリスはベッドの上にへなへなと突っ伏した。

「しっかりして」ミス・ウィザーズはぴしゃりと言った。「わたしたちは、とても卑劣な奴を相手にしているわ。でも、そいつがあなたを殺すつもりなら、とっくに実行しているわよ。匿名で電話をかけたりして、無意味に時間を無駄にすることなくね」

それでも、アイリスの気はおさまらなかった。

「ここの電話回線が壊れていて、本当に誰かが電話してきたのに、その声が聞こえないで回線のハウリング音のようなものが聞こえただけなのかもしれないでしょう。ラジオの雑音とか、テレビ画面の砂嵐みたいなものよ」

アイリスはやみくもに手を伸ばして、つかんだもので涙を拭った。それとも、やみくもではなかったのかもしれないと、ミス・ウィザーズは思った。それというのも、一張羅《いっちょうら》らしい薄緑色のサテンのイヴニングドレスはちゃんと避けて、コットンのブラウスを手にしたからだ。

「演技がうまいわね、ミス・ダン」ミス・ウィザーズは立ち上がった。「でも、観客はこれで退散するわ。電話の向こうから笑い声だなんて！」そして部屋を出て、ドアを閉めた。廊下を半分ほど行くと立ち止まって、考え事をしながら忍び足できびすを返した。

アイリスの部屋のドアに耳をぴったりつけてみても、中からはなにも聞こえなかった。なんとかうまいことヘアピンでドアののぞき穴の金属のカバーを押しのけてみたが、部屋の中がよく見えるほどではなかった。しかし、やっとアイリスの低く切羽詰ったような声が聞こえてきた。

「……夜まで待てないのよ、ビル。今すぐに来て。すぐに……」アイリスはさっそく苦しみ嘆く発作から回復して、電話でしゃべっているに違いない。しかし、その声は壊れたガラスのように刺々しかった。「ちがうわ。まだ荷造りが終わっていないの。でも急いで押し込んでなんとかまとめるわ。なんですって？　だめ。いいかげんにしてよ。あの帽子おばさんが急に来て、今までわたしの部屋で嗅ぎまわっていたのよ、ダーリン。絶対に彼女は疑い始めているわ！」それから後はさらに電話の相手との親密な関係をにおわせる雰囲気だったので、ミス・ウィザーズはヘアピンをはずして静かに廊下に戻った。

「確かに疑い始めているわよ。でも、そんなとこかしら」

ミス・ウィザーズは、きっかり三十一分、階下のロビーで待った。若い男が通りから慌てて飛び込んできて、エレベーターに向かったとき、郵便受けの名前に気をとられているふりをしていたが、エレベーターが十八階まで上がって停止するのを見逃さなかった。

「当たり」アイリス・ダンのビルは、長身で栄養失調みたいに痩せているということを記憶に刻んだ。擦り切れたツイードの上着に、しみのついたフランネルのズボンという姿。特に鼻の下のひげくらいは剃ってくることができたはずだが、アイリスが助けが必要なときに、すぐに頼りになる男なら、無理もないだろう。

それに、その男は以前にも見たことがあった。この捜査を始めた最初の日、ナタリー・ローワンの家の裏口で出くわした男だ。確かあのときはガスの検針に来たと言っていた。

だが、それはありえない。検針をして回っている若者が、高級な新車に乗っているわけはない。どれが彼の車であるかはすぐにわかった。通りを少しいったところの駐車禁止区域に、黄色の細長いティアドロップ型ウィンドウの車が停まっていて、不自然なラインのせいで、静止しているはずなのに動いているように見える。そのまわりには、近所の子供たちの集団が群がっていた。

「ジャガーだよ、おばさん」小汚い悪がきのひとりが言った。「イギリスの車さ。一三〇マイル以上、確実に出せるんだぜ」ミス・ウィザーズはうなずいて、ナンバープレートの番号を書き留めた。

すべての物事にはふたつの扱い方がある。間違っているほうに気をつけよ
——エマーソン

第六章

「動くな！」その午後、パイパー警部は自分のオフィスに戻ってくると、戸口のところで叫んだ。デスクの上に広げられた書類をずうずうしくも覗き見していたミス・ウィザーズは、驚きのあまりはっとした。

「いまのきみの姿を目に焼きつけておきたいからね」小柄なアイルランド系警部は大仰に言ったが、その甘い声が荒れただみ声に変わった。「人のプライバシーに鼻を突っ込む癖は相変わらずだな！」

ミス・ウィザーズはすぐに落ち着きを取り戻して、ふんと鼻を鳴らした。「なにを言われようと平気よ。少なくとも喜ばしい進歩だもの、オスカー。あなたのオフィスに入ってきて、わたしの帽子が酷評されないことが一度くらいあってもいいわ」

警部は驚いたふりをしてみせた。「それが帽子だって？　潮の流れにとり残された漂流物の残骸かと思ったよ」そして傷だらけの古いオークのデスクの向こうに座って、ため息をついた。

ミス・ウィザーズは不審に思ったが、ただこう言うだけに留めた。「どうしたの、オスカー？　マリカの殺害犯はまだ逮捕されないの？」

警部は首を振った。「例の犯罪者写真集の検分から戻ってきたところなんだが、フィンク夫人は、彼女にふさわしいゴシップ紙の世界に戻るべきだな。部下たちが三千枚以上の写真を彼女に見せたが、女性への暴力事件に関わっている犯罪者たちの中から、彼女がはっきりと特定できる奴はいなかった。たぶんこいつじゃないかと言ったかと思うと、次にはやっぱり違うと否定する。あげくの果ては、目がしょぼしょぼして、これ以上見るのは無理だと言い出す始末だった。家にお引き取りいただいて、後日出直してもらうことにしたよ」

「無理もないわね」ミス・ウィザーズは同情した。「一回に三千枚ものならず者の顔写真を見せられちゃ――」

「警察に協力するのが、彼女の市民としての務めだろう！」

「確かにそうだけど、わたしが協力しようとしても、おせっかいだと言われるだけでしょう」ミス・ウィザーズはデスクのほうを示した。「フェニックスからの報告書がきたのね」

「目ざといな。デスクの一番下の引き出しにわたしの日記が隠してなくて、残念だったな。きみならきっと、それも盗み読みしただろうから！」

「あなたくらいの年齢なら、日記も年鑑と同じくらいに辛辣《しんらつ》でしょうね、オスカー、わかったわよ、盗み見したことは謝るわ。でも、フェニックス警察の報告書の内容を、わたしが知ったって構わないでしょう。デイヴィッド・カウソーン、五十六歳、犯罪歴なし。二週間前まで結核療養所の患者だったが、その日の夜遅く、正式な退院手続きをとらずに失踪。とにかく、これで行き詰まってしまったわね。まさか、この男がマリカからの送金がストップしたから腹をたてて、病院を抜け出してニューヨークまでヒッチハイクして、彼女を殺したなんて信じているわけじゃないでしょう?」

「まあ、それも悪くない推理だな。もっと詳しく調べてみるよ。とにかく、誰かがマリカを殺したことは確かだからな」

「それに、この殺しに関して、アンドリュー・ローワンに罪をきせることはできないわよ。彼はまだ死刑囚棟に閉じ込められているのだから!」

警部は肩をすくめた。「今はローワンどころじゃないさ」

「そうでしょうね。でも、もし彼が来週の月曜に死刑になって、その後で無実だったということがわかったら、あなた、夜眠れると思う?」

「胸クソ悪い。今の自分みたいにな!」警部は妙な顔つきでミス・ウィザーズを見た。

「冗談はさておき、ひとつおしえてくれ、ヒルデガード。きみはヤマ勘に頼っているだけなのか、それともわたしの知らないことをなにか知っているのか?」警部は葉巻を取り出して、虫がくっていないか調べるようにじっくりと眺めた。「いいか、わたしはローワンの手のこんだ遺言書のことは忘れてないぞ。これまでに、何度もきみが事件解決の突破口を開いてくれたこともわかっている。きみの言う女の直観とやらも心から尊敬している。だから、ローワンが無実だということを示す、唯一の事実を示してくれれば――」

「でも、事実はたったひとつの単純なこととは限らないのよ、オスカー。とにかく、そろそろ話してもいいわよね。わたしがここに立ち寄ったのは、あなたのデスクを覗き見して、ちっとも進んでいない捜査の進捗について嫌みを言うためじゃないの。脅しがあったことを伝えにきたのよ」

「どんな?」

「今朝、ミス・アイリス・ダンのところにかかってきた電話。彼女はハリントン事件の真実をあばくために、ミセス・ローワンやわたしの手助けをしてくれていたの」

「ああ、あのルームメイトか。親戚がいないから、ミッジの私物を引き継いだんだな。モルグでの彼女を覚えているが、浮ついた感じだった。きみにもわかったはずだ――」

「あなたの思い出話はもういいわ、オスカー。重要なことだけど、密かに唾を吐きたくなるほど煮えくり返ることを、言おうとしているのよ!」そして、アイリスのアパートを訪ねて驚いたことを話した。

「はっきりさせておくが、きみの話に間違いはないんだな」ミス・ウィザーズが話し終えると、警部は男の優位性をあからさまにかざして言った。「電話が鳴って、ミス・ダンが出たら、男の笑い声がした。その男がまた今朝電話してきて、相変わらず笑っていた。これだけか?」

「正直言って、あなたの言ったそのニュアンスとはかなり違うわ。でも、オスカー、アイリスの話だと、すごく独特な笑いだったたって」

「あくまでも彼女の話によればだろ！　女というのは、生意気でヒステリックで――」

「あなたもご存じのように、わたしは生意気なヒステリー女なんかじゃないわ、オスカー。あなただって、誰かが電話してきて延々と笑い続けているといった経験をこれまでにしたことがあるでしょう？」

「ないね。他の誰もそんな経験したことはないさ」警部は見下すように笑った。

「そんなにすぐに決めつけないでよ」ミス・ウィザーズは、警部を睨みつけた。「正直、あなたと同じ間違いを犯すところだったわ。わたしもアイリスがこの事件から手を引くための言い訳として、単に芝居しただけだと思っていたの。気がつくべきだったわ。売れない女優が、ナタリー・ローワンが提供してくれる二万ドルというおいしい報酬をふいにするほどのことよ。よほどショックなことがあったに違いないわ」

「なんと！」警部は目を丸くした。

「そうなのよ、オスカー。そう言いたくもなるわよね。でも聞いて。今日の午後、わたしが家に帰って、昼食の皿を片づけているときに電話が鳴ったの。わたしは手を拭いて、急いで居間に駆けつけた。いつも電話が鳴ると、タリーが興奮して吠えて、前足で受話器を叩き落としてしまうことがあるのは知っているでしょう？　わたしは受話器を取って、もしもしと言ったわ。そうしたら、オスカー、これまで聞いたこともないような声が聞こえてきたの。死ぬまで忘れられないような声が」

「プロポーズの言葉か？」

ミス・ウィザーズはその冗談にはのらずに続けた。「オスカー、それは男の笑っている声だったのよ。なにも言わずにただ笑っているだけ。重苦しくて、奇妙で、恐ろしい笑いだった。まるで酔っ払いみたいな」

警部はミス・ウィザーズを睨んだ。「ヒルデガード、大丈夫か？」

「あんなおぞましい笑い声を聞いたら、どんなに正常な人だっておかしくなるわよ。あれは人間の笑い声じゃない。地獄の奥底から、悪鬼か邪悪なものがたてる笑い声よ」

「まあ、まあ」警部は困ったように言った。「神経が――」

「ばかなこと言わないで！　わたしくらい図太い神経の持ち主もいないわ。それに、タリーのことはどうなの？　わたしのプードルも神経衰弱だというの？」

「そうかもしれんな」警部は言った。「なにせばか犬だから」

「タリーはばか犬なんかじゃないわ。昔風に言えばそうかもしれないけど。とにかくお調子者で、陽気で、社交的な子よ。いい？　彼がいつもどういう風に電話のベルに反応を示すか、話したでしょう。特にすぐに電話に出なかったときとかにね。あの恐ろしい笑い声が続いている間、わたしは受話器を握り締めたまま、びくびく震えていた。でも人が笑っていたら普通なら、笑いすぎてむせたり、息継ぎをするものでしょう。その笑い声はそんなこともなくずっと延々と続いていたわ。それで、わたしはタリーの耳に受話器を当てて、彼にもその声が聞こえるのか、押さえつけなくてはならないほど暴れ出したりするかどうか、見てみようとしたの。タリーはどうしたと思う？　オスカー、わたしはこの目で見たのよ。彼は目を閉じて、口を開けると――」

「あくびをした?」

「遠吠えしたのよ、オスカー! 恐ろしげで苦しそうな声でか細く長く尾を引くように吠えたの。上のヴァイオリニストが引っ越して以来、タリーがあんな声で鳴くのを聞いたことがないわ。これでわかるでしょう!」ミス・ウィザーズは椅子に深く座って待った。

「それは」警部はしばらくして言った。「わたしにも初耳だ。電話機が急に地獄と回線をつなげたとは思えないがね。これは精神科医の仕事だろう。いや、きみやきみの犬を精神分析するという意味じゃない。だが、新聞に載るどんな殺人事件も、半分頭のいかれた多くの連中を惹きつけるものだ。奴らは、出頭して自白してみたり、犠牲者や、なにか狂気じみたものの生まれ変わりだとか主張したりする。わたしにはこの脅迫騒ぎは、十分にいかれ野郎の資格があって、精神病院に収容寸前の輩の仕業のように思える」

「じゃあ、どうして、このいかれ野郎とやらは、アイリス・ダンやわたしのふたりが、昔の殺人事件を再調査するために、ナタリー・ローワンに協力しようとしているのを知ったのかしら?」

「どうしてそんなことがわたしにわかる?」パイパー警部はじれったそうに言った。「頭のおかしい男がなにを知っているかとか、その状況でなにをやろうとしているかなんて、誰にわかるというんだ?」警部は大きくいびつな煙の輪を吐き出した。「どうもこの事件はわけがわからない。きみはマリカの殺害者が、きみたちふたりに電話してきて不気味な哄笑《こうしょう》を聞かせてビビらせ、追っ払おうとしていると言いたいのか?」

「今はそんなことが言いたいんじゃないの。この電話がどこからかけられたのか、警察に調べてもらわなくてはいけないと言っているのよ。わたしたちの電話を盗聴して、警官を配置して——」

「わかった、わかった！　きみとミス・ダンの電話、そしてミセス・ローワンのもだろう。九人の警官をそれぞれの持ち場につけて、八時間シフトで盗聴する。どこかの地下室でイヤホンをつけて、殺人とは関係のないどこかのいかれ野郎がまた電話してきて、嘘くさい笑い声をたてるのを、ただひたすら延々と待つというわけだ。盗聴に成功しても、きみが聞いた笑い声以外は、なにも聞こえないだろう。ニューヨークは自動ダイヤルシステムになっている。自動制御されている交換台を過去にさかのぼって調べ、タイミングよく発信元を見つけるのは至難の技だ」

「まあ」ミス・ウィザーズはがっかりした。

「それに」警部はまじめな顔で続けた。「こういう見方もしてみたまえ。ミッジ・ハリントンとマリカ・ソレンを殺した犯人が同一人物だと仮定するなら、どうして犯人は、ふたつの殺人を結びつけようとしている女性たちにわざわざ電話をして、自分に注意が向くような真似をするんだ？　犯人はそのまま腰を据えて、ローワンが死刑になるのを待っていればいいんじゃないのか？　きみの推理は間違っている、ヒルデガード。わたしはただの頭のおかしな奴のいたずら説にこだわるね。もし、またかかってきたら、なにか言って遮ってやれ！　そいつがなにか言い返してきたら、声が聞けるだろう」

ミス・ウィザーズは警部をじっと見つめた。「オスカー、あなたはあの笑い声を聞いていないから、そんなことが言えるのよ。なにか言って遮るだなんて、それはまるで——ナイアガラの滝かハリケーンか、ぎゃんぎゃん鳴ってる呼び鈴の中で声を出すようなものよ……」

「まあまあ、落ち着いて」警部は心配そうな顔をして、立ち上がった。「きみはイラついているだけじゃないのか？　冷たい水でも持ってきてあげよう」

「冷たい水なんか、これっぽっちも欲しくないわ！」

古い友人であるふたりは、一瞬互いに睨みあった。そのとき、ワイシャツと制服のズボン姿の色黒の若者が戸口から頭をのぞかせたので、その緊迫感が消えた。「ああ、警部、おとりこみ中ですか？」

「いや、まったく！」パイパー警部が、この邪魔だてを喜んでいる様子がありありとわかった。「入りたまえ、ジーノ。なにかわかったか？」

若者は大量のデッサン用紙を小脇に抱えていた。「だと思います」ラテン系らしく肩をすくめて、感情を示した。

「ジーノは解剖医なんだ」警部がミス・ウィザーズに説明した。「もともと彫刻家だったんだが、結局、検視局に落ち着いたというわけだ。朽ちた古い骨から、この男が粘土で顔を復元するのをぜひ見るべきだな」そしてジーノが持ってきた用紙の山をじっくりと眺めた。「悪くない。これはいけるぞ。この男がわかるか、ヒルデガード？」紙をミス・ウィザーズのほうに向けた。そこにはずんぐりした男の頭部と肩までのスケッチが鉛筆で描かれていた。トレンチコートを着て、つば広の帽子を被り、特徴的な鼻の上に分厚い縁メガネをかけている。

「いずれにしても帽子はわかるわ」ミス・ウィザーズは目を細めて、そのラフなスケッチと、リフ・スプロット、ニルス・ブルーナー、ジョージ・ゾトスを比べてみようとしたが、首を振った。

「きみの三銃士たちの誰にも似ていないか？　わたしもそう思ったよ」パイパー警部はデスクの上のボタンを押した。「スミティ？　フィンク夫人をここに連れてきてくれ」

一同は黙ったままだった。「オスカー、手があいていたら、わたしのためにこの車のナンバーを調べてもらいたいの」そして、一枚の紙きれを渡した。「悪いけど、この車の持ち主を割り出してもらえないかしら？」

「わかったよ」パイパー警部は紙を受け取り、デスクの上の書類刺しに突き刺した。そのとき、ミセス・フィンクが部屋に入ってきた。警察の対応にうんざりしていて、すべてにイラついているようで、タバコやコーヒーや、あげくの果ては少量の酒が出てくるまでは、断固として協力しないと拒否する勢いだった。結局、タバコとコーヒーをせしめて、ジーノが作成した似顔絵が、事件の夜に階段ですれ違った男の人相とどれくらい似ているかを判断したら、すぐに家に帰らせてもらう約束をとりつけてなんとか妥協した。

「見事だわ！」フィンク夫人の第一声は上々だった。まじまじとジーノを見て、ベレー帽にウィンザータイ、上っ張りという姿でないことに驚いているようだった。「あなたが描いたの？」

「ミセス・フィンク、彼が描いたこの人物と、あなたが目撃した男が同一人物なのかどうか我々は知りたいんです。帽子とあなたの供述による男の人相だけが、我々の頼りなのでね」

「そうね」フィンク夫人は疑わしそうに言った。「帽子が違うわ」

ミス・ウィザーズは息をのんだ。警部が言った。「違う？　だが、帽子だけが唯一確実なものなのに！」

ミセス・フィンクはきっぱりと首を振った。「やっぱり違うわ」

「ちょっと言わせてもらいたいのだけど」ミス・ウィザーズが静かに口をはさんだ。「帽子のつばが裏返しになっているとか?」

「描き直してみてくれ、ジーノ」パイパー警部は、うんざりしたように言った。

ジーノはポケットから黒い消しゴムを取り出すと、魔法のように帽子のつばを消して、黒の軟らかい鉛筆で前の部分をたちまち裏返しにしてみせた。

「良くなったわ」ミス・フィンクは、コーヒーを飲みながら偉そうに言った。「でも、後ろの部分も裏のような気がするの」

ジーノは言われたとおりに直した。「ほかにおかしなところは?」警部が訊いた。

ミセス・フィンクは時間をかけたあげく、やっとのことで口も耳も大きすぎると言った。それもすぐに鉛筆で訂正された。「目は離れすぎているわね。それに——」自信がなさそうに言葉を切った。

「それに?」

ミセス・フィンクは階段を上がってきた男は、どういうわけか寒そうに見えたと言った。「吹雪の中から家の中に入ってきたような」

「でも、吹雪なんかありませんでしたよ」パイパー警部は言った。「いいですか、今は暖かい九月なんですから!」

「待って、オスカー」またしても、ミス・ウィザーズが遮った。「彼女の言っている意味がわかるわ。

寒い冬の日に生徒たちが校庭から教室に戻ってくると、鼻や耳が白っぽくなっていたものだわ。わかるかしら――？」

警部はジーノに合図した。たちまち似顔絵の鼻や耳の色合いが、顔のほかの部分より明るくなった。「そう、この男よ！」ミセス・フィンクが疲れたように言った。

「オーケー、ジーノ、これで完成だ」ジーノはポケットから小さな霧吹きを取り出すと、似顔絵の上にまんべんなく噴きかけて色留めをした。パイパー警部はデスクのボタンを押した。「スミティ？　車をまわして、誰かにミセス・フィンクを九十六丁目まで送らせてくれ。ああ、そうだ。その前に、最後の一杯をさしあげて……」

しかし、電話の向こうにいるはずのスミス巡査は、希望に満ちた笑みを浮かべて部屋の戸口に立っていた。「わたしがミセス・フィンクをお送りしてもよろしいですか？　自宅が九十六丁目方面ですので。あと三十分で非番になりますし」

「どうして――」警部は顔をしかめたがそのまま言った。「オーケー、オーケー」そしてミス・ウィザーズのほうを見た。「きみも同乗していくかね？」

ミス・ウィザーズは、感謝しつつ断った。夕方の渋滞の中、サイレンを鳴らすパトカーで町を走る気分ではなかったのだ。そのとき、ミセス・フィンクを意気揚々と部屋から送り出そうとしていた巡査が足を止めて、警部のデスクにたてかけてあった似顔絵をまじまじと見た。そして、ゆっくりと近づいてくると、口笛を吹いた。

「あれ？」若いスミス巡査は声をあげた。「バナナノーズ（大きな鼻の意）じゃないか。こんなところで昔の知り合いに会おうとは」

「なんだって？」大げさなくらいの一瞬の沈黙の後で、警部が小声で言った。「スミティ、本当に——つまり、この顔に見覚えがあるのか？」

「ええ、確かに」スミス巡査は目を閉じて、そのぽっちゃりした指を鳴らして、すらすら言った。「ロロ・〝バナナノーズ〟・ウィルソン、またの名をロブ・ウィルズ。年齢三十六歳くらい。不法侵入、強盗など数々の逮捕歴あり。オーバーン刑務所に四年、シンシン刑務所に最低三年から十年服役。現在は仮釈放中」スミスは目を開けて、微笑んだ。ミス・ウィザーズは、スミスが古き良き時代のボードヴィルの軽業師よろしく、拍手喝采を期待して手を広げ、一同の前に駆けだしてくるかと思った。

「オーケー、オーケー！」昔ほど記憶力が定かでないパイパー警部は、こうした巡査の知識がとても役にたつのはわかっていたが、いつもその披露の仕方が気に障った。「そのバナナノーズは暴力で訴えられたことがあるのか？　特に女性に対する暴力でだ」

スミスはぽかんとした。「わたしの知る限りではありません。ただのこそ泥で、暴力的な犯罪はしません。武器は持たず、盗み一筋で——」このましゃべらせておくと、延々と続きそうだったので、どのみち報告書を書くのを手伝うはめになるパイパー警部は、そっけなくうなずいて話を遮り、さっさと電話をかけて、ロロ・ウィルソンの記録と写真を要求した。

「どうやら我々はあなたに違う種類の犯罪者の写真を見てもらっていたようです、ミセス・フィンク」警部は言った。「もう少しここでお待ちいただくことに——」

選択の余地のほとんどないミセス・フィンクは、結局、バナナノーズの正面と横顔の写真を確認するために長いこと待たされるはめになった。そして、帽子とメガネはかけていないのを別にしたら、マリカのアパートの階段ですれ違った男に似ているようだとしぶしぶ認めた。

パイパーは満面の笑みを浮かべて、命令した。「スミティ、夫人を家までお送りする前に、二杯さしあげるように。お望みなら、最高のぜいたく品をな」そして、インターホンに向かって指示した。「ロロ・バナナノーズ・ウィルソンの逮捕状を手配しろ。すべての警察管区、保安官事務所、州警察、大都市圏全部にだ。殺人の容疑で逮捕する。慎重にかかれ。この男は危険だ。武器を所持しているかもしれない……」警部は喜び勇んでミス・ウィザーズのそばにきた。「昨夜、きみと話したとき、わたしは四十八時間以内に犯人を確保すると言わなかったか？　二十四時間で済むぞ！　さあ、警察のこの仕事ぶりについてきみの言い分を聞こうか？」

ミス・ウィザーズは鼻を鳴らしたが、そんなふうに抗議をしても無駄だというのはわかっていた。苦境に陥ることはめったにないが、今度ばかりは下でタクシーを待っているあいだまで、うまい反撃方法が浮かんでこなかった。

「まさに警察の仕事ぶりだわ！　複雑怪奇すぎてまったくわけがわからない！　つぶれた帽子や、暗い階段で一瞬だけ目撃された男の似顔絵、偶然にも、仕事熱心な警官がそれを見かけて、どこかで一度見たような気がする、記憶がおぼろげな犯罪者と似ていると考え、今はかわいそうなミスター・バナナノーズが指名手配されて、マリカ・ソレン殺害容疑で逮捕されようとしている。もちろん、最後には彼の無実は証明されるでしょうけど――」ミス・ウィザーズははたと止まった。でも、そうなるだろうか？　アンディ・ローワンの例もあることだし。

　風が吹きすさぶ通りの角でひとり待ちながら、ミス・ウィザーズは急に喪失感と無力感を感じ、自分の世界のたがが外れてしまったような気がした。「〝ああ、なんと呪われた因果か。それを正すために生まれてきたとは〟ハムレットより」声に出して言った。

　最後の台詞を言ったとき、ちょうどタクシーの運転手が車を停めてドアを開け、うさんくさそうな目でミス・ウィザーズを見た。「大丈夫すか、マダム？」

　ミス・ウィザーズは答えなかった。というのも、イーストサイドの少年たちの騒々しい一団が、ローラースケートで通り過ぎていくのに目を奪われていたからだ。そのほとんどが、まだ六週間も先のハロウィーンの扮装をして、マスクや〝お菓子をくれないといたずらするぞ〟ゲームの扮装品を身に着けていた。

「これはね、新車なんですよ、マダム。あたしのものなんです」ミス・ウィザーズが車の前で立ち尽くしているので、運転手は勘違いした。「まさか、吐きそうになっているんじゃないでしょうね？」

　ミス・ウィザーズは、彼女にしては晴れやかな顔つきで運転手のほうを向いた。「いいえ。吐いたりしないわ。でも、ここだけの話だけど、自業自得でそうなってもおかしくない人をわたしは知っているのよ」

　運転手がことさらにきっぱりした態度でメーターを倒すと、料金が発生し始めた。しかし、ミス・ウィザーズはまだぐずぐずしていた。「運転手さん」やっと車に乗り込むと言った。「絶体絶命になったとき、突然、どこからともなく青空が広がってきたことってある？」

「ねえ、マダム、あんたの悲しい話を聞かされなくちゃならんのですかね？　たぶん、あんたは地方からやってきたんだね。映画や新聞記事で、ニューヨークのタクシー運転手はみんな、哲学的で、もの好きだとかいう評判を知っているんでしょう。うちらはそんなことはありませんや。バーテンダーなら話を聞いてくれるかもしれませんが、タクシー運転手はそんなことはしません。お客が行先を告げ、そこへ車を走らせるだけ。あんたはメーターに表示されてる料金を払って、それでおしまいってわけでさ！」

運転手がギアを入れると車が唸り、スタートゲートから飛び出すグレーハウンドのように前に跳ねた。その反動で、ミス・ウィザーズの風変わりな帽子が目の上にずり落ちた。こんなぞんざいな態度をされても、とりあえずミス・ウィザーズの気分がくじけることはなかった。自宅の住所を告げようとしたが、気が変わった。「運転手さん、デューク・ホテルってどんなところかしら？」

偏見をもった目を向けて、運転手は言った。「知りたいですか？　タイムズ・スクエアから半ブロックほどのとこにある、ありふれた薄汚い安宿でさあ。賭博の胴元や、酔っ払いや、売春婦や、俳優なんかがうじゃうじゃしてますよ。マルタ・ワシントンにしたほうがいい」

「そうね」ミス・ウィザーズはきっぱりと言った。「でも、まずデュークを試してみるわ。実際に見てみたいの」

第七章

混乱のつらなりの上にもうひとつの運命がある
――ウィリアム・E・ウッドワード

それは、暗い舞台劇用の劇場と、一階がバーになっているオフィスビルにはさまれた、狭くて窮屈そうな安宿だった。正面はどことなく老舗の面影があり、かつては本当にそうだったにしても、それはミス・ウィザーズがまだお下げ髪の娘だった頃の話だ。ロビーの大きな金めっきの鏡はダイヤモンド・ジム・ブラディ（十九世紀のダイヤモンドブームの火付け役）の派手な姿を映し、リリアン・ラッセルの金褐色の髪をさらに燃え立たせたのかもしれないが、今は、詮索好きな元教師の亡霊のような歪んだ姿がゆらゆらと映るばかりだ。大理石の柱の間にまばらに置かれたはげた革の椅子はみんな空いていて、その事実を説明しようとするのはどこか居心地が悪い。あまりにたくさんの古い時代のにおいが混ざり合い、もうなんのにおいか特定することもできずに、ただ混沌とその場に染み込んでいた。

フロントデスクの向こうの男は、小さな鋭い黒い目に、ネズミのような歯をしていて、長年あらゆるものを見てきたが、どれも気に入らないという印象を与えていた。ミス・ウィザーズを上から下までしげしげと眺めて、なんの感情も交じえずに訊いてきた。「なんでしょうか?」

「ここにミスター・スプロットという人が滞在していないかしら?」ミス・ウィザーズはずばり訊いた。

男のビーズのような瞳が、14Bと記された鍵入れのスロットをちらりと見た。そこにはトランプサイズの真鍮《しんちゅう》のマーカーがついた鍵が入っている。「あの人たちは夕食でお出かけだと思いますよ。なにかご伝言でも?」

「いいえ――」ミス・ウィザーズはためらった。「ええ、あるわ」そしてハンドバッグに手を伸ばして、カウンターに五ドル札を置いた。「あなたへのお願いと言ってもいいかしら、お若い人? これからする質問は非公式だから、外に漏れる心配はないわ。それで、ミスター・スプロットは、昨夜部屋にいたかしら?」

「マダム、わたしは知りませんね」

「十ドル出したら、思い出してくれる? ちょっとした事故の目撃者候補の確認なのよ」結局、ミス・ウィザーズは、殺人をちょっとした事故と言ったことに対して、自分の良心となんとか折り合いをつけた。確かに、殺人は事故のようなものだし、殺人者は確実に自分の行いを目撃していることになる。

男は首を振った。「あらそう」ミス・ウィザーズは即座に続けた。「ミスター・スプロットと彼のお仲間が、グロット・クラブで演奏していることは知っているわ。でもディナーショーと真夜中のショーの間には、数時間かそこら空白の時間があるでしょう——」

男は本当は金を受け取りたそうだったが、遠慮した。「聞いてください、マダム。思い出したくても本当にまったく知らないんですよ。昼間しかここにいないもので。六時以降に出直してもらって、夜間担当の者に訊いてください」

「あらそう。そのお金は取っておいてもいいわよ。そうすればわたしがここに来たことを忘れてくれるでしょうからね」

「やられましたね」と男は言い、そして五ドルは消えてなくなった。ミス・ウィザーズは外に出たが、三十分ほどでまた戻ってきた。今度は、ひと目でがらくたとわかるものや、派手な《ビルボード》誌や、《ヴァラエティ》誌をどっさり積んだ中古のスーツケースを引っ張っていた。もちろん、おなじみのハンドバッグや、黒いコットン傘もその積み荷に乗せられている。夜間シフトのフロント係は、昼間の男より少し若い感じだったが、ひどい風邪をひいていてジンのにおいがした。

「お風呂つきの部屋をお願い」ミス・ウィザーズは言った。「業界レートでね」

その言葉の意味に、男の目が不審の色を強めた。「業界のなんですって?」

ミス・ウィザーズは、宿泊者名簿に〝マルタ・ヴェレ・ド・ヴェレ〟と書き込みながら、男に表紙がよく見えるよう、大衆雑誌を取り上げて、横柄に言った。「わたしは昼メロの『サンシャイン』で、アビーおばさんの役をやってるの。ラジオを聴いたことない?」男はおずおずとうさんくさそうにミス・ウィザーズを見た。「テレビ番組のオーディションを受けてきたところだから、こんなりなのよ」

「わかりました」男は言った。「ここのお客のほとんどは長期滞在者ばかりですが、それでも――」そして鍵置き場を見て、そのうちのひとつを選んだ。「シャワーつきのがひと部屋ありますよ。三ドル。前払いです」

「もっといい部屋に移動させてくれるまで、そこで我慢しなくちゃならないわね」ミス・ウィザーズは傘をデスクに置くと、ハンドバッグをひっかきまわした。なんとか小銭入れを取り出したものの、コインが何枚か指をすりぬけてデスクに落ち、さらにその後ろの奥まった暗がりに転げていった。「あら、やだ！　どうしてわたしったら、こう不器用なのかしら！」

　男はためらっていたが、うんざりしたようにため息をつきながら、身を屈めて小銭を拾い始めた。やがて、息を切らせながら赤い顔をして立ち上がり、ミス・ウィザーズの大げさな感謝の言葉に対して、ぶつぶつ文句を言いつつ、拾い集めたひと握りのコインをカウンターの上に突き出した。必要以上にかたくなな態度だった。ミス・ウィザーズは部屋代三ドルを支払ったが、男が狭苦しいフロントの向こうから出てきて、荷物を運ぼうとしたので少し驚いた。

「ベルボーイがふたりともどこかに出かけてしまっていてね」男は肩越しに言った。「こちらですよ、アビーおばさん」ミスター・オーティス（エレベーターの発明者）の最初の作品の遺物として、確実にスミソニアン博物館行きになりそうな、がたついたエレベーターでぎくしゃくしながら上に上がった。そして、薄暗い廊下に降り立ち、タバコのにおいと人の痕跡が残るかび臭い部屋に案内された。二十五セントのチップを渡すと、男は不満そうにそれを見たので、もう少しでさっき床から拾ってもらった小銭が七十五セント足りなかったことを思い出させてやろうかと思った。

やっとひとりになると、ミス・ウィザーズはベッドに腰かけて、今後の計画を練ろうとした。だが、ベッドカバーをちらりと見て、立っているほうが安心できそうだと判断した。ついに、リフ・スプロットが滞在しているホテルに潜入した。しかも、彼の部屋の鍵を持っている。さっき、フロントの男が屈んで小銭を拾っている間に、傘の先でとっさに失敬したのだ。ここは十五階だから、彼の部屋は一階下ということになる。

こそこそホテル内をうろつきまわるには、タイミングが悪かった。ちょうど人々が仕事から帰ってきて、食事に出かける時間だ。宿泊客のほとんどは長期滞在者だと、フロント係は言っていた。つまり、見慣れない顔はかなり目立ってしまうということになる。

しかし、ざっと廊下を見た限り、誰もいなかったので、ミス・ウィザーズはすぐに部屋を出て、幽霊のように静かに下へ向かった。廊下の途中で、ふいにエレベーターの扉が開いて、若い男とそれほど若くない女が出てきて、浮かれ騒ぎながら、ふらふらとこちらに向かってきた。持っている包みが、かちゃかちゃいっていたので、間違いなく明日の二日酔いにまっしぐらというところだろう。ミス・ウィザーズは顔を隠してとっさに階段のほうへ戻りそうになるのをこらえて、咎めるようにふたりを睨んだ。すると、ふたりは静かになり、気まずそうな様子でそそくさと通り過ぎていった。

攻撃は最大の防御だわ。ミス・ウィザーズは自分に言い聞かせ、14Bの部屋に向かった。中に入ると、すぐにドアを閉め、明かりをつけた。そこは家具が備えられた居間で、驚くほど快適なしつらえだった。新しいカーペットに、ローズとグリーンのカバーのかかった椅子、長椅子には明るい色の枕が置いてある。ラジオ、蓄音機、テレビの大きなセット、小型のアップライト型ピアノ、暖炉の上にはキクやヒャクニチソウが活けられた花瓶がふたつ、最新の三文雑誌、必ずしも音楽とは関係ない本も数冊があった。

ミス・ウィザーズは寝室に入ると、バッグと傘を置いて、手早く調べた。ついさっき、誰かが入浴して着替えたようだ。浴室は濡れたままで、まだ湯気が残って、空気が湿っていて、なにか強い香水のにおいと混じっている。しわくちゃのベッドカバーの上には、チョコレートがぎっしり詰まった箱が開けっ放しになっていて、ベッドサイドのテーブルの上の電話は、雑誌に押しやられそうになっていた。リフ・スプロットが勢いで結婚した歌手は、主婦としては向いていないようだ。しかし、彼女は自分のものは特別に大事にしている。クローゼットのドアの内側の置き場には、たくさんの靴が収納されているし、ミス・ウィザーズに言わせれば、ひどい咳風邪をひきそうな露出度の高いイヴニングドレスがハンガーにずらりとかけられている。それ以外にもあるスラックスやセーターやネグリジェは、明らかにクローリスのものだ。

安物のアクセサリーやイヤリングの類が、ドレッサーの上に散らかっている。ネックレスは影も形もなかったが、それは期待しすぎというものだろう。

ミス・ウィザーズは、自分がなにを探しているのかまったくわからなかったが、それを見つけさえすればわかるという思いもあった。条件さえそろえば誰でも殺人を犯すかもしれない一方で、実際に殺人を犯した本人は、ほかの誰とも違う立場になってしまい、その変化に苦しむものだというのが、ミス・ウィザーズの持論だった。心の奥深くに閉じ込めた暗い秘密は、時がたつにつれ徐々に少しずつ彼のすべてをむしばんでいくに違いない。どんな刺激に対しても、殺人を犯していない人と同じようには反応できず、過剰に警戒し、疑い深くなって、妄想にすぎない攻撃から自分を守ろうとして、誰にも追いかけられていないのに逃げようとする。

スプロットの部屋は、彼の筆跡と同様、その人柄を反映していた。もし、スプロットが去年の八月にミッジ・ハリントンを殺し、昨夜また、いわれのない思い込みの恐怖から、秘密をあばかれそうになったプロの霊媒師を殺したのなら、いずれにしても必ず、ここにその痕跡なり、気配がはっきりと残っているはずだ。

警察と同じようにとまでは言わないが、ミス・ウィザーズは細心の注意を払って、居間を調べた。法というものは、隠された書類や、宝石や、武器など、物証を探す。だが、ミス・ウィザーズは、すべての行いはしかるべき影響をもたらし、さらには痕跡を残すという信念から、より深く掘り下げてみようと考えていた。

居間のクローゼットの棚に古いマニラ封筒を見つけたとき、ミス・ウィザーズは目を輝かせた。中には、曲につけた古い歌詞の一部がなぐり書きされた紙が入っていた。半分に引き裂かれたあと、セロハンテープで補修してあった。タイトルは〝トール・アンド・テリフィック〟だったが、消されていて、〝最高にイカす女《ウィッチンゲスト・ギャル》〟に直されていた。誰に捧げたかはわからないが、歌詞を口ずさんでみて、その不完全なメロディに、これを捧げる相手は必要ないと感じた。

〝コーヒーに快感を覚えてぞくぞ[illegible]する、
紅茶にもスリルを感じる、
酒はまわりが早いが、強い[illegible]ですら、
きみがぼくにかけた魔法には及ばない、
ホースシューの女の子たちが好きだし、
ストークのかわいこちゃんたちもいい、
サウス・パシフィックにも行ったが、
なんといったって、トール・アンド・テリフィックだ……
きみはニューヨークいちイカす女〟

「めちゃくちゃな歌詞にもほどがある！」ミス・ウィザードは言った。「やっぱり音楽はヴィクター・ハーバート（アイルランド生まれの作曲家）のものにかぎるわね」だが、この歌はミッジ・ハリントンのために書かれたに違いない。そうだとすると、スプロットが彼女の首を絞めたのなら、殺人の思い出としてとっておくようなことをするだろうか？

それから、古い銀行取引明細書の束を見てみた。スプロットの銀行残高の推移は、三百ドルを超えることはなかった。一年前には、八ドル八十五セントまで減っていたが、ごく最近は九月に千ドル近くにまで増えている。去年の三月に、音楽家連盟に未払い金として、高額の小切手を振り出していて、それ以降、スプロットは支払いを滞らせたことはないようだ。

ミス・ウィザーズは、安楽椅子のクッションの後ろを指で探ってみた。数枚のコインと、刃こぼれしたポケットナイフ、紙マッチのパックがいくつか、違う色合いのヘアピンが数本、容赦なく刺さってくるはずれた安全ピンが出てきた。期待して調べたテーブルの引き出しには、擦り切れた革の住所録があったが、マリカやミッジ・ハリントンの住所はなかった。

武器の痕跡もどこにもなかった。スプロットとマリカを結びつけるものもなにもない。トレンチコートすらない。そばにあった帽子は、汚れたシルクハットで、サイズは六と二分の一だった。マリカの遺体の下で見つかった帽子と、頭のサイズが近いことは近い。この部屋にキッチンがないのは、重ね重ね残念だった。ミス・ウィザーズに言わせれば、電話を盗聴したり、日記を読むより、キッチンを十分間調べれば、その家庭についてたくさんのことがわかる。最後の手段として[redacted]室を調べてみたが、ここに住む誰かが最近、胃炎の治療薬を大量に摂取したことがわかった以外は[redacted]おかしなものはなにも見つからなかった。

こんな風[redacted]索するのは許されないことはわかっていたが、目的は手段を選ばないものだ。ミス・ウィザー[redacted]はすぐにプランBにとりかかった。十分ほどかけたあとで、この部屋が徹底的に調べられていること[redacted]はっきりしたが、まだ抜けがあった。タンスの引き出しに入ったクローリスの下着を探ってみると、[redacted]のクリームや爪ヤスリが出てきた。少し家具を動かし、最後の芸術的仕上げの味つけとして、歩道で[redacted]ってティッシュにくるんでおいた、葉巻の吸いさしを取り出し、それをこれみよがしに鏡つきのコン[redacted]トの端に置いた。スプロットが葉巻を吸うのはわかっている。これを見たら、怪訝に思うに違いな[redacted]。

ジャブを与え続けて相手のバランスを崩す、とはボクシングの試合でよく言われることだ。

時刻は七時をゆうに過ぎていた。リフ・スプロットと彼の楽団は、今頃グロット・クラブの地下にいるはずだ。クローリスがピアノに寄り掛かり、ピアノの上に置かれた五線譜を見ながら、切なく色っぽいバラードを歌っていることだろう。帰る途中でグロットに立ち寄って、彼らの演奏を聴くべきではないかと、ミス・ウィザーズは思案した。

バッグと傘をかき集めて、寝室の明かりを消したとき、廊下で男の声が聞こえ、ドアノブががちゃがちゃいって、ドアが開いた。ミス・ウィザーズは中から鍵をかけておくのを忘れるという犯罪にも等しい過失を犯したことに気づいた。

万事休すだ！　寝室のドアの背後で壁に体を押しつけながら、心臓が激しく脈打ち、隣の部屋にいる者の声がほとんど聞こえないくらいだった。

「クローリス、ハニー？」リフ・スプロットのテナーの声。その声は寝室のドアのすぐそばで聞こえた。「クローリス、いるのかい？」

わたしたち臆病者以外誰もいないわ。ミス・ウィザーズは心の中で答えた。

「まったく、妻のやつときたら」スプロットが言った。「さだめしなにか忘れ物を取りに急いで戻ってきたんだろう。いつものことだけど、明かりはつけっぱなしだし、ドアにも錠をかけ忘れている」

「女っていうのは」もうひとりの男が言った。聞き覚えのある声だった。

「……バーで誰が聞いているかわからないからな。だからここに来ようと言ったんだ。なにか飲むか？」

ある酒はクローゼットの棚の二本だけなのを思い出して、ミス・ウィザーズは身震いした。でも、第二の男は食事のすぐ後は飲まないと言って断った。床の上を椅子を移動させる音が聞こえ、内緒話をするように声が低くなった。「それで、この件をおれたちはどうすればいい？」

「それがわかれば苦労しない」スプロットがしみじみと言った。

「月曜までじっと辛抱するか？」

「ほかにどうすればいい？　警察に行って決着をつけるわけにはいかないんだぞ」

「ちがう、そんなことをしたら、墓穴を掘るだけだ」

「言われなくてもわかっているよ」スプロットが言った。「だが、ぼくは一日中警察につけられている」

「知っているよ。帽子を被った小柄な男が通りの向こうに立って、ここの窓を見張っている。おれだってそれくらい気がついているさ」ミス・ウィザーズは思わず声をあげそうになるのを抑えた。間違いない――もうひとりはニルス・ブルーナーだ！

「ぼくたちはこの騒ぎの礼を誰にしなきゃならないかわかるか？」スプロットが苦々しく言った。

「もちろん。ローワンの女房が、金にものを言わせて、おかしな帽子を被ったヘンなおばさんを雇って、誰かに罪をなすりつけようとしている。しかも、スズメバチの巣を突くように、警察を煽っている」

「昨夜のことで、ますます事態が悪くなった。もちろん、きみにはアリバイがあるんだろう？」

「もちろんだ」ニルス・ブルーナーが言った。「都合が悪いのは、ミッジが未成年だったということだけだよ」しばらく緊迫した沈黙があった。そして、どちらかがラジオをつけた。穏やかな音楽だが、ふたりの会話を盗み聞きするにはちょっと難しい。

早いとこ、ここを脱出しなくてはならない。だが、窓には非常階段や梯子はないし、うってつけのバルコニーもない。出たら最後、十四階から通りまで真っ逆さまだ。外から差し込むネオンの光のおかげで、暗闇でも物の形がかろうじてわかるくらいの明るさはあったし、居間のラジオの音で、多少動きまわってもこちらの物音は聞こえないはずだ。

ミス・ウィザーズはベッドから枕カバーをはがすと、慎重に細かく引き裂き始めた。そのひとつを頭のまわりに結び、髪を少しほどいて額にだらしなくたらした。さらに、もうひとつの枕カバーでエプロンのようなものを作り、ハンドバッグとコートをスペアの毛布と浴室のタオルの中にくるんで、リネンのしっかりした包みをこしらえた。

残るは帽子と傘だったが、両方ともカモフラージュできそうにない。帽子に向かって愛情をこめて別れを告げると、窓から外へ放り投げた。お気に入りの帽子だったが、いつも警部に、若すぎると難癖をつけて母親から取り上げてきたみたいな帽子だと言われていた。次は傘の番だが、下の通りには通行人がいるだろうから、窓から投げると、誰かを突き刺してしまいかねない。仕方がないので、クローゼットの見えないところに突っ込んだ。

すべて準備は整った。いや、まだだ。どうして今頃ここから出ていくのか、時間差の言い訳をなにか考えなくてはならない。浴室で水を流してドアをしっかり閉め、こしらえた包みを持って居間に出ていった。

チェスタトンの見えない郵便配達人を思い出しながら、いるのが当たり前すぎるホテルの客室係は、決して気がつかれないはずという論理を頼りにした。肩を落として、見るからに疲れたように足を引きずり、包みを前で抱えて顔を隠した。目の端で見ると、ふたりの男は一緒にラジオのほうに顔を向けていたが、ぎょっとしたようにこちらに振り向いた。

「こんばんわぁ、ミスター・スプロット」ミス・ウィザーズは、歌うように物憂げにつぶやいた。

「ええと、きれいなタオルを持ってきて、ベッドを下ろしときましたよ」

「おい！」スプロットが言った。「いったい――」

「遅くなっちゃったのはわかってますよ」ミス・ウィザーズはドアノブをつかみながら、肩越しに言った。「でも、警察がいたから入れなかったんでね」

それから、ミス・ウィザーズはなんとか逃げ出し、廊下を急いだ。今、スプロットかブルーナーが部屋のドアを開けたら、姿を見られてしまうが、振り返って確かめる暇はなかった。前方では、腕いっぱいの荷物を抱えたベルボーイが、ガリガリのブロンドを部屋に案内していたが、そちらを見もせずに足を引きずりながら通り過ぎた。

「女優になるべきだったわね！」エレベーターを待ちながら、ミス・ウィザーズはとりあえずほっとした。エレベーターに乗り込むと、階の途中で緊急停止ボタンを押して、枕カバーの名残をはぎとり、コートとバッグを取り出して、髪をきちんと直した。それから親指で二階のボタンを押したまま下へ向かった。

最後の階は、おどおどしながら階段で下りたが、さらにロビーで難題にさらされる必要はないことがわかった。一階のエレベーターホールの裏に隣のカクテルラウンジにつながる通用口があったのだ。ミス・ウィザーズは、顎を上げて気取ってそこを通り抜け、外の通りに出た。ちょうどそのとき、流しのタクシーが投げ捨てた例の帽子の上を走り抜け、ぺしゃんこにしてしまった。

運転手がミス・ウィザーズの悲痛な叫び声を聞きつけて、スピードを落とした。タクシーを呼びとめようとしたふりができたようだ。すぐにタクシーに乗り込み、打ちひしがれてはいたけれど、とりあえず無事に角を曲がって、タイムズ・スクエアの北へと向かった。

メーターが定期的に音をたてる中、ミス・ウィザーズは目を閉じて、心の中で別の時計を刻んでいた。砂時計を落ちる砂のようにきらきらした、アンドリュー・ローワンの命の砂が尽きようとしている。警察がマリカ殺害を疑っている怪物を探すのに、時間を無駄にしている一方で、ミス・ウィザーズも、海岸で貝殻や光る小石を集めている子供のように、ただ時間を無駄にしていた。拾ったものを家に持って帰ってみると、結局、くすんでぼんやりしたただの石だとわかるだけなのに。

ナタリーに報告できることはなにもない。少なくとも元気づけられるものはなにも。「一日の苦労は一日にて足れりだわ」（マタイによる福音書六章三十四節）ミス・ウィザーズはつぶやいた。「たぶん一晩考えれば――」

ミス・ウィザーズは、シナモントーストと、紅茶と、温かいお風呂と、ベッドのことを考えながら、急いで自宅の階段を上がり、家の中に入って明かりをつけたが、信じられずに思わず声をあげた。「なんたること！」

長い午後の間、退屈の極地に達したのだろう。タリーが《ニューヨーク・タイムズ》をびりびりにして、居間のラグのいたるところに紙くずをまき散らしていた。当の本人は、女主人が怒る元気もなさそうなのを見て、喜び勇んで迎えた。

「どっちを先にする？　散歩？　それともごはん？」ミス・ウィザーズはタリーに訊ねた。

タリーは、断固散歩を支持して、さっそくリードを持ってきた。一緒に階段を下りると、小柄な男と鉢合わせした。誰あろうジョージ・ゾトスだった。このペストリー王は、一時間も通りを行ったり来たりして、ミス・ウィザーズが帰宅するのを待っていたのだ。

「今、わたしにお話があるのなら」ミス・ウィザーズはいくぶん息を切らして、申し訳なさそうに言った。「もうちょっと時間をつぶしていただかないと」

このタイミングでの面会は都合が悪い。首輪をしているとはいえ、タリーは木から消火栓まで、ミス・ウィザーズをぐいぐい引っ張って進み、ゾトスが追いつくのに小走りにならなければいけないほどのペースだった。

「あなたに知っておいてもらったほうがいいことが……」ゾトスは息を切らせながらついてきて、なんとか言った。「つまり、あなたがまだミッジ・ハリントン事件に関わっているならの話ですが……」

「わたしが知らなくてはならないことは山ほどありますが、ほとんどわかっていません。どうぞ、続けて」

「あの日、あなたが思いがけなく訪ねてきたので、わたしはショックで気が動転していたわけなんですが――」タリーが、側溝をうろついていた痩せた野良猫を見つけて、挑発するように凄みを利かせて吠え始めた。おかげで相手にあやうく鼻をひっかかれそうになった。

「おだまり！」ミス・ウィザーズは命令した。「あ、あら、あなたのことじゃないのよ、ミスター・ゾトス。どうぞ、続けて」

「あの日あなたは、ミス・ブルックリンになって、ミス・アメリカの栄冠に挑戦するというミッジの望みは、どうしてうまくいかなかったのかと、わたしに訊きましたよね？」

「ええ、確かに」ミス・ウィザーズは、踏みつぶされたチューインガムの塊から、やっとのことでタリーを引きはがした。

「あなたが帰られてから、改めて考えてみたんですが、ミッジは、その、すばらしい女性でした。もし、警察が無実の男を刑務所に拘束しているのなら、彼女を殺した真犯人は内心でしてやったりとほくそ笑んで、まだ大手を振ってそこらを歩いているわけですよね。なにか行動を起こさなくてはいけません」

「当然ですわ」ふたりは角を曲がって、タリーが昔、ソフトクリームをおごってもらったドラッグストアの前を通り過ぎた。犬の怪力でまた店内に引きずり込まれる脅威を回避し、この関門を無事通り過ぎると、大きなタリーは観念したようにおとなしくなった。

「少しでも、あなたのお手伝いをしたいんです」ゾトスが続けた。「それで熟慮の末に、当時、地方委員会にいたある男を訪ね、いくつかデリケートな質問をしてきました。すると、ミッジにはミス・アトランティック・シティにエントリーする資格がないと指摘する手紙を委員会に送った者がいたことがわかりました。応募には、とても厳しいルールがいくつかあるのはご存じですよね。応募者は白人でなくてはならないし――」

「美人でもハーレムやチャイナタウン出身だと、たちまちそこではねられるわけね？　ミス・アメリカが、人種のるつぼから自由に選ばれないなんて、残念なことだわ。でも、ミッジは――」

「いいえ、それとはまた別の問題があるんです。次のルールは、応募者は映画スタジオやモデル事務所とか、その手のところと契約していないことです。ミッジはパラマウントでスクリーンテストを受けたことはあるものの、契約にまではいたっていませんでしたから、条件は満たしています」

「なるほど」ミス・ウィザーズはもどかしそうに言った。「つまり、ミセス・ローワンがほのめかしたように、あなたは彼女の派手な過去のせいだと言おうとしているのね。処女を神聖なものとする部族の古い考え方だわ。マオリ族の言葉でタプというのよ。フレイザーの『金枝篇』を読んでみて」

ミスター・ゾトスは少し戸惑っているように見えた。「ええ、マダム。それで、もっとも重要なルールは、応募者は未婚であることなんです」

ミス・ウィザーズが急に足を止めたので、もう少しでタリーはひっくり返りそうになった。「それじゃあ、ミッジは結婚していたということなの――？」

「そうです、マダム。くだんの密告の手紙とやらには、その証拠が記されていました」

「だけど、それはいったいいつのこと？　ダンス教師とのほのかなロマンスから、アンディ・ローワンとの不倫まで、彼女の恋愛遍歴ははっきりしていると思っていたけれど」

「ああ、結婚はブルーナーのダンスのレッスンを受ける前の話です」ゾトスはブルーナーの名前を吐き捨てるように言った。

「十五歳のとき？」

ゾトスはうなだれた。「ミッジはその年齢にしては大柄で、大人びた女性でした。いつも二、三歳年かさに言っても通りました。その結婚相手の名前はわかりませんでした。わたしの情報提供者によると、ファイルの中にあったはずの手紙はなくなってしまったということです。でも、彼はなにかのコピーが同封されていたのを覚えていると言っていました。おそらく結婚届でしょう。わたしが彼から聞き出せたのはここまでです。情報提供者の名前はクロッツといって、ラブランド舞踏場を所有しています」

公園の角を曲がって家路に向かう間、ミス・ウィザーズはそのことについて考えてみた。「でも、ミッジが殺された後、警察がそのことについて調べ出さなかったのはとても変ね」

「警察は、直接関係のある重要な細かいことをたくさん見落としているようですね」ゾトスが言った。「でも、連中はローワンを逮捕した時点で、事件はもう解決したと考えたのでしょう。だから、わたしにほとんどなにも訊かなかったのですよ」ゾトスはそのことに少し傷ついているようだった。

「でも、警察はミッジが殺された夜の、あなたのアリバイは確認したのでしょう？」

「ええ。そうですよ、もちろん」

「それは――？」

「あの夜は、芝居を観に行っていました。『父との生活』です。警察に切符の半券を見せましたよ」

「ああ、そうね。その芝居はわたしも観たわ。子供たちがみんな赤毛でね！　第二幕で、父親が自分の肖像画を描かせた大笑いのシーンで――」

「肖像画？」ゾトスは困惑したような顔をした。「そんなシーンは覚えていませんね……わたしが観た夜はカットされていたのかもしれません」

ミス・ウィザーズは、ゾトスが本当に真に受けるとは、思っていなかった。「あなたが半券を持っていて、よかったわね」しばらく沈黙。「昨夜も劇場に行きました？」

「昨夜？　いえ。家で静かに本を読んでいました。わたしは料理本の初版本を集めていましてね。ボストンのあるディーラーが、わたしのためにフランカテリ（ヴィクトリア朝の著名な料理人）の、一八六八年の完璧な『料理人の手引きと執事の案内』をちょうど見つけてくれましてね……」

「わたしの家のどこかにも初期のファニー・ファーマー（アメリカの料理研究家。一八五七～一九一五年）の本があると思うわ」

ミス・ウィザーズはふと言ったが、しばらく黙って歩いた。「それで、またミッジの幻の夫の話に戻るけれど、イースターの翌日に白いランが届いたことは、それで確かにつじつまが合うわ。〝初めて女が恋人を愛するときは〟……」ふたりはブロックをぐるりと回って、またアパートの階段のところに戻ってきた。「中でお茶かなにかでも、いかがです？」ミス・ウィザーズはためらいがちに言った。

しかし、ゾトスは少し息を切らしていた。「もうこれ以上、階段を上る気分じゃありません。とにかく、お話ししなくてはならないことは、すべてお話ししました。あなたが知っておくべきだと思ったものですから」

「わかりました。でもどうして？」

ペストリー製造者の小さな目に奇妙な光が宿った。相変わらずスパニエル犬に似ているが、今は、自分が埋めた骨を、別の大きな犬がほじくり返しているのを見つけてしまったスパニエルという顔をしている。「あなたはミッジ・ハリントンに会ったことがないでしょう。写真だけでは、彼女が実際はほかのピチピチしたスタイル抜群の若い女性とはまったく違うということが本当にはわからないと思います。彼女はまるで魔法のようでした。彼女のことを知っている人間で、彼女を忘れられる男などひとりもいないでしょう。いち早く彼女の才能を見抜いて、手を差し伸べようとしたブルーナーもそうですし、ほかの女性と結婚してしまったが、あのトランペット吹きだってそうです。でも、最初にミッジと結婚して彼女と別れた男はどうでしょう？　実はそいつもミッジとの恋愛を乗り越えられなかったら？　そのことばかりくよくよ考えて、何日も眠れない夜を過ごしていたら？　新聞のゴシップ欄で毎日、ウィンチェル（コラムニスト）や、ソボル（著述家）や、エド・サリヴァンが彼女の新しい恋の行方を予想したり、スイングジャズ・トランペッターが彼女のせいで自殺しようとしたなどという記事を読んだら？　そんな彼がついに不毛な恋からハッと目覚めて、かわいさ余って憎さ百倍になったとしたら――？」

「誰かがかつて言ったように、物事は同じコインの表と裏ですものね」

「確かにそのとおりです。自分が彼女をものにできないなら、誰もできないようにしてやると自分に言い聞かせたかもしれません」

「とてもおもしろい仮説ね」ミス・ウィザーズは言った。「あなたはなかなかの心理学者だわ、ミスター・ゾトス。この件についてあなたが相当あれこれ考えを巡らせていたことがよくわかるわ」

「何日も夜、眠れずにずっと考えていたんです――」ゾトスは言いかけてやめた。すべて出しつくして、もうここまでにしようと思った証拠だ。彼は徐々に距離を置き始めた。「なにかわたしにできることがありましたら、ぜひ連絡をください」

「もちろんです。でも、あともうひとつ。委員会がその匿名の手紙を受け取ったとき、どうして彼らは――」

「いえ、匿名ではありません！」ゾトスが遮った。「その手紙には、ヴィルラ・ブルーナーのサインがあったそうです！」

ミス・ウィザーズは眉を吊り上げた。「まあ！　それはとても興味深いわ。貴重な情報に感謝します。それを報告したら、ミセス・ローワンも感謝するでしょう。それにアンディもね。それで彼が命拾いするなら」

ゾトスは苦しそうな笑顔を見せて、ピンク色の唇を舐めた。「誤解しないでください、マダム。わたしはローワンを哀れに思っているわけではありませんよ。彼が実際にミッジを殺したのではないにしても、今回こういうことになったのは、すべて彼がミッジと関係を持ったせいです。でも、もし犯人が別にいるのなら、どんなことをしてでも、そいつを本来いるべき場所に送り込む協力をしますけどね」

「あの小男はすいぶんとまあ、殺気立っていたわね！」しばらくして、ミス・ウィザーズは、ずいぶん遅くなってしまったごはんを与えながら、タリーにしみじみと言った。「まるで、ミッジ・ハリントンといい思いをした全員を釜茹でにして、彼らの墓の上で狂喜乱舞しそうな勢いだったわ」

タリーは短い尻尾をちぎれんばかりに振って、目の前の大切なごはんに取り組み始めた。タリーは女主人のことが大好きだが、女主人の友だちやお仲間のほとんどが感じているのと同じく、ときにおしゃべりが過ぎると思っていた。

「でも、もしミスター・ゾトスのいかにも真実味のある情報が本当なら、警察のアンディ・ローワンへの容疑の根拠は崩れるわけだわ！　すでにミッジが結婚していたのなら、アンディを離婚させて、自分と結婚してもらおうとつきまとっていた可能性は少ないということになるもの」

タリーは自分の皿をリノリウムの床にたたきつけて、それとなく悟ってもらおうとした。しかし、すでに受話器をとってダイヤルし始めていたミス・ウィザーズは、ふと考えを変えて、またコートを羽織った。「いいニュースは、直接届けるべきだわね」

わたしに言わせれば、誰にも理解できない隠された言葉があちこちに氾濫している。
——ジョン・ラスキン

第八章

ナタリー・ローワンには、しなくてはならないことが山ほどあったのに、今は自宅の居間で、どうすることもできずに、保険会社の男の話をただ聞いているだけだった。男の声は優しげで、心から同情しているような笑みを浮かべている。赤ら顔で白いものが混じった頭髪は、ナタリーの死んだ父親を思い出させたが、その目は冷えた茹でたまねぎのように冷ややかだった。ナタリーはすでに頭痛がしていて、早く終わらせて帰って欲しいと心から思っていた。

しかし、男はまるでじっと動かない銅像のように、ソファに貼りついたままだ。「ですから、ミスター・ブロウネル、じっくり考えてみなくてはなりませんので」ナタリーは心もとなく言った。

「でも、奥さま、もう時間がないということをあなたは忘れていらっしゃいますよ」

「わかっています」ナタリーの目が曇った。「もう、二十日の週であることは」

「いかにも」ミスター・ブロウネルは書類一式を示した。「あなたのご主人、アンドリュー・ローワン氏は、一九三九年からわたくしどもの額面二万ドルの終身生命保険に入っておられます。あなたご自身が去年、四半期ごとの支払いをされていますので、これはまだ有効です……」

「当然ですわ。でも、どうして？　わたしは受取人ですよ」

「確かにそうです。ただ、今日付ですと、解約払戻金は八千五百ドルと少しになります。保険契約者がお望みなら、その額を担保に借り入れをすることができます。ミセス・ローワン、ここからはビジネスのお話になるのですが、わたしどもは小さな相互会社ですので、想定できる損失は避けたいのは確かです。わたしどもの役員会で、現在のお辛い状況の中、上告の準備や、寛大処置の嘆願書手配などのために緊急に資金がお入り用かもしれないという話題が出ました。ですから、こうして保険金の受取人としてのあなたに、均一で額面の四分の三の権利、つまり一万五千ドルの融資をご提案しにまいったわけです」ミスター・ブロウネルは吐息をつくと、大きな札入れから、ミシン目のある色のついた小切手を取り出して、悦にいったように眺めた。「ご主人の契約書の保険証書はお手元にありますか？」

「ええ。でもまだ見ていなくて――」ナタリーは身震いした。「どうしてわたしが今日一万五千ドルを受け取らなくてはならないんです？　おそらく来週には――。こんなことひどすぎるわ」

「奥さまご自身にとっての最善策を考えてみてください、ミセス・ローワン」保険屋は穏やかに言った。「もう一度、説明しましょう。わたしたちは皆、ギャンブルをしているのです。いわば、みんなあらかじめ計画されたリスクを背負っていると言ってもいい。でもこうして前もって我々が合意しておけば、対処できます。刑執行の延期や終身刑への減刑の可能性は必ずあるものです。ご主人が刑務所の中で平均余命を生きることになった場合、あなたがこの件に合意しなければ、その間ずっと、あなたが保険料を払い続けなくてはならないことになります……」

そのとき、ドアの呼び鈴が鳴った。

「またマスコミだわ」ナタリーはため息をついた。「わたしには、どこにでもいる小鳥程度のプライバシーしかないのよ。出ないわ。あなたのようにまず約束をとりつけてこなければ、ひとりでいるときには、絶対出ないつもりよ」

しかし、ベルは吠えるテリアのようにしつこく鳴り続けた。

「そのうち飽きて、帰るでしょう」しかし、ナタリーの期待通り、その訪問者が飽きて帰る気配はなかった。ついに、ナタリーはちょっと失礼と言って、忍び足でダイニングに入り、下ろしたベネチアブラインドの隙間をちょっとだけ開けた。

「ミス・ウィザーズ！」ナタリーは急いで正面のドアを開けた。「来てくれてよかった！　アイリスにはがっかりさせられたわ。彼女は一日ずっとここに来なかったのよ。今、保険会社の人がアンディの保険証書のことで来ているのだけど、なにかの書類にサインしろとしつこいの」

「まず、細則をよく読んで」ミス・ウィザーズはアドバイスしたが、通された居間で話を全部聞くと、大きく眉を吊り上げた。

「さあ、ミス・ウィザーズ」ブロウネルは、やたら愛想よく言った。「これで、わたしどもの提案をミセス・ローワンに合意していただくことは、間違いなく価値があると、夫人のご友人であるあなたにもおわかりいただけたでしょう。夫人にはただちに、額面の四分の三が保証されるのですよ」

「ちょっと待って」ミス・ウィザーズが遮った。「ミスター・ブロウネル、御社でのあなたの役職は？」

「わたしはトラブル修正係、まあ調査員のようなものです。わたしどもの会社は、火災や窃盗、事故、個人の賠償責任など、あらゆるタイプの保険を扱っておりますのでね」

「まさにそうでしょうね。要は、あなたは会社に五千ドルを節約させたいというわけなのね？」

「ええ、まあ、ある意味そういうことになりますね。ミセス・ローワンにも申し上げましたように、事前に合意したらということですが、わたしどもは刑執行の延期や減刑のリスクを負うことになります。もちろん、受刑者の平均余命は、保険数理表に現れる標準値よりもかなり低いですが、わたしどもとしましては、あらゆる点で公正な取引に思えます。ミセス・ローワンには、ご主人を救おうとなさる最後の瞬間まで使うことのできる、無税の資金がすぐに確保できますし、わたしどもは——」

「まあまあ、なんという会社なの！」ミス・ウィザーズは、鼻をうごめかして鋭い嗅覚を利かせ、ブルーグレイの鋭い瞳で、大きく奇妙な虫をピンで刺すように、ミスター・ブロウネルを睨んだ。

「こういうケースの場合、その手の提案をするのがあなたの会社の方針なわけ？」

「前にも申し上げましたように、わたしどもは小さな相互会社でして、これまでは殺人の死刑囚の保険契約者は皆無でしたので」ブロウネルは気まり悪そうだった。

「まだ誰も死刑になっていないわ」ミス・ウィザーズははっきり指摘した。「まだそんなことにはなっていないし、これからもそうならないのよ」

きっぱりしたその言い方に、ナタリーは、ぱっと明るい表情になったが、ミスター・ブロウネルは首を振った。「警察と話しましたが、知事が執行を延期するつもりはないことを知らせたと――」

「知事が気持ちを変えることだってあるでしょう。警察もね」ミス・ウィザーズは、ナタリーのほうを向いた。「ミセス・ローワン、このことについて、わたしのアドバイスが欲しいの？」

「もちろんよ。でも、わたしはサインするつもりはないわ！」ナタリーは意気込んだ。「お金など必要ないもの」

ブロウネルはぽかんとした顔をした。彼の人生において、金を必要としないことを公然と認める人間に会ったことがないのだろう。「そういうことなら――」ぎこちなく言うと、立ち上がって退散しようとした。

「ちょっと待って」と、ミス・ウィザーズ。「事態が飲み込めてきたわ。訊きたいのだけど、なにが発端でこういう話になったの？」

ブロウネルはためらって、苦笑いをした。目は相変わらず冷ややかだ。「わたしにはよくわかりません」

「必死でミセス・ローワンを合意させようとするのは、なにがきっかけなの？　あなた、なにか聞いているんじゃないの？　きっと知っているはずだわ」

「手紙だけですよ」ブロウネルはいくらかイラついたように認めた。「ローワン氏から、彼の契約書の受取人を変えるよう、依頼の手紙がきたのですよ。でも、もちろん、ミセス・ローワンの承諾がなければ、わたしどもはそんなことはできません。わたしどもの約款第十七条に、ミセス・ローワンのように、前述の受取人が保険契約者の代理で保険金を支払っている場合は、その受取人を変えることはできないとはっきりと明記されているのです」

「それで、ますますはっきりしてきたわ」ミス・ウィザーズは、横目でちらりとナタリーを見て言った。「ローワンが新しい受取人に誰を指定したかったのか、訊くまでもないわ。想像がつくもの。おそらくその受取人に彼の殺人の汚名をすすいでもらうために、お金を活用するよう、ローワンが正式に要請したということなのだと思うわ。たとえそれが、死刑執行後になってしまってもね」

「えーと、そういうことは、確かにあると思います」

「わかっていたわよ！　ミセス・ローワン、小切手を受け取らなくて、あなたは本当に賢明だったわ」

ブロウネルはなにも言わなかった。まさに貝のように押し黙っていたが、ミス・ウィザーズにとって、これほど冒瀆的な沈黙は初めてといってもよかった。

「でも、やってごらんなさいよ」ミス・ウィザーズは、ナタリーに言った。「アンディの望み通り、受取人を変更する許可を与えるのよ。オスカー・パイパー警部をたきつけることができる。きっとうまくいくわ。彼が、自分がアンディの相続人で、さらに保険金の受取人だとわかったら――」

「ちょっと、待ってください、マダム」ブロウネルが遮った。「あなたはちょっと思い違いをされているようです。アンディ・ローワンの手紙の中には、パイパー警部の名前はまったくありませんでした」

「なかった？　それじゃあ、いったい誰――？」

「あなたですよ、マダム！」ブロウネルは冷ややかに言った。それが今度こそ、本当に最後の言葉になった。

ブロウネルが立ち去ると、ミス・ウィザーズとナタリーは、互いに顔を見合わせた。「なにかお飲みになる？」ナタリーがやっと口を開いた。

「お茶をお願い」ミス・ウィザーズは答えた。「すごく濃いのを」

「アンディのためにあなたがしようとしていることが、彼の耳に入ったのね」しばらくしてナタリーが言った。「だから、もし間に合わなくても、彼の死後もあなたに捜査を続けて欲しいのだわ」

「自分の死後に無実が証明されることだけが望みだなんて、かわいそうなアンディはそれほど自信がもてないのかしら。本当に彼はそんなに自分の運命を諦めてしまっているの？」

「アンディらしくないわ」ナタリーは誇りをもって言った。「出会ったとき、彼はとても明るい人だった。先週、刑務所を訪ねたとき、ミスター・ハフと話したんです。彼によると、アンディは気味が悪いくらい悟りきっているらしいの」

ミス・ウィザーズは紅茶をかき回した。「ハフ？　ああ、わたしを放り出したあの看守ね」

「でも、ハフはあなたのことをマスコミだと思ったから、アンディを守ろうとしただけなのよ。どうも彼は、アンディは無実だと思っているみたい。話したとき、そういう印象の言い方だった」

「本当？　でもどうしてかしら？」

「ほかの死刑囚は、死刑執行の時間が近づいてくると、自分の持ち物を人にあげてしまうらしいの。楽器は誰、本やその他のこまごましたものは誰というようにね。でも、アンディはなにひとつ手放していない――」ナタリーは突然言葉を切って、指を絡み合わせた。「もしかしたら、アンディはその必要がないと――」

「その意見に賛成だわ」とミス・ウィザーズ。「実は、今日ここに来たのは――」

「警察のこと？」ナタリーが期待して言った。「なにかを見つけたの？　ミッジとマリカを殺したのは、同じ人物だと警察は気づき始めたのかしら？」

「いいえ」ミス・ウィザーズはきっぱりと否定した。「警部は新しい仮説をたてたわ。ちょっと風変わりな考えだけど――」

「わたしが疑われているわけではないわよね？　マリカが殺されたあの夜は、映画に行っていたけれど、それ以外のアリバイがないの。それに、まわりはわたしがアンディを救うためなら、なんでもやることを知っているわ。今は彼が無実だとわかっているから」

「たとえアリバイがあったとしても、無実の人たちには、たいてい決定的なアリバイがないものよ」ミス・ウィザーズは、少しおもしろがるように言った。「あなたが夫を助けるために殺人を犯すほど必死になっているのなら、凶器に水晶玉は使わなかったでしょう」

「ネックレスを使ったはずだわね」とナタリー。「もし、犯人が今回も同じ凶器を使ってくれていれば、警察だって、その関連がわかるでしょうに――」

「警察ねえ！　パイパー警部は結論を急ぎ過ぎて、いきなり間違った方向へ突進してしまうことがあるのよ。彼の今の仮説は——」そして、ミス・ウィザーズはバナナノーズ・ウィルソンのことを話した。

ナタリーは、椅子にどさりと腰を下ろした。急に年相応に見えた。「ときどき、すべてが絶望的に思えるんです」そして、うめき声をあげた。「わたしがどんな一日を過ごしてきたか、知らないでしょう。いろんな人たちが玄関のドアを叩いてきて、彼らを追い払うのは、アイリスにとってさぞ大変だったでしょうね。まず、キャンベルのモルグから人が来て、手配、つまりアンディの遺体の引き取り手配について話したいと言ってきた。それに、葬儀やらなにやらのことも」ナタリーは少ししわの目立つ目尻をこすった。「だから、その人に言ってやったんです。もし、お葬式があるとしたら、二件いっぺんにだからって。本気よ。それから、どこかの探偵雑誌から感じの悪い若い人が来て、殺人現場であるこの居間の写真を撮らせて欲しいと。アンディが正式に死刑になったらすぐに、図解つきの記事を雑誌に載せるそうよ。それから——」

「辛かった一日でしょう。あなたのだんなさまの辛さにはかなわないと思うけど」ミス・ウィザーズは、容赦なく遮った。「でも、喜んで。いい知らせがあるの。あるいはいい知らせになりそうなことがね。少し容疑者たちを刺激してみたのよ」そして、デュークホテルをうろついてみたこと、ゾトスが新しい手がかりを持ち込んできた話を手短に説明した。

「ミッジが結婚していたですって？」ナタリーは声を上げた。

「つまり、容疑者は三人ではなく、四人だということよ。その四人目を特定できたらの話だけど。

それに、ミッジを殺した犯人が、どうやってマリカのアパートに忍び込んで、彼女を殺したのかわかった気がするの。それから――」

そのとき、ドアベルがまた鳴った。「メイドを雇うべきだわね」ナタリーが言った。「でも、誰かにまわりをうろうろされるのは耐えられないわ。アイリスがいてくれたら――」

「アイリス・ダンは、状況をきちんと整理しないまま、いなくなってしまったわ。ビルという名前の、やせっぽちの王子さまの高級輸入車に乗ってね。でも、わたしたちが彼女が必要になったときは、必ず捕まえると約束するわ。じゃあ、わたしがケルベロスの役目を果たして、訪問者をなんとかしてくるわね」そして、正面玄関へ向かって、ドアを開けた。

「うるさく呼び鈴を鳴らすのはやめなさい」ミス・ウィザーズはぴしっと言った。「ミセス・ローワンは不在――」急に言葉を切った。正面のステップに立っていたのは、見事なシルバーフォックスの毛皮をまとった、目も覚めるような長身の美人だった。肉付きがよく、堂々とした赤毛の女性で、怒りと恐れと魅力を同時に見せつけようとしていた。

「わたしはクローリス・クレー。入ってもいいかしら？　重要なことなの」クローリスは手短に言った。

「確か、あなたはミセス・リフ・スプロットね！」

「ミセス・ウォールデン・スプロットよ」クローリスは訂正した。「リフはニックネームのようなものなの。わたしもほとんど仕事上の名前しか使わないわ」クローリスは家の中に、ずかずかと入ってきたが、この試練に背筋を強張らせているようだ。「わたしもあなたのことを覚えているわよ」クローリスが言った。「ヘンな業界用語を使って話しかけてきて、リフに圧力をかけるようなことをふきこみにきた人でしょう。まさか、あなたがここにいるとは思わなかったわ」

「だんなさまの代わりに、あなたが代理でミセス・ローワンに会いにきたのね？　どうして彼はあなたを送り込んできたのかしら？」

「リフはそんなことをしていないわ！　彼はなにも知らないのよ！」クローリスはミス・ウィザーズの後について、居間に入ってきた。ナタリーは、用心して家の奥に引っ込んでいたが、また戻って来て、クローリスと対峙した。

クローリスはお茶を辞退し、腰も下ろさなかった。「話はすぐに済むわ。ショーがあるから。わたしがここに来たのはね、ミセス・ローワン、あなたの影響力を使って、警察にわたしの夫を放っておいてもらうようにしてもらいたいからよ」

「わたしの影響力？」ナタリーはぽかんとした。

「この嫌がらせのせいで、夫は正気を失ってしまったも同然なのよ！　めっきり口数も少なくなって、曲のタイミングもまったく合わないし、今夜は代わりのトランペット奏者を頼んだくらいよ。グロットのマネージャーは、わたしたちとの契約を打ち切って、露頭に迷わせようとしているわ。行く先々に刑事がついてくる状態を想像できる？　ちょっと食事をしようとカフェに寄っても、ドアからのぞいて見ていたり、一晩中ホテルの外に立って、わたしたちの部屋の窓を見上げられていたら？」

ナタリーはゆっくりと首を振った。

「リフはろくに食事もできないし、眠れない。水も喉を通らないのよ！　いい、ミセス・ローワン。あなたが今回のことの黒幕なのはわかっているわ。ハリントン事件の再捜査その他もろもろのね。お金の力を使って、警察をたきつけているんでしょう。あなたのいい人、最愛の男のために？」

「そうよ」ナタリーが小声で答えた。「もし、彼が死んだら、わたしも死ぬわ」それはどこか幻想のようにも聞こえたが、真実だった。

「それなら、わたしが三年ほど前にリフと初めて出会った日から、彼に抱いている想いも、たぶんあなたにはわかるわよね！　あなたのだんなが、あの大柄なハリントンの魔女を殺したのではなくて、リフがやったのだとしても、わたしに言わせれば勲章ものだわ」クローリスは肉付きのいい肩をすくめた。

「たとえあなたの夫が彼女を殺したのではなくても——これだけはよく聞いて、わたしの夫だってやっていないわ！」

「ちょっと待って」ミス・ウィザーズが割って入った。

「警察はアリバイについては、わかっていると思うの」クローリスが冷笑した。「警察は、バンドメンバーのひとりにプレッシャーをかけて、殺人があった夜、以前に証言したのとは違って、リフがハーレムでのジャムセッションで一緒でなかったことを、ついに認めさせたわ。スイングジャズミュージシャンはたいてい結束が固くて、法の世界に特別な愛着なんかない。ずっとセッションで一緒だったと証言することが、リフによかれと思っただけよ。彼が一緒にいなかったことは、すでにあなたも知っていると思う。でも、あなたが知らないことがひとつあるのよ――」

「知らないことだらけだわ。でも、すぐにわかるでしょうけど」ミス・ウィザーズはつぶやくように言った。

「リフはあの夜、わたしたちのホテルの部屋にいたのよ」クローリスは、喧嘩腰で言った。「わたしにはわかっているの」

「でも、どうしてそんなことがわかるの？」

「オーケー、はっきり言うわ。わたしたち女性の間だからね。バンドはあの週、出演契約がなかった。あの夏の八月はずっとひどかった。とにかく最悪だったわ。かなりまずい状況だったから、わたしがディナーの仕事に出かけたの」

「あなたは料理人なの？」ミス・ウィザーズは眉を上げた。

「違うったら！　男だけのディナーという意味よ。すぐに百ドルにはなるわ」

「まだ意味がわからないのだけど」ミス・ウィザーズは言った。

「わかったわ！」とナタリー。「狭いところでおしくらまんじゅうとか、ワイン風呂に入る、というような意味よ。パリーでの一夜を思い出すわ――」

クローリスが大きな声で笑った。「ボードヴィルショーの出し物とは別のバカ騒ぎパーティのことよ。お笑い芸人を雇ったりするけど、わたしの役目は、肩の出たセクシーなドレスを着て、愛想を振りまくこと。笑顔で適当にあしらうのを忘れなければ、それほど大変なことじゃないし、深入りする必要もない。しつこい男とデートする口約束をしても、彼らにはこちらの本名や住所はわからない。パーティがお開きになる頃には、彼らはたいてい泥酔していて、そんなことはどうでもよくなるもの」

「笑顔で適当にあしらうね」ミス・ウィザーズはそっけなく言った。「そういう状況になったときのために、覚えておくわ。でも、お嬢さん、あなたが言ったように、その特殊なディナーの仕事で家を離れていたのなら、あなたの夫が暖炉のそばに丸まって、ずっとおとなしく本を読んでいたなんて、どうして断言できるの？　ミス・ハリントンが殺された、あの夜の十一時前後に、彼がこの部屋のまさにここにいなかったと、どうしてあなたにわかるの？」

「でも――」ナタリーが口をはさもうとしたが、ミス・ウィザーズが睨んで黙らせた。

「聞いて」クローリスが言った。「あの夜のディナーは、どこか田舎の家具バイヤーの一団のためのものだったけれど、彼らは部屋の内装材ばかりに興味を示していた。それに早くからかなり飲んでいたから、わたしは自分の体の骨組みまで値踏みされそうで嫌だった。こういう仕事のときはたいてい、最低でも真夜中くらいまではつきあうものだけど、主催者にやんわりとかけあって、さっさと自分の分のギャラをもらって、こっそり早めに抜け出してきたのよ。家に帰ったのが、十一時少し前だったのだけど、リフは居間のソファの上ですっかり眠りこけていたわ。ずっとそこにいたのよ」

「でも、どうしてそう言えるの？」ミス・ウィザーズは容赦なく食い下がった。「彼の靴を全部隠したとか？」

「あなたは結婚したことがないの？　いくらでも理由はあるわ。まず、お酒のビンが空になっていたわ。リフは三パイント（一・四リットル）も飲むと意識がなくなるの。それに灰皿が満杯だったし、新聞や競馬新聞があちこちに散らかっていた。クロスワードパズルも完成していたし、リリースしなかった、自分の古い曲を完成させようとしていた形跡があった。いつも半分酔っぱらった状態でとりかかるのよ」

ミス・ウィザーズは、思わず例のフレーズをハミングしている自分に気づいたが、すぐに言った。「それで？」

「わたしはリフの靴を脱がせて、そのまま眠らせておいたわ。翌日の朝、彼は自分がどこで飲んだのか、なにをしていたのか、覚えていなかった。それから、元カノが殺されたニュースを知って、バンドのメンバーたちに自分のアリバイ証言を頼んだわけ。警察には多くは訊かれなかったわ。もうすでに事件の決着がついていたから」

「なるほど」ミス・ウィザーズは、なにか言おうとしたナタリーをまた睨みつけた。うっかり余計なことを言い出しそうだったのだ。「それで、ミセス・スプロット、それが警察本部のパイパー警部も納得してくれる、彼の確実なアリバイになると、安心しているわけなのね」

「だから、しつこい刑事たちに尾行をやめさせるよう、警部に働きかけてくれるでしょうね」

「できるだけやってみるわ」ミス・ウィザーズは、できるだけなにをするのかは言わずに約束した。「ミセス・ローワンもわたしも、無実の人に迷惑をかけるつもりは毛頭ないの。でも、ミッジ・ハリントンを殺した人物をこらしめてやろうと躍起になっているだけ」

「それは当然だわね」クローリスは腕時計を見て、小さな叫び声を上げた。「バーに歌いに戻らなくちゃ」そして出口に向かった。「必ずお願いね？」

ミス・ウィザーズは首を振って、正面ドアを閉めた。「ねえ」ナタリーが口を開いた。「これで、容疑者がひとり減ったようね。彼女の話が本当ならだけど」

「そうかしら？　クローリスは、自ら問題の夜の夫のアリバイを事実上崩したわ。あのとき、警察を納得させるのに十分な最高のアリバイをわざわざね」

「でも――」ナタリーは眉根を寄せて考え込んだ。「彼女はリフに別のアリバイを与えたわ。わたしは警察がミッジの死亡時刻を断定したのは十時前後で、十一時じゃないと思っていたのだけど」

「そう、十時よ。ちょっと罠をかけてみたら、クローリスもまんまとひっかかったわ。彼女は十一時に帰宅したと言った。つまり、リフにはまだ、殺人を犯して、家に帰ってきて、ずっと部屋にいたように見せかける演出をする時間は十分あったということだわ。新聞や競馬新聞をあちこちに散らかしたり、灰皿を吸殻の山にして、流しにウィスキーを捨てるのは難しいことじゃない。それから強いお酒をあおって、服にちょっとこぼしたりして、横になっていれば、あたかも何時間も前から泥酔していたように見えるもの」

ナタリーは少し元気が出たように見えたが、また表情を曇らせた。「でも、リフ・スプロットはわたしたちが目指す相手じゃないわ。だって、彼に最初の殺人のアリバイがないとしても、二度目の殺人のアリバイは確実にあるでしょう。彼はナイトクラブで仕事中だったとあなたは言っていたじゃない」

「今夜までは確かにそうだったわ。でも、ディナーショーは七時から九時、もっと遅いショーは十一時から一時よ。グロットに行ったとき確認したの。出演の合間の九時から十一時に十分な時間があったはずだわ。あの店に漂っていたにおいからすると、あそこで演奏していたミュージシャンは、その時間にはみんな新鮮な空気を吸いに外へ出たはず。ほかのメンバーに知られずに、その場を外すことは簡単にできたと思うわ」

「でも――警察が彼を尾行していたんじゃないの？　どうやって、リフはしばらくの間、警察をまくことができたのかしら？」

「まいたりしていないのよ」と、ミス・ウィザーズ。「だって、警察なんて本当はいなかったのだから。初めてリフとざっくばらんに話したとき、ちょっと揺さぶりをかけてみようと、ほのめかしただけなのよ。リフの頭に警察に尾行されるという考えを植えつけたので、考え過ぎて妄想になってしまったのね。リフ・スプロットは、すべての街灯の後ろに警官が隠れていると思い込んでいただけなのよ」

ナタリーははしゃいだ。「それじゃあ、スプロットはやっぱり罪の意識があるということをあなたが証明したわけね。つまり、彼は有罪――」

「いえ、必ずしもそうじゃないわ。わたしはただ仮説を持ち出してみただけ。まだ、実際の証拠はなにもないの。昔から言われているでしょう。電話帳から無作為に選んだ百人の男性に〝逃げろ、すべてばれた！〟という匿名の電報を送ると、九十人はその日のうちに夜逃げするというわ」

「まあ」ナタリーは急にまたがっかりして、ため息をついた。「あなたったら、わたしを有頂天にさせたかと思うと、どん底に突き落とすのね……」

そのとき、突然、電話が爆竹のように鳴り出したので、文字通りナタリーは飛び上がった。「きっとアイリスからだわ。最後の週のお給料を支払っていないのに、あの子がなにも言わずにいなくなるなんて、ありえないもの」ナタリーは廊下に出て、待ち焦がれていたような声で受話器に向かってもしもしと叫んだ。そのあとは静かになった。

ミス・ウィザーズは、聞き耳をたてたが無駄だった。胸に鋭い痛みを感じたので、初めて息をするのを忘れていたことに気づいた。そして、昔、訓練でかじった応急処置のやり方を思い出そうとした。この電話が、例の笑う狂人からなら、ナタリーは気絶したか、言葉も出ないくらい激怒しているのだろう。助けに向かおうと、立ち上がろうとしたとき、ナタリーの声が聞こえてきた。「ええ、わかりました。ありがとうございます」

ナタリーが、幽霊のようなかすかな笑みを浮かべながら戻ってきた。「アイリスじゃなかったわ。刑務所のミスター・ハフからよ。明日、非番なので、こちらに来るんですって。彼は親切でおもいやりがあるわ。夕方、ここに立ち寄って、アンディがいかに耐え忍んでいるか、彼が見たことを直接説明してくれるとのことよ」そして、ミス・ウィザーズの顔を覗きこんだ。「どうしたの？　なんだか変よ。刑務所の看守が、囚人の家族に電話をしてくるのは別におかしくないでしょう？」

ミス・ウィザーズは深いため息をついた。「違うのよ。そのことじゃないの。ただ――正直なところ、電話が怖いの。電話って、いろんな意味で思いがけず驚かされることがあるでしょう」

「わたしに言わせれば、恐ろしく不愉快だわ」ナタリーはうまいこと言った。「かかってくる電話の九割は時間の無駄でしかない。しかも、未登録の番号からだし。きっと町中のマスコミが駆け出しの記者に、わたしとのインタビューや、アンディの写真に向かって嘆き悲しんでいるわたしの写真撮影を担当させているんだわ。ランチの後、熱いお風呂でささくれだった神経をリラックスさせようとしていたときに、なにが起こったと思います？　どこかの間抜けが電話してきて、わたしが滴をたらしながら電話に出たら、なにも言わずにただ笑ってるだけなのよ！　どなりつけてやったわ！」

ミス・ウィザーズは、めまいがしそうになって、椅子を見つけてぐったりともたれかかった。

「どうかしたの？」ナタリーが心配そうに訊いた。

「なんでもないわ」ミス・ウィザーズは答えた。「でも、その電話、なにかほかに変なところはなかった？」

ナタリーは首を振った。「いいえ、ただばかみたいだっただけよ」

「どうしてかというとね、わたしも同じような電話を受けたのよ。アイリスもよ。その電話の主は、すべて投げうって、逃げ隠れしたくなるほど、恐ろしくなかった？」

ナタリーは軽蔑するような笑みを浮かべた。「わたしはちょっとやそっとでは驚かないわ」

「でも、その笑い声にはものすごく悪意があって、この世のものではないような感じがしなかった？」

ナタリーは首を振った。「ばかな。でも、わたしの想像力不足だけなのかも」

ミス・ウィザーズは、少しためらっていたが、急に自分が情けなくなった。最初はアイリスが怖気づいていても、ちっとも影響されなかったのに、いざ自分に同じ電話がかかってくると、恐怖が伝染したように、ひどくびくびくしたではないか？「あなたはとても分別があるのね。でもやはり、落とし穴はあるものだわ。わたしたちのターゲットは、追われる獲物でいるのをやめて、自らが狩人になったことを示し始めているということね。アイリスやわたしにすでに起こったことを考えたら、あなたがこんながらんとした大きな家に、ひとりで住んでいるのは危険じゃない？」

「いいえ」ナタリーは答えた。「でも――」

「お手伝いさんや話し相手を雇ったらどうかしら？」

「でも、斡旋業者に問い合わせたところで、こそこそ嗅ぎまわる女記者やカメラマンが身分を偽って入り込んで来ないとも限らないわ。そんなこと、考えただけで耐えられない」ナタリーは首を振った。「あなた自身がここに来てくれるというのなら話は別だけど」

「わたし？」ミス・ウィザーズはたじろいだ。

「特にアイリスがいなくなってしまったから、誰かにそばにいて欲しいわ。誰かよく知っている人に」

それができない理由は、たくさんあった。「わたしは電話や訪問者が多いし、植物に水をあげなくちゃならないし、それにタレーランが――」ミス・ウィザーズは反論した。

「ワンちゃんも一緒に連れてくればいいのよ。きっといい番犬になってくれるわ」

ミス・ウィザーズは鼻を鳴らした。「タリーは人間がとっても好きなの。たとえ、切り裂きジャックが夜中に窓から忍び込んできても、きっとタリーは彼のために懐中電灯をかかげてあげて、ゴムボールを持ってきて投げて遊んでもらおうとするわ」

「彼がそばにいてくれたら、元気が出て楽しくなりそうだわ。イエスと言ってもらえないかしら！」それからちょっとためらって続けた。「お金でなんとかなるなら――」

「お願い！」

「あら、あなたの気を悪くさせるつもりはなかったの。でも、わたしはあなたほど頭が働かないし、アイリスみたいにきれいでもない。わたしが持っているもの、これまで持っていたものは、たくさんのお金だけなのよ。アンディを救うためなら、最後の一セントまで使うつもりよ」

「わかっているわ」ミス・ウィザーズは言った。「あなたの申し出は考えてみるわ。でも、うまくやるためには、わたしは自由契約でなくてはならないわ」

「あら、あなたならきっとうまくいくわよ。わたしにはわかるわ。あの日、あなたが突然、助けに現れてくれた後で、アイリスに言ったのよ。きっと、あなたがアンディを無事にわたしの元に戻してくれると、すぐにピンときたって。あなたは神の使者だもの」

「そうかもしれない」ミス・ウィザーズとしては、むしろ融通のきかない手先だと感じていた。自分にナタリー・ローワンの自信の半分でもあったら――。

ミス・ウィザーズは、この事件はルール通りには進まないだろうと感じていた。こちらがどんなに骨を折っても、容疑者たちはまるで鬼火のようにふわふわとつかみどころがないままだ。これまでのところ、本能的な直観で、確実なものを絞ってきたはずだが、敵をみくびるという根本的な間違いを犯してしまったのだろうか？

ミス・ウィザーズは古い話を思い出した。列車の中で暴君とカードをしていた男の話だ。エース四枚という完璧な手がまわってきたのに、その暴君は、ヒッポグリフのグリーンのエース（全てのカードを取ることができる最上級のカード）を引いたのだ。

第九章

愚者の実験が好きで、わたしは常にそれを行っている
――チャールズ・ダーウィン

ミス・ウィザーズは、家に帰ったらまず履き心地のいいスリッパに履き替えて、それから電話をしようと思った。だが、オスカー・パイパー警部は、自宅の電話には出なかった。おそらくどこか外をうろついて、あれこれ嗅ぎまわっているのかもしれない。いちかばちか署に電話してみると、交換台は混んでいた。やっとのことで殺人課につながり、なじみの声が聞こえてきた。「オスカー！　知らせたいことがあるの！」

「こちらも同じくだ」警部は愛想よく言った。「お先にどうぞ」

しかし、好奇心旺盛なのが、ミス・ウィザーズの悪い癖だった。「あら、あなたの話はわかっているわよ。わたしが頼んでおいた車のナンバーを調べて、あのいけすかないイギリス車のジャガーの所有者である、アイリス・ダンのボーイフレンドの名前を突きとめたのでしょう。でも、

それはまた別の問題で――」

「そうかな？」警部はそっけなく遮った。「確かに車両部を通してばっちり調べたさ。だが、きみがまたとんちんかんな推測をしていない限り、アイリスはかなりハイクラスな人物に接近しているみたいだぞ。車の登録は、イギリスの国連代表団メンバー、サー・ジェフリー・ギディングス。年齢六十、既婚の娘が三人いて、バス勲章（イギリス騎士団勲章のひとつ）の受勲者だ。趣味はチェスとライチョウ狩り。アイリスのアパートと同じビルの三階に部屋を持っている。もちろん、年寄りだって情事が好きな奴もいるが――」

「そんな！　ありえないわ」ミス・ウィザーズは落胆した。

「六十歳はそんなに年じゃないぞ！」警部は憤慨して抗議した。

「そうでしょうけど、ジェフリーという名前の人に、ビルという愛称はつけないわよね。第一、アイリスのアパートに慌てて駆けこんで行った男は、二十五歳以下だったわ。車のことはわたしが早合点し過ぎたのかも」

「いつものことじゃないか。だが、今はそのことは気にするなよ。昨夜、わたしは四十八時間以内にマリカの殺害者を見つけると言っただろう？　それが二十四時間に縮まって、この午後には逮捕できそうだ。きみと金を賭けなかったのは残念だな。きみがこっそりおしえてくれた情報のおかげで、我々はバナナノーズを――」

「オスカー！　まさか、あのウィルソンを捕まえたんじゃないでしょうね！　彼はやってない――」ミス・ウィザーズは叫んだ。

「いや、奴がやったんだ。十番街のアパートで奴を追い詰めているところだと、今言おうとしたところだよ。奴は武器を所持していて、やけくそになっているから、警官に犠牲者が出ないように、どうやって確保するかが問題だがね。街区全域に非常線を張って、慎重に事を運んでいる」

「とんでもないわ！　この責任は誰がとるの？　まさか、あなたじゃないといいけど？」

「わたしが逮捕命令を出した。ひとつのことが別のことのきっかけになるものだよ」

「これまでだわ、オスカー」ミス・ウィザーズが言った。

「おい、ちょっと待てよ。わたしになにか言いたいことがあったんじゃないのか？」

「今は、これだけ言っておくわ」ミス・ウィザーズは刺々しく言い放った。「あなたはとてつもないへまをしたってね。とりあえず今はその理由は説明できないけれど。とにかく、そのてんやわんやの現場へ急いで、待ったをかけなくては」そして、電話を切った。

　パイパー警部はしばらくの間、手で顔を覆っていた。「ああ、なんたることだ。ヒルデガードはまるで『晩鐘、今宵は鳴らすなかれ』（十九世紀のアメリカ詩人ローズ・ハートウィック・ソープの詩。死刑になる恋人の命を救うために、死刑執行の合図となる晩鐘を鳴らすまいとする乙女の様子をうたったもの）ムードに浸りきっている――」そしてインターホンのボタンを押して叫んだ。「車をまわしてくれ、急いで！」

　しかし、ミス・ウィザーズのほうが警部よりもかなり有利なスタートを切っていた。すでにタクシーで南へ向かっていたのだ。「奥さん、アパートの番地は？」運転手が訊いた。

「ただ、このまま走ってちょうだい。近くにいけばわかると思うから」

　警察が張った非常線のまわりには、土曜の午後の熱いポロ・グラウンズ（一九六三年までニューヨークにあったスタジアム）の収容人数よりもわずかに少ないくらいの野次馬が群がっていたので、マンハッタンの人間ならすぐにその場所がわかったようだ。緊急トラックや救急車、パトカー、消防のはしご車などで、通りの両側がふさがれ、ちかちか点滅する照明の波であたりは昼間より明るく白んでいた。アパートや近隣のビルや向かいの通りから一般人は避難させられ、今は三百人以上の警官が、屋根にはいつくばり、向かいのビルの窓から狙撃の準備をし、湯の出ないアパートの屋上への階段を封鎖している。逃亡犯はそこに身を隠していて、誰でも来やがれと言わんばかりの様子だった。眩い照明や、封鎖された通り、ときどきなにかがパンパンとはじける破裂音が、まるで七月四日の独立記念日のブロックパーティ（街区（ブロック）単位のパーティ）のような錯覚を与える。だが爆竹のようなその音は、本物のブローニング自動小銃や、暴動用散弾銃、警官がよく携帯している三八口径や、少し大きめの四五口径の音で、熱くなりすぎた警官が、姿の見えないターゲットに向かって思わず発砲してしまったものだった。いたずらにたくさんの窓ガラスを粉々に破壊しただけで、ほとんど効果はない。

建物は四階建てだったため、正面の開いた窓に狙いを定めていた催涙弾のほとんどが通りに戻ってきて、さらに混乱をあおった。非常線の外側にいた野次馬たちが、ターゲットに向かって弾を発射した狙撃手たちに喝采の声をあげ、バナナノーズがすでに熱くなっている催涙弾を拾って、狙撃手たちの集団に向かって投げ返すと、さらに大きな歓声があがった。バナナノーズは催涙弾を階段に投げ落としたに違いない。屋上まで苦労して登った警官たちが、通りにどっとあふれ出てきて、咳込みながらガスマスクを求めた。

警官や消防士の懸命の静止にもかかわらず、大勢の野次馬がロープの内側になだれ込んできた。アイモ（三十五ミリビデオカメラ）を持ったニュース映画のカメラマンや、新聞社のカメラマン、小型カメラを抱え、手作りの取材許可証を期待をこめて帽子にさしているアマチュアなども同じように続いた。ミス・ウィザーズも、なんとかロープをくぐり、散発的に発砲音が聞こえる中、F・X・カーモディ隊長が入り口付近にバリケードを築いて指令本部にしている場所に急いだ。

「すぐにやめさせてください！」ミス・ウィザーズは叫んだ。「よってたかってあの人を八つ裂きにして、野蛮な見世物にするなんてだめよ！　彼は今回はなにもしていません。それに——」

「奥さん、どいてください」隊長は、向かいの通りの開いた高窓から目を離さずに肩越しに言った。

「でも、このウィルソンという人は、あの殺人の犯人ではありません。わたしが証明できます！」

カーモディにとっては、逃亡者の罪が殺人だろうが、軽犯罪だろうが関係なく、とにかく逮捕を狙っているようだ。「ここから離れなさい。撃たれたいのか？」

「誰も撃たれたりして欲しくないわ！　三十分かそこら、銃を下ろすよう命令することはできないの？」隊長がなにも言わないので、さらに続けた。「わたしの言うことを聞く気がないのなら、警察長官のところへ行きます。そして、市長のところにも！」

カーモディはぱっと顔を輝かせた。「それはいい考えだ、奥さん」そして、指示をあおぎにやってきた警官を捕まえた。「シュワルツ、このご婦人がお偉いさんにこの騒ぎをすぐにやめさせなくてはならない理由を説明したいとおっしゃってる。通りの先に停まっている彼の車まで案内してやってくれないか？」

警官は敬礼して、慇懃《いんぎん》にミス・ウィザーズを非常線の外へ連れ出した。「市長ならきっと理由を聞いてくれるわ」ミス・ウィザーズは急ぎながら言った。「彼自身もかつては警官だったらしいけれど。もちろん、あなたたちが撃つのをやめて、わたしを屋上に行かせて、逃亡者と交渉させてもらえれば、そのほうがいいかもしれない。これはみんな間違いなのだと彼に説明すれば――」

「バナナノーズ・ウィルソンは、素直に人の話を聞き入れるほど穏やかな気分じゃないでしょう」警官は楽しそうに言った。「でも、話してみて、市長がその考えをどう思うか訊いてみたらどうですか。オーケーが出れば、わたしも安心ですから。さあ、ほーらほら、中へどうぞ！」

ミス・ウィザーズは、ステップの一段目を上がりながら、ニューヨークシティの市長が護送車の中からこのような騒ぎを見物しているわけがないと気づいたが、そのときはもう遅かった。慣れた手つきで小さな背中を押されて車の中へ押し込まれ、そのままドアは無情にも背後で音をたてて閉まった。万事休すだった。

というわけで、ミス・ウィザーズは逮捕劇のクライマックスを見逃してしまった。ミス・ウィザーズが囚人護送車に閉じ込められた直後、オスカー・パイパー警部が一ブロック離れたカーモディ隊長の指令本部に合流した。ちょうどそのとき、バナナノーズ・ウィルソンがついに降伏の印として、アパートの窓から汚れたベッドシーツを放り投げたのだ。

隊長は安堵のため息をつき、拡声機を取り上げて、コードを引きずりながら建物の入り口に何歩か近づいた。「いいか、ウィルソン。聞こえるか？　窓から銃を投げ捨てろ。通りに向かって投げるんだ！」カーモディの声が大音響で響き、通りにこだまして、壊れずに残っている窓ガラスをガタガタ言わせるほどだった。

ピストルやその他の武器が割られた窓から投げ捨てられた。それは、サーチライトの眩い光に反射してきらめきながら弧を描き、アスファルトの地面に音をたてて落ちた。

「両手を上げて、出てくるんだ！　両手を上げたまま、階段を下りてこい！」

カーモディはマイクを部下に渡すと、パイパー警部のほうを向いた。「これで解決だ」

パイパー警部も一件落着でめでたしだと思った。「怪我人は？」

「重傷者はなし。ウィルソンは両目をしっかり閉じたまま、引き金を引いたんだろう」ふたりは通りを渡ろうとしたが、アパートの階段の前に押し寄せて群がっているカメラマンたちにもう少しで踏みつぶされそうになった。しばらくすると、ひとりの男の体を取り押さえた六人の警官が階段の下に現れた。大きな鼻のこの小男は、涙で目を赤くはらせ、服は乱れて、おどおどしていた。音もせずにただ光る稲光のようにフラッシュがたかれ、ビデオカメラが音をたてて回り始めた。

「奴の襟首をつかめ、巡査。よし、いいだろう。おまえがこの逮捕劇の立役者だ。さあ、カメラに向かって思い切り笑ってみせるんだ」

ひとりの記者が、バナナノーズの目の前にマイクを突きつけた。「なにかひと言お願いしますよ、バナナノーズ。テレビの視聴者になにか」

バナナノーズ・ウィルソンがなにか言ったとたん、チャンネル4は全国で見られなくなってしまった。この中断は子供たちが新しい単語をいくつか覚えてしまえるほど長い間ではなかった。

その次に起こったことは、それ以来、新聞のコラムや警察の執務室で物議をかもした。一般的な見解は、お手柄のはずの制服警官たちが、マスコミのカメラの前でポーズをとろうとすったもんだしている間に、バナナノーズ・ウィルソンに、わずかな逃げる隙を与えてしまった、というものだった。ウィルソンがカメラ嫌いで、単にカメラの列を避けようとしただけだった可能性もあったが、いずれにせよ、ウィルソンはまたアパートに向かって走り出し、とっさに銃を抜いたカーモディ隊長に背中を撃たれてしまった。カーモディは、膝を狙ったつもりだったのだが、四五口径の引き金が固いことを忘れていたのだ。

「州の裁判と死刑の費用を節約することになったな」一部始終を見ていたパイパー警部は後に、ベルヴューにある女子監視棟の居心地のいい広間の片隅で、ミス・ウィザーズに話した。宿舎のそばでひとりの女性が、タランチュラの巣で寝かされたという妄想にとりつかれ、誰かクモを取り除いてくれと大騒ぎしていたので、警部は声を張り上げなくてはならなかった。

「なにひとつ、めでたしめでたしじゃないし、なにひとつ、終わっていないわ！」ミス・ウィザーズは厳しい口調で言った。みすぼらしいグレイのバスローブを着ているせいか、余計に小柄に見えた。「オスカー・パイパー、本当にあなたはわたしを、こんなひどいところに一晩中閉じ込めさせておくつもりなの？」

「その点に関しては、正直なところ、そうしなくちゃならないんだ。きみにもいい教訓になっただろう。〝二挺拳銃〟クローリー（一九三〇年代の大量殺人犯）以来の大々的な追跡劇の真っ最中に、いったい、どうしてきみはカーモディ隊長の邪魔をしようとしたんだ？」

「それが、わたしの義務だからよ」ミス・ウィザーズは言った。「感謝して欲しいなんて、これっぽっちも思ってないけど、人生最悪の過ちからあなたを救ってあげようとしただけよ。ただそれだけ。だって、バナナノーズ・ウィルソンは、なにも――」

「奴がやったんだ！」パイパー警部はうんざりして言った。「だが、この話は後にしよう。いいか、ヒルデガード、これからすぐに、きみに関する書類を探し出して、破棄してくれる担当者のところへいく。カーモディは通常通り監視のために、きみの身柄を拘束すると言い張ることもできるが、今、彼の機嫌は非常にいい。マスコミが彼を今日のヒーローともてはやそうとしているからね。記事公表の許可を与えたら、そういうことになるだろう。わたしは話すのは控えるつもりだがね」

「今日のヒーローですって！　哀れな男性を撃っておいて？」

警部は嫌な顔をした。「それなら、たぶんきみは、結局ここに拘束されることになるだろうな。きみはウィルソンの無実に異様にこだわっているが、あいつは似顔絵にぴったり合うじゃないか。マリカの遺体の下に残された帽子のサイズにもほぼ合致するし」

「でも、あとはどうなの？　彼の髪の毛は帽子についていたものと一致した？」

「いや。だが――」

「それに、彼がちょうど都合よくテキサスから出てきて、こんなことをしでかしたというの？」

「奴がいたのはオーバーン刑務所だよ」警部が言った。「だが、たいていのこそ泥と同じように、奴は並外れて身体能力があった。マリカのアパートの裏のフェンスだって軽々と飛び越えられただろう。それも、奴が犯人であることを示している。あいつは生まれながらの泥棒だ。あの帽子だって、どこかのレストランのフックに掛かっていた人さまのものをちょろまかしてきたのだろう。バナナノーズに同情することはない。奴は常習犯だ。アパートは、まるでアリババの洞窟みたいに戦利品でいっぱいだったよ。ラジオが九台、高価なカメラが十二ダース、大量の腕時計、店を始められるくらいの数の銀食器や宝石も見つかった。保護観察官を訪ねる合間を有効利用して、昔の仕事にせっせと精を出していたに違いない」

そのとき、たくましい警官が現れて、ミス・ウィザーズの衣類や帽子、バッグを椅子の上に置き、通常の釈放書類と私物受取にサインすれば帰っていいと言った。警部がうなずき、ドアのほうへ歩き出した。

「途中まで一緒に行くわ」ミス・ウィザーズはほっとして言った。「オスカー、ここに駆けつけて、わたしをこのベドラム（ロンドンにあった精神病院）から解放してくれて感謝しているわ」

警部は戸口で足を止めて、苦笑した。「わかったよ。でも、わたしはきみがここにいるのを、今の今まで知らなかった。ウィルソンの自白が聞けるかと思って、一緒の救急車に乗っただけだが、奴は今、上で手術中だよ」

ミス・ウィザーズははっとした。「ということは、彼は死んでいないのね？」

「あまりかんばしくはないがね。だが、あんな風に弾が貫通していては、時間の問題だ。麻酔から回復したら、また取り調べをするつもりだが。ミセス・フィンクを呼びにいかせたよ。確かにあの男かどうか、確認してもらいたいからね」

「もちろん、彼女は確認するでしょうけど、法的な効力はどうなのかしら――」ミス・ウィザーズは鼻を鳴らして頭をのけぞらし、みすぼらしいバスローブをつかんだ。「オスカー、かまわなければ、ひとりになって着替えたいのだけど」

「わたしが気に入っているところは、きみの潔い負けっぷりだよ」警部はそう言って、出ていった。警部がこの犯罪者用病院の病棟に足を踏み入れたとき、すでに意識不明のウィルソンは担架に乗せられて、職員によって廊下を運ばれていて、その後ろを外科の研修医が追いかけていた。

「できるだけのことはしました」医者は疲れたように言った。「しかし、彼の内臓を見たらわかると思いますが、スクランブルエッグ状態でしたよ」

パイパー警部は、あからさまにひるんだ。それよりも、バナナノーズがどれぐらいもつか知りたかった。医者は手袋を取りながら、なんとも言えません。数時間後、あるいは数日後かもしれませんと答えた。銃弾がたまたま心臓や、気管や、脳の一部を吹き飛ばしたりしていなければ、撃たれてすぐに死ぬのは映画の中だけのことだ。だが、結果はたいてい同じだった。

「臨終までに、彼の意識が回復する可能性は？」

医者は特に冷淡なわけではなかったが、ウィルソンのためにもそれは望み薄だと正直に言った。腸の上部に穴があいているのは、もっとも痛ましい死に方のひとつだ。さらに突っ込むと、絶望的なこの男からどうしても供述をとらなくてはならないというなら、蘇生させる努力はできるかもしれないと医者は認めた。もちろん麻酔が切れた後での話だが、ベンゼドリンによるショック療法と、モルヒネで痛みを弱めればうまくいくかもしれないという。

「それなら、やってみてくれ」警部は言った。「我々はどうしても彼の最期の言葉が必要なんだ」

警部はホールに戻って、コートと帽子を掛け、エレベーター脇のがたついた籐椅子に座り込んだ。ウグイス色の葉巻に火をつけ、思わず笑みを浮かべていた。みすぼらしい病院のローブを着たミス・ウィザーズが、懸命に虚勢を張って、威厳を保とうとしていた姿を思い出したからだ。今日のハイライトだろう。

一時間以上たってから、ミセス・フィンクが、うんざりしたような様子のふたりの警官に連れられて、やっと姿を現わした。すでに床に入ってしばらくたっていたところを起こされて、大いにご立腹の様子で、明らかに協力的な雰囲気ではなかった。

しかし、パイパー警部はとっておきの営業スマイルを浮かべ、めったに使わないアイルランド訛りで話しかけた。「わざわざご足労いただくのは、これで確実に最後になるでしょう。あなたが証言してくださった人物が確認できれば、かなりご不満も吹っ飛ぶに違いありません。このウィルソンという男の似顔絵と写真を特定してくださったおかげで、結果的にスピード逮捕につながりましたよ。彼の意識が戻ったときに、あなたにちょっと顔を見てもらって、パズルをぴったりはめ込みたいだけなんです」

「こっちはほとんど寝ぼけまなこですけどね」ミセス・フィンクは怒りをぶちまけた。「起こされて、服を着替えて、ここまで引っ張ってこられたのは、そいつの顔を見るためだけってわけなの？」

「まあ、まあ。でも、あなたはこの事件の鍵を握るとっても重要な方なんですよ」パイパー警部は続けた。「なんといっても、犯人の顔を見た唯一の人物ですからね。もちろん、犠牲者以外はということですが。新聞社があなたが主人公の一人称物語を書くという、すばらしいオファーをしてきても、まったく驚きませんよ。あなたの写真が、新聞や雑誌に載るでしょうねえ」警部はフィンク夫人の腕をとった。「この先です、どうぞ」そしてついに病室のドアまでやってきた。「ここで少し待っていてくだされば――」

警部は、格子のついた窓と白い鉄のベッドしかない、殺風景な病室に入った。窓際に座っている医者が、むっつりとタバコをふかしていた。ノートを持ったスミス巡査が、ウィルソンの上から覗きこんでいたが、その目はどこか途方に暮れている様子だ。ゆっくりと死に向かっているバナナノーズ・ウィルソンは、モルヒネ注射の効果がすぐに現れたのか、今はどこか恍惚感にひたっているようだった。

「なんてショーなんだ!」ウィルソンは苦しげにつぶやいていた。「町中のポリ公や、ライトや、消防士や、マスコミがよってたかって、生涯で一度も誰も傷つけたことのないひとりの男を捕まえるなんて! おれ自身があそこにいなかったら、とても信じられなかっただろうな。おれは世間をあっと言わせたのか、それともそうじゃなかったのか?」

「奴は、マリカ・ソレンの殺人を否定しました、警部」スミスは声を低くして、部屋の隅で警部とこそこそ話した。「あの夜は、ヴィレッジのどこかでこそ泥稼業に励んでいたそうです。場所ははっきりは覚えていないとのことですが。たいしたアリバイにはなりませんね。昨夜は、その付近で三、四件こそ泥事件がありましたが、いつものことです。彼はどうして自分が撃たれたのか知りたがっています」

パイパー警部はうなずいた。「奴は、わざと我々を挑発して発砲させようとした。そうすれば、電気椅子をまんまと逃れることができるからな」

「それに、ボーメス法（犯罪者に厳罰を求める法律）もですよ。次になにかやったら、常習犯として確実に終身刑ですからね。それが奴の末路ですよ」ふたりはベッドに近づき、スミスが明るく話しかけた。「おい、ウィルソン、警部がおまえに会いにきているぞ！」

バナナノーズは、ひと言ふた言なにか言った。〝おまわり〟という言葉が聞こえた。

「真実を明らかにする時間がまだ少し残されている、ウィルソン」警部は厳かに言った。「今、話しても、おまえには失うものはない。晴れ晴れとした気持ちでこの世におさらばしたいだろう？　おまえは、マリカ・ソレンが死ぬ数分前に、九十六丁目のアパートの階段を上っていくのを見られているんだぞ」

「それなら、ほかの奴を探せ」バナナノーズは言った。「おれはいつも非常階段から上がるからな」

「だがこれは、ほかの奴の仕事じゃないことはわかっている。マリカはおまえが来るのを待っていた。さもなきゃ、彼女はおまえを部屋の中に入れたりしないだろうからな。彼女はおまえのガールフレンドだったんじゃないのか？」

「まるで思い違いをしているぞ。おれが惚れこんでいるのは馬だけだ」

「彼女の金庫から盗んだ金はどうした？」

ウィルソンはわずかに大きな声で笑った。「へえ、おれが、全部小銭の百万ドルを見つけて、ただひたすらボーッとしながら百万回も数え直してたって？　ふざけたこと言うんじゃねえよ、おまわりさんよ。そんな金があったら、おたずね者になってるとわかったとたん一目散に町をトンズラさ……自分の部屋でぐずぐずしてるわけねえだろ」その声はささやくようにか細くなった。パイパー警部は、医師が急いだ方がいいというように指を回すのを見た。

警部はため息をついて、スミスに向かってうなずいた。「オーケー、スミティ、彼女を中へ入れてくれ」ミセス・フィンクが部屋の中に案内されてきた。「いいですか、彼があなたが見た男ですか？」

大家は自信満々に近づいてきて、ベッドに横たわる男をじっと見つめた。ウィルソンはぼんやりと見返して、そして目をしっかり閉じた。ミセス・フィンクは小首を傾げて、無意識のうちに展示場の美術品を値踏みするような仕草をした。「彼は帽子を被って、トレンチコートを着ていたわ」疑わしそうに言った。

「オーケー、わかりました」警部は言った。「こんな状況では、通常のように、容疑者たちの面通しをするわけにはいきません。あの男の顔を見てください。彼の目や鼻など、特徴的なところを見て欲しいんです。彼は昨夜、あなたが見た男ですか？」

「わ、わからないわ」ミセス・フィンクが言った。「そうだと思うけど、そうね、たぶん彼だわ。鼻だけが違うけど。やけにピンク色だわ」

「色については気にしないで。怪我のせいで赤くなっているだけだから。形状は合っている？」

「ええ――でも、彼はメガネをかけていたわ」

「メガネはどうでもいい！」思わず警部は声を荒げていた。

「あ、はい」ミセス・フィンクは慌てて言った。「おっしゃる通り、その男ですよ」

「わたしの言うことなどどうでもいい。わかりました。もうけっこうです」そして部下に向かってうなずいた。「家までお送りしろ」

休み時間を心待ちにしている男子生徒のように、ミセス・フィンクはそそくさとドアに向かった。しかしそのとき、ゆっくりとドアが内側に開き、トレンチコートを着て、縁の折れた帽子を被った長身の人物が現れた。顔はフクロウのように奇妙で、べっこう縁のメガネをかけ、バナナノーズ顔負けの大きなかぎ鼻をしている。

ミセス・フィンクは凍りついて、震える指で男を指差して叫んだ。「ああ、神さま、そうだわ、あの男よ！」そして、いきなり卒倒したので、スミスは仕方がなく腕で支えた。

その幽霊が、落ち着いた口調でしゃべり始めた。「ああ、みなさん、これはなんて鼻なんでしょうね！　こんなおかしな人間を見たら、誰もが〝信じられない、あんなに目立つ鼻の男がいるなんて……〟と、叫び声をあげずにはいられないでしょう。すると、誰かが笑ってこう言うんです。〝あの鼻はつけ鼻だよ……〟と。でも、ムッシュ・ド・ベルジュラックは、鼻をとりはずすことはできませんでした。つまり、それがわたしとロスタン（シラノ・ド・ベルジュラックの作者）のヒーローとの違いですよ」

その人物は、ピンク色のラテックスの鼻のついたメガネを取って、日焼けした素顔をさらした。それは勝ち誇ったようなミス・ウィザーズだった。

「わたしがこうしてやってみせなかったら、決して信じなかったでしょうね、オスカー？」ミス・

ウィザーズは心配そうに言った。

「なんてことだ！」パイパー警部は、怒りをあらわにした。そして、ミス・ウィザーズが身につけているのが、自分の帽子とコートであることに遅まきながら気づいた。「いったい、どうやって――」言葉が出なかった。

「どうやって、わたしがここに入れたかですって？　門のところにいた警官が、ラーセン事件のときのわたしのことを覚えていてくれていてね、あなたにとても大切なことを伝えなくてはいけないと説明しただけよ。この鼻はね、通りのドラッグストアのハロウィーンのおもしろグッズコーナーで、三十セントだったわ」そう言うと、ミス・ウィザーズは、おもちゃのゴムの鼻をさっと警部に手渡した。

第十章

辛抱強く、カードを切れ
――セルバンテス

玄関のドアの鍵が回ったとき、タレーランは犬の第六感で、どこかおかしいと感じた。あくびをして、ためらいがちに尻尾を振り、急いで自分の良心に問いかけてみた。確かに、びりびりに引き裂いた新聞の問題はあるが、すでにそれについては大いに反省済みだった。ほかの軽犯罪はないはずだが、女主人はそれ以外のことで、目くじらをたてるかもしれないと、目ざとく察した。

通常通り、帰宅した女主人に喜び勇んで飛びついて吠える、いつもの儀式はやめたほうがいいかもしれないと、タリーは思った。ミス・ウィザーズが、ばたばた走り回って、電気を消したり、ドアを乱暴に閉めたり、ぶつぶつ独り言を言ったりすることを考えれば、あまり卑屈になる必要もないが。ミス・ウィザーズが髪を洗う音が聞こえると、雷が落ちる恐れはなくなったとタリーは判断し、前足で鼻先を覆って、たぬき寝入りした。

ミス・ウィザーズは、いつまでたっても読み終わらない『戦争と平和』を持って、やっとベッドに潜り込んだが、傑作と名高いこの作品の第三章で、例のごとくにっちもさっちもいかなくなって、ついに明かりを消した。今夜は眠れそうにない。ミス・ウィザーズはうんざりしていた。ベルヴューの病院でのオスカー・パイパー警部の辛辣な叱責が、腹立たしくまだ心にわだかまっていた。ふたりの友情は、バッテリー・パークの古い水族館で、ペンギンプールの死体がきっかけで出会ったのが始まりだった（『ペンギンは知っていた』参照）。数えるのもうんざりするほど昔の話だ。意見がかなり食い違い、険悪な状態になることもあったが、今日ほど溝が深く大きく決裂したことはなかった。今日の彼の態度は、取り返しのつかない間違いから目を覚まさせるどころではなく、背中からひと突きしたいくらいの気持ちにさせられた。

確かに、彼の立場からすれば、ほかの人たちもいる中で、病室での身元確認の場面にいきなり乗り込んだのは、少しやりすぎた。男というものは、たとえそれが事実であっても、人前で自分の愚かさを突きつけられるのを嫌うものだ。特に本当に愚かなときほど。

警部に投げつけてやることができたはずの、痛烈な言葉の数々を、今頃になってあれこれ考えてももう遅い。暗闇の中、目を開けて横たわりながら、それらの言葉を吐き捨てるように口に出して、憂さを晴らした。起きて、警部に電話して、捨て台詞でも投げつけてやろうかとつらつらと考えたが、たぶん敵も今頃はもう寝ているだろう。こんな時間に起きているのは、自分くらいだ。羊を数え始めようとしたが、その中に黒い羊がいっぱい混じっていて、それがとても興味深かった……

すっかり目が冴えてしまったと思っていたのは、ミス・ウィザーズだけではなかった。南西の地平線の彼方、フィラデルフィアの高級住宅地メインラインにある、邸宅の整然と寒々しい客室。大きな天幕の張られたクルミ材のベッドで、アイリス・ダンが、三つのダウンの枕に寄り掛かり、やはり眠れずにずっと待っていた。ずいぶん長いこと待ち続けていたのだ。

アイリスは耳をそばだて、ドアのほうを見ていた。屋敷の中はひっそりと静まり返っていて、外を通り過ぎる耳慣れた車の音すら聞こえない。急にアイリスは、懐かしいマンハッタンのやかましい喧騒が、たまらなく恋しくなった。

「こんなところに隠れているなんて！」アイリスはひとりつぶやいた。ベッドに横たわっていても、ドアの古めかしい鉄の鍵穴が見えたが、鍵はかけていない。起き上って、確認しに行ったが、やはり鍵はかかっていない。ビルがすぐに入って来られるようにするためだ。鍵をはずしておけば、彼が入ってきやすいかもしれない。彼はなかなか来てくれなかったし、ずっとそうだったから。

しばらくベッドの中に潜り込んでいると、階下の客間でぼそぼそと声が聞こえたが、今はそれもやんだ。ビルが彼らになにか話していたとしても、その内容はアイリスには謎だった。

起きて、廊下に出て、こっそりビルの部屋を探そうかと思った。廊下で誰かに出くわしたら、読む本を探しに読書室へ行くのだと言い訳するつもりだった。いや、それはあまりいい理由にはならない。読む本なら、そこのテーブルの上にあるので、アイリスが部屋を出る必要はない。やはり、このままじっとしていたほうがいい。お手洗いを探していると言うこともできたが、それもだめだろう。この部屋には大きな大理石の浴室がついているから。浴室はまるで、ゲイ・ナインティーズ（一八九〇年代を懐かしむ言葉）とまではいかないが、そうした映画のセットのようだ。それに、ビルの部屋を探して歩き回っても、彼のお高くとまった老母や、野暮なウールのストッキングをはいた妹たち、夕食のときにリチャード・マンスフィールドや、モード・アダムスのことを話題にして、人をリラックスさせようとした太ったおばの部屋に、間違えて入り込んでしまったりしたら困る。

アイリスはふいにベッドを滑り出て、等身大の鏡のところへ行って、六十ドルもするネグリジェ姿でポーズをとってみた。極上サテン地で、ピンクのバラのつぼみ模様がついている。店員は絵本の中の花嫁のように見えると言っていたが、実際には誤って美術館に迷い込んでしまった、コーラスガールのように見えた。

「この屋敷には、下品な汚い言葉をやたら何度も使いたくなるようなものがあるわ」アイリスは鏡の中の自分に向かって言った。そして、極力穏やかに、下品な言葉を言ってみようとした。それから鏡の中の自分に向かって顔をしかめ、ネグリジェを脱ぎ捨てると、燃えるような赤毛を下ろして、化粧も口紅もすっかり拭きとった。

「さあ、彼が来るわ」アイリスは言った。「絶対に、忍び足で入ってきて、鬼婆のようなわたしを見つけるのよ」

しかし、ドアは開かなかった。アイリスは窓を開けて、震えながらたたずんだ。外は、すでに葉が落ちて寒々とした木々以外なにも見えない。ここは空気ですら、なにか釈然としないものがある。味気なく、弱々しく、あまりに多くの亀裂が走っている。全身に鳥肌がたった。アイリスは明かりを消して、ごわごわした冷たいシーツの中に潜り込んだ。

「百頭の羊を五回数えるうちに、きっと彼は来るわ」アイリスは自分に言い聞かせた。しかし、五百までいくとやめた。

「たぶん、彼らに部屋に閉じ込められているんだわ。彼らはビルをフランス外人部隊に入隊させるために送り出したのよ。入隊しなければ、遺産を相続させないと脅かして。きっと、彼はうまくやったんだわ」

家がきしんだ。アイリスが体を動かすと、ベッドまでもが、抗議するように音をたてた。ビルが連れて来たから、アイリスはお情けでここにいるのだ。この屋敷そのものも、ここにいる全員も、すべてのものが、自分は望まれていないと気づいたアイリスが去っていくのを待っている。

階下のどこか遠くのほうで、電話の鳴るくぐもった音が聞こえてきた。ずいぶん長いこと鳴っていたが、やがてやんだ。これまでよりも、さらに静寂が居心地悪くなったように思えた。

アイリスには、自分の心臓の鼓動が聞こえていた。時計が時を刻む音も聞こえる。アイリスのまわりにあるのは、それだけだった。長いこと待ち続け、懸命に働きかけて、やるべきことをやって、自分を偽り、嘘をつき、そのあげくの果てが、冷たくよそよそしい屋敷の中の、冷たくよそよそしいベッドに、ひとり横たわるだけというクライマックス。これがハネムーン地獄というものなのか、とアイリスは思った。

それでもやっとアイリスは、枕を涙で濡らしながら眠った。一方、マンハッタンのミス・ウィザーズも眠っていた。だが、浅い眠りの中で、いつの間にかクロスワード・パズルに没頭していた。起きているときや、普通の精神状態のときは、わざわざやらないものだが、それは、ただのクロスワードではなく、《サタデー・レヴュー・オヴ・リテラチャー》の難解なダブル・クロスティック（クロスワード・パズルの一種）だった。

　しかし、そこにミス・ウィザーズはいた。姿の見えない底意地の悪いパズル委員会が突きつけてきた、自分勝手なルールによれば、万年筆のみでマスを埋めなくてはならず、変更したり消したりしてはいけないという。しかも、時間制限があって、着実に締切が迫っている……

〝完成平均時間は七十二時間〟。シートの上にはこう書いてある。いや、残り時間のことだ。それはアンディ・ローワンに残された時間でもある。

　ミス・ウィザーズは、横になったまま好調なスタートを切った。八文字で〝あざけりをけたたましく表現すること〟は、laughter（嘲笑）に違いない。〝外来種の植物〟は、orchid（ラン）だし、〝連なっている装飾品〟は、necklace（ネックレス）、〝ガラス玉〟は、crystal（水晶）、〝変装すること〟は、false face（仮面）。埋め込む言葉は、パズル編集者のこだわりとしか思えない、しゃくに障るほど凝ったものばかり。〝グイード（イタリアの音楽理論家）音階の五番目の音符〟だとか、〝印刷機の測定単位〟、〝ギリシアの愛の神〟、〝サクソン語の動詞で、植えること〟、そしてもちろん、〝必要不可欠な羽〟は翼だろう。

　奇妙に宙を飛んでいるような感覚の中、ミス・ウィザーズは、自分の夢がふわふわした雲の中に溶け込んで、すべてのパズルや難題からついに解放されて、自分が高く舞い上がっていくのを感じた。必死で両腕をばたつかせたけれど、なにか抗い難い力に地上へ引き戻され、クロスワードの世界へと戻っていた。そして、白と黒の四角のマス模様が、にたりと笑っている頭蓋骨のように見える地面に不時着した。

ふたたび万年筆を手に持って、遅れた時間を取り戻そうと、必死で答えを書き込んでいたが、それはパズルにしては妙だった。言葉の解釈の仕方がまずくて、表現がどこかおかしいのだ。問題のヒントが、類義語ではなく、反対語か、まったくでたらめな言葉になっている。まるで心理学者の言語連想検査のようだ。〝〜するつもり〟は、〝〜しない〟だし、〝鍵〟は、音符という具合だし、indemnity（保障）という言葉が二度も出てきたりして、パズルの世界の、暗黙の決まりごとのひとつを破っている。

縦のマスにとりかかるとさらに悪くなった。posthumous（死後）は、ばかなことにposthumorous とスペルが間違っていることがわかったし、ルイス・キャロルが悪意をもってこしらえた、まるでわけのわからない言葉が次々と現れ始めた。ついに、縦二十二マス目までくると、パズル全体がつながった。その意味は、〝見よこの男だ〟（ヨハネ福音書十九章五節。ピラトがイエスを指して言った言葉）で、ミス・ウィザーズは、すぐにそれを〝殺人者を見よ〟と解釈した。いや、最初の言葉は、女を探せという意味の〝シェルシェ・ラ・ファム〟かもしれない。結局、同じことだ。五文字、いや八文字。マス目が崩れてぼんやり溶けて、ちらちらしてきたので、どれくらいのマス目があったのかもうわからなくなってきた。でも、いくつかはすでに埋まっていて、重なっている言葉もある。懸命に万年筆を走らせ、空いているところに文字を書き入れる。すると突然、すべてがぴったりはまった。諦めかけていたときに、アップルゼリーがやっと固まったみたいに。

ついに、殺人者の名前が完成した。「なんてことなの！」ミス・ウィザーズは叫んだ。「もちろん、最初からわかっていたはずのことで、きっとオスカーも驚かないでしょう！　でも朝になって忘れてしまったらどうしよう？」

ミス・ウィザーズは、たとえ夢の中であっても、それが夢にすぎないとわかる鋭い能力をもっていた。これまでも、潜在意識下に人より優れた、不思議な能力を秘めていた。ベッド脇のテーブルに置いた本にさっと手を伸ばして、ペンで見返しにその極めて重要な名前を書き留めた。

「やったわ！」そして勝ち誇ったように言った。

早朝、タリーが寝室のドアをひっかく音で目が覚めたとき、これらの夢がとても現実的で、ひときわ鮮明だったので、ミス・ウィザーズはベッドの上で体を起こして、『戦争と平和』を手にとった。しかし、見返しにはなにも書いてなかった。メリー・クリスマス、一九三九年という走り書きと、その下にオスカー・パイパーのサイン以外、まったくなにもなかった。

「まあ！」ミス・ウィザーズは心底がっかりした。「こういうこともあるわ」寝室のドアを開けると、待ち構えていたタリーに向かって言った。「どんな犬も、一度は嚙みつくことを許されるものだわ。どんなに品のいい人間だって、一度くらい悪態をついてもいいはずよね！」

一方、オスカー・パイパー警部の場合、その日の朝、署に出勤するまでの間に悪態の限りを言いつくしてしまっていた。オフィスは狭くて殺風景で、広さといい備品といい、アンディ・ローワンが最後に名前を呼ばれるのを待っている川の上流の独房に比べてもいいただけなかった。ただひとつある窓からは、色あせたレンガの壁の景色しか見えず、装飾品といえば、忘れられたふたりの前市長たちの写真と、一九一九年のニューヨーク警察学校での集合写真だけ。あとは傷だらけのオーク材のデスク、ずっとカタカタ音をたて続けているテレタイプマシン（ニュースや情報が定期的に印字されて送られてくる機械）、本棚、すわり心地の悪そうな四脚の椅子と痰壺《たんつぼ》だけ。

しかし、警部はそれが気に入っていた。ここはずっと彼の王座の間で、警部代理の閑職に追いやられた、屈辱的な一時期を除けば、ほぼ二十年間聖域だった。金曜の朝に、この部屋をこうして改めて眺めてみて、これでここも、もうお別れかもしれないと思った。

朝食後の葉巻は、ぼろきれをいぶしたような味がして、いつの間にかデスクの端で火が消えていた。いつものように、事件簿の上には手紙の山があったが、長年の経験から、一週間かそこら返事を出さずに放っておけば、もう返事をする必要がなくなることはわかっていたから、それらを脇に押しやった。警部はため息をつくと、インターホンのボタンを押した。「スミティ、ちょっと来てくれ！」

スミス巡査はすぐに現れた。こしゃくなほど明るくしゃれたツイードにブルーの水玉模様のタイをつけている。「おはようございます、警部！」

「いい朝なもんか！（スミス巡査の「おはようございます（Good morning）」を受けての言葉）」パイパー警部は唸った。「わたしが気に入るような、新事実でもあったのか？」

「本部長からお電話がありました。それに検事からも。ウィルソンに対する罪状を知りたがっているのだと思います」

「当然だな。盗品や武器の所持や、逮捕に抵抗したことと言っておいたらどうだ？」

「そうですね、警部」スミス巡査は、合点がいかなげな表情をした。「それとあらゆる新聞社が電話してきています。記者だけでなく、ローカル記事の編集者や編集長といったお偉いさんたちも」

「ボイランに回せ」ボイラン警部補は、新しく広報担当に任命された警官で、別のビルに勤務している。

「しかし、すぐさま相手もこちらに回してきますよ。これ以上、ウィルソンのことを伏せておくのは、マスコミが黙っていないでしょう。なにしろ、ここ数年で一番大がかりな捕り物でしたからね。大勢の一般人も見ていましたし。仮釈放に違反したちゃちな不法侵入者をお縄にするためだけに、警察が昨夜、ありったけの人員を動員したのでないことは、マスコミにも察しがついていますよ」

「まったく、おまえってやつは、知ったような口をきくな！」パイパー警部はいらだちを露わにした。「そのおしゃべりをやめないなら――」そして首を振った。「いやはや、わたしとしたことが。まあいい。最終的に負傷者は何人だ？」

「バナナノーズを除けば、五名の警官が流れ弾に当たりましたが、軽傷で済みました。七名が催涙ガスの手当を受け、ふたりはすでに勤務に復帰しています。ガス弾の衝撃で頭を打って軽い脳《のう》震盪《しんとう》を起こした者が一名。野次馬の中に、興奮して心臓発作を起こした者がひとり、押し合いで踏みつけられて軽い負傷をしたものが数名です」

「それはめでたし、めでたしというところだな！」警部はきつい嫌みをこめて言った。「ベルヴューからはなにか言ってきていないか？　ウィルソンはまだ生きているのか？」

「三十分前にわたしが電話したときは、生きていましたよ。しかし、急速に衰弱しているようです。二度輸血を施して、酸素吸入テントに入っているようですが、朝刊には死亡記事が載るでしょう」

「そいつは弱ったな。なにせ、なぜやっこさんを逮捕したのか、説明がつかない状態だからな」

警部は火の消えた葉巻を取り上げて、怪訝な顔で見つめるとまた元に戻した。「とりあえず今できることは、強盗班の連中に、最近、盗難届を出している被害者全員の詳細をかき集めさせることだ。階下にあるウィルソンの略奪品の山の中から、自分の持ち物を特定できる者が出てくるだろう。その情報をマスコミに投げてやればいい。被害届を出したうちのひとりかふたりは、有名人の可能性がある。演劇人やラジオ業界人、あるいは紳士録に名前の載っている類のな」

「わかりました。でも、それは午後になってはなんの意味もありませんね」スミスは指摘した。そして、前かがみになって声をひそめた。「そこで、ご提案があります、警部。先手を打って、マリカ殺しはウィルソンに負わせて、この危機的事態を脱したらどうでしょう？　いずれにせよ、ウィルソンは裁判までは持ちこたえられないことですし」

「なんだと！」

「どのみち、奴は似顔絵の人相に酷似しています。もともと犯罪者ですし、ミセス・フィンクの証言の裏づけもあるじゃないですか」

「だが、その証言があてにならないことは、直後に明らかになったぞ」

「でも、マスコミや世間一般の人々が、詳細を知る必要があるでしょうか？　医者も警官たちもしゃべりません。ミセス・フィンクを黙らせておくこともできます」

「だが、ミス・ヒルデガード・ウィザーズを黙らせておくことはできないぞ」警部は核心を突いた。

「それに、ウィルソンのアパートで見つかった盗品のいくつかは、マリカの殺人があった夜、バローとミネッタで盗まれた宝石と一致したことがわかった。いくらなんでもひとりの人間が同時にふたつの場所にいることはできないだろう」パイパー警部は悔しそうに首を振った。「だめだ、スミティ、きみの提案は倫理的に許されるものではない。それに危険すぎる」

「でも、マリカ殺人の罪をウィルソンに負わせるわけにいかないのなら、殺人の容疑者として尋問のために逮捕したと言えばいいのでは……」

「それはだめだ！　奴と殺人とのつながりをにおわせるような危険は冒せない。遅かれ早かれすべては明るみに出る。いくら相手が強盗だからといって、警察が間違いでひとりの男を撃ったことがわかったら、どう思われる？　だが待て。ちょっとしたアイデアが浮かんだぞ。ウィルソンがほかの殺人事件に関与していると、ほのめかすことができたら、大規模な警察の出動と、奴が撃たれたことに対する十分な弁明にならないだろうか――」警部はうなずいた。「とはいえ、お蔵入りの事件の中から選ぶのが無難だろうな。未解決事件簿の中にもひとつくらい使えるものがあるかもしれん」

「かしこまりました」スミスも賛成した。「ボイラン警部補も、同感でしょう。これで騒ぎもおさまるに違いありません」

「我々にも多少、考える時間ができる。同時にマリカの殺人についてなにか情報を提供しなくてはならない。今は、昔のようにはいかないのが残念だ。世が世なら、警察が有力な手がかりを追っていて、逮捕が間近だと発表することで、さんざん書き立てられていたろう」

「でも、ある意味、それは本当のことですよね。ほら、カウソーンの奴がいるじゃないですか」

警部はうなずいた。「考えれば考えるほど、カウソーン犯人説が気に入ったよ。結核患者がなんの理由もなく病院を抜け出して姿をくらますことはない。マリカからずっと送金されていて、突然、なんの知らせもなくそれを打ち切られたのなら、奴がキレた可能性はある。よし、容疑者として、デイヴィッド・カウソーンを全国に指名手配していると発表しろ。いや、マリカ殺しの件で事情聴取したいからということにするんだ。フェニックスの病院から奴の写真か、せめて詳しい似顔絵が手に入るかどうか調べてくれ。そして、あちこちに奴を探すよう通達するんだ」

「ただちに、警部」スミスはそう言ったものの、眉をひそめた。「でも、写真を手に入れたとして、奴が大きな鼻をしていなかったらどうしましょう?」

パイパー警部はため息をついた。「まだ、わかっていないのか? マリカを殺した人物は、マリカの知り合いだった。彼女が犯人の声に聞き覚えがなければ、ロビーの扉を解除するボタンを押したりしなかっただろう。犯人はマリカを殺すためにアパートにやってきたが、誰かと鉢合わせして、顔を覚えられたくなかった。だから、にせもののゴムの鼻をつけて、メガネをかけてアパートに入ってきたんだ。もちろん、マリカの部屋の外ですぐにそれらをはずして、コートのポケットに隠した。だからマリカには奴だとわかった。確かなのは、この犯人の鼻は、実際に異常に大きいわけではないということだ」

「わかりました」スミスは素直に言った。「ほかにはなにか?」

「いまのところはない。いや、待て。誰かにアスピリンを持ってこさせてくれ」警部の頭痛はマンハッタン一でもなければ、これまでで最悪のものでもなかったが、早目に対処しておかないと、後で確実にひどくなりそうだった。

やっとひとりになると、パイパー警部は〝マリカ・ソレン〟と記された薄いファイルを取り出して目を通し、脇に置いた。それから、机の一番上の引き出しから、〝ミッジ・ハリントン〟の分厚いぼろぼろのファイルを引っ張り出して、じっくり目を通した。とはいえ、その内容の一字一句をそらで言うこともできたろう。一見したところ、ふたつの事件にはまるで関連性がない。凶器も違うし、犠牲者のタイプも異なり、すべてが違っていた。ただひとつの共通点は、ミス・ウィザーズがひらめいた当て推量から、強引に打ち立てた点だけだった。

一方、警部自身が認める当の宿敵は、彼女自身がよく言っていたように、忙しいときにいつも誰よりも遅れをとる人以上にばたばたしていた。その日の朝、ミス・ウィザーズがまず最初に立ち寄ったのは、五番街四十二丁目のニューヨーク公立図書館だった。急いで階段を駆け上がり、二体の優しげなライオン像を通り過ぎて中に入って初めて、前回訪ねたときと違って、新聞のバックナンバーのファイルは二十五丁目の分館に移され、手続きが煩雑になってしまっていることを知った。

それでも、今いる場所は、古いけれどすばらしい建物で、世界中のほぼすべての印刷物が保管されていて、なんでも探すことができる。ミス・ウィザーズは一時間かけて、ハーブや単子葉植物（外来種、純血種）、装身具（ネックレス、安物）、笑う人、笑い声、笑い（チュートン語、古い英語でhlehhan、比較：オランダ・ドイツ語などのlachen）など、まるで関連のない、さまざまに異なる項目の文献を調べた。音（小哺乳類の聴覚）については、エジソン・ベル社の出版で、あちこち書き込みのある、ぼろぼろの黄ばんだカタログを追うことまでした。

それから、メイシーズやギンベルズなどをぐるぐる回って、あちこちでちょっとした買い物をしながら、二十五丁目に向かった。ひと目見るなり、彼女のことを黒玉のイヤリングとカメオのブローチをつけそうな女性だときめつけた女店員たちは、ミス・ウィザーズがはるかに品のないコスチュームジュエリーに固執するのに驚いた。ミス・ウィザーズが、釣り銭を待っている間、店員のひとりがレジ係に言う声が聞こえた。「あきれた。ああいうものを買いだめするつもりなのかしらね？」

ミス・ウィザーズはかさばる包みを受け取りながら、鼻を鳴らした。「違うわよ。買いだめしているわけじゃないわ」そして謎めいたことをつぶやいた。「先住民と取引するのに使うのよ」そうして、どこか少し誇らしげに出ていった。

ずっしり重いハンドバッグを持って、ミス・ウィザーズは図書館の分館へ向かった。そこではすぐにくつろいだ気分になった。これまでと同じように静まり返り、においも同じで、コートを着た似たようにさえない小男が、故郷の似たような新聞を読みふけっている。ミス・ウィザーズは空いている席を見つけて、すぐに《タイムズ》のバックナンバーを読み始めた。

四年前の四月の人口動態統計の記事は、ミッジ・ハリントンの結婚についてはまったくふれていなかった。イースター後の月曜にも、ほかの日にもなかった。がっかりしたが、驚くことではなかった。ミス・ウィザーズはホールの電話ボックスに向かい、ナタリー・ローワンが自宅にいるのを確認した。しかし、ナタリーは神経が高ぶってイラついていた。

「ああ、あなたでよかったわ！」ナタリーは声を上げた。「荷造りして、うちに来てくれる決心がついたという電話ならいいのだけど。なぜかと言うと、また例の電話があったんです。今度はあまりばかにはできない感じで——」

しかし、ミス・ウィザーズは、今は誰かの手を支えてやる気分ではなかった。「まず大事なことから、とりかかりなさいな。あなたにやってもらいたいことがあるのよ。よく聞いて……」てきぱきとそう言った。

「わかったわ」ナタリーはやっと言った。「ジャージー、東ペンシルヴァニア、ロング・アイランド、ロワー・ニューヨーク、コネティカットのすべての郡書記官に電話して、四年前の四月にミッジ・ハリントンの結婚許可証が発行されているかどうか確かめればいいのね。でも——」

「相手の名前はおそらくウィリアムなにがしよ」ミス・ウィザーズが続けた。「結婚式はイースターの翌日よ。さっそく、とりかかって」

「え、ええ。あなたがそう言うなら。ああ、アイリスがここにいてくれたら。あの子はこういうことをさばくのが得意だから」

「それと、ビルの名字を調べて。その居場所がわかれば、おのずとアイリスも見つかるわ。頑張って」ミス・ウィザーズは電話を切った。

新聞閲覧室に戻ると、今度は、ニューヨークの日刊紙のブロードウェイのより刺激的なゴシップ記事を延々と根気よく探した。ミッジ・ハリントンの名前はめったに出てこなかった。出てくるのはたいてい調子のいい、作為的なニュースリリースとやらの中で、編集者はときに、セクシー女性の写真を一緒に載せるために、記事の内容については見て見ぬふりをする。これらのほとんどは、アンディ・ローワンの売り込み戦略の一部で、ゾトスのスクラップブックの中にもたくさんあったものだ。

おおむね、その体格のよさに反比例するかのように、ミッジの評判はその死の瞬間まではささやかなものにとどまっていた。引き続き、殺人とそれに続く裁判の記事を調べてみたが、新たにわかったことはなにもなかった。事件は金とセックス絡みと書かれていたが、それほど謎めいているわけでもなかったため、まもなく新聞の一面に載らなくなった。

そう、誰が見ても、アンディ・ローワンの有罪は明らかだったのだ。

もうこれで終わりにしようと、すでに調べたものをまたつらつら見ていると、演劇ページのとある記事にピンときて、目が釘づけになった。ついに見つけた。それは、演劇ページの副編集長によるハーフコラム評論だった。

かびの生えたようなボードヴィルが、現代に生き生きとよみがえる

パレス劇場がリヴァイヴァル映画を上映のかわりに、

女性向けの、陽気で、爆笑もののヴァラエティショーを上演イギリスの人気歌手リリー・モリスと、口達者でその毒舌が痛快なお笑いスター、フリップ・ヤエンによる、昔懐かしいリヴァイヴァル・ショーが呼び物。今週、パレス劇場で一日二回の公演。ミス・モリスは、もちろん誰にも真似できない彼女だけの、『Don't Ave Any More, Mrs. Moore』を歌い……

「目に浮かぶようだわ」ミス・ウィザーズは、少し飛ばして読んだ。

……フリップは、新しい出し物と、新しい葉巻を用意している。どちらも以前の焼き直しのように見えるが、フリップは間合いの天才であり、次々とギャグを投げかけられるポーカーフェイスの赤毛の相方も、時間の経過を忘れさせるほどイカしている。

新しい葉巻を披露。両方とも昔懐かしい彼のパフォーマンスを思い出させる。彼は間合いの天才で、ポーカーフェイスの赤毛の相方に、次々とギャグを連発。この喜劇ショーは、最高に充実したものだったが、オペラ並みの長さに、うんざりしたような目も多く見られた……

「もちろん、これはアイリスのことだわ」ミス・ウィザーズが声に出して言ったので、隣に座っていた男が睨んだ。男は、《クリスチャン・サイエンス・モニター》紙をじっくり読んでいた。

……マクシーンと彼女の女性ばかりのオーケストラ。マジシャンで、霊媒師で読心術者のカウソー・ザ・グレートが、エクトプラズムからウサギを取り出したばかりでなく、メアリという名前の人魚の幽霊を目に見えるよう実体化してもみせた。このメアリが、不気味で不可解な離れ業をやってみせ……

「人魚というのはみんなミニーと呼ばれているものと思ってたけど」ミス・ウィザーズは、またしても隣からシーッと怒られたが、そんなことは無視して、次を読んだ。

……ヌーズ・インディゴは、三人の魅力的な大柄グラマー女性たちをフューチャーしたダンス演技。官能的でオリエンタルな演出が、マックスと彼の訓練された犬たちとともに、ショーの中に組み込まれ……

アイリスの言っていたことは本当だった。少なくともひとつの事実に関しては。アイリスはミッジ・ハリントンと一緒のショーに出ていたのだ。ミッジはダンサーのひとりだったに違いない。そう、反対のページに小さなスカーフをつけて、魅力的な笑みを浮かべた三人の女性の写真が載っていて、化粧が濃くても、ミッジが真ん中にいるのははっきりと見てとれた。

ミス・ウィザーズは、鉛筆とメモ帳を片づけ始めたが、分厚い新聞の束を元に戻す前に、法廷で隠し撮りされたアンディ・ローワンの写真を最後にちらりと見た。まるでむっつりすねた小さな少年のようだ。確かになにかに怯えている。そう、罪の意識に。でも、いったいなんの罪のだろう？　都合の悪い死体を遺棄しようと奔走していた、ひとりの愚かな男。まさに、そう見えてもおかしくない。

古い新聞が総じて期待はずれだったのは認めざるをえない。そもそも、本当に知りたいことはほとんど載っていないものだ。かりに載っていたにせよ、それはもう行間を読むという域の問題になる。資料をほじくり返すのは、目の不自由な考古学者が新石器時代の石器を見つけるために、サハラ砂漠の砂《サンズ》をやみくもにふるいにかけるようなものだ。

世の考古学者にはありあまるほどの時間があるが、アンディ・ローワンの寿命《サンズ》はもう尽きかけている。そう、あと二日半で――

ミス・ウィザーズはもう一度、電話してみたが、ナタリーの電話はずっと話し中だった。つまり、ナタリーは与えられた仕事を忠実にこなしているということだ。成果のあるなしにかかわらず、忙しくしていれば、少なくともナタリーの気はまぎれるだろう。

五セント玉が音をたてて戻ってくると、ミス・ウィザーズは、急にそのコインを使って、昔のよしみでパイパー警部に電話したくてたまらなくなった。「いいえ、電話なんかしないわ！」自分にきっぱりと言い聞かせる。「彼が昨夜言ったことについて、土下座して謝るまでは、断じて和解するものですか！」そして、急いで図書館を出ると、角の小さな軽食の店でサラダと紅茶を慌ただしくお腹に入れて活力を補給し、また出かけた。

その日の二時過ぎ、ミス・ウィザーズは、アッパー・レキシントンにある楽器店に入って行った。かび臭い迷路のような店内は、古い楽譜や、シートミュージック（綴じられていない楽譜）、アレンジ曲（編曲）の楽譜、傷だらけの古い楽器、大量の蓄音機用レコード、窓辺の飾り物としてだけ使うアンティークなワックスシリンダー（128rpmのシリンダー状レコード。アナログレコードの元祖）などであふれかえっていた。

ここは収集家にとっては天国だろう。初期のカルーソーから、ビリー・ホリデーのナンバーまでごっそり扱っていた。ミス・ウィザーズは、『No News on What Killed the Dog』、『Cohen at the Telephone』、『A Hunt in the Black Forest』や、バート・ウィリアムスの不滅のナンバー『Can't Do Nothing Till Martin Comes』などを聴いていた、幸せな子供時代の思い出にふけった。そして、たった一枚だけ買うと店を後にして、薄くて壊れやすい硬質ゴムのそのレコードを、卵の籠を抱えるように大切に持ち帰った。

楽観的になるのは、まだ早い。ミス・ウィザーズは自分に言い聞かせた。精神病院は楽観主義者でいっぱいと言ったのは、D・H・ロレンスではなかったかしら？　だが、明らかに潮目が変わりつつあった。

しかし、この上げ潮の状態も三十分しかもたなかった。彼女はティファニー宝石店の一階の売り場で——逮捕されてしまった。

第十一章

彼女の論理はごまかしと、気まぐれなほのめかしであふれている。
――アルフレッド・コクラン

パイパー警部は、遠い目をして傷だらけのオークのデスクにぐったりと座っていた。メモ帳に、ヘビが自分の尾に絡まって、鎖のようにつながっていくいたずら描きばかりしている警部に、ついに、彼の反抗的な訪問者は、嫌気がさしてきた。そこにはフロイト流の重要な意味があるのかもしれないが、そんなことは知ったことではない。思わず切り出した。「ねえ、オスカー、さよならでもいいから、なにか言ってくれないかしら!」

この午後のミス・ウィザーズは、いつにも増して派手なバフ・オーピントン種の雌鶏のように見えた。くしゃくしゃの羽根をつけ、目をギラギラと輝かせている。警部がうじうじしていると、さらにたたみかけた。「このわたしが、どうして派出所で調書を取られるのではなくて、この本署まで連れて来られたのか、ぜひとも聞かせてほしいものね。わたしは大目に見てくれと頼んだわけじゃないわ。あなたと知り合いだとさえ言わなかった。それにわたしには、自分で自分の釈明ができたわ」

「ほう、そうかい？」パイパー警部は、ほとんどうわの空で訊いた。

「もちろんよ。言うまでもなく、古いネックレスを盗むつもりなどこれっぽっちもなかったわ。ちょっと試してみようとしたときに、ちょうど店員が背を向けたのよ。でも、監視員がわたしを見ていたらしくて、万引きだと勘違いした。わたしのバッグの中から、ほかのネックレスが出てきたので、事態は余計悪くなったというわけよ」

「次回からは」警部が言った。「五番街の有名宝石店で、思わせぶりな態度をとるのはやめるんだな。アメリカ造幣局にずだ袋とピストルを持って、こんにちはと入っていくようなものだ。きみの質問に答えると、たまたま店の外にいた私服警官が、窓からその場面を目撃した。彼が受けている指示は、このようなケースを想定していなかったので、みずから判断して、事を複雑にしないよう管轄の警官を帰して、きみをここへ連れてきたというわけだ」そして、タイプされた報告書を見た。「どうやら、きみはひどく忙しい一日を過ごしてきたようだな」

「オスカー！　まさか、わたしを尾行させたりはしなかったでしょうね！」

「きみを守るためなら、やりかねないさ」警部は言い返した。「それにわたし自身を守るためにもね。昨夜のようなとんでもないことをまた引き起こすつもりなら、こっちにだって覚悟がある」そして、ゆっくりと首を振った。「ヒルデガード、こんなことは言いたくないが、この張り込み調査報告書を読んだら、きみがまともな神経をしているとは誰も思わないだろう」

ミス・ウィザーズはつんとした。「なんですって？　わたしの頭のネジに難癖をつけるつもり？図書館で調べ物をすることのどこが、まともな神経じゃないというの？」

「問題なのは、その顔ぶれさ！　珍しいランや、音の理論、犬の聴覚、笑いの語源についての本だなんて」

「みんな、調査の一環だわ」ミス・ウィザーズは頑として言い張った。「白いランが、珍しいものなのかどうか知りたかったのよ。そうすれば、遅まきながらでも、イースターの翌日にミッジ・ハリントンにランを贈った男をつきとめるチャンスがあるかもしれない。彼女はランを身につけてベッドで泣いていたというから、明らかになにかの記念日だったに違いない。でもランは高価だけど、珍しくはないことがわかって、行き詰まってしまったのよ。だから、次にアイリスとナタリーとわたしが受けた奇妙な電話について調べてみようとした。あのわけのわからない、人をあざけるような笑い声のことよ。あの声を聞かせたとき、タリーが遠吠えをしたので、ひっかかったの。犬の敏感な耳は、わたしたち人間には聞こえないある種の音の振動を聴きとると、実際、痛みのようなものを覚えるらしいわ。でも、そうした高音の振動を、人間の声帯で起こすことは不可能なのよ、オスカー！」

「なるほど。それじゃあ、これは笑うロボット事件だな」警部は、まだうわの空だった。心にひっかかっていることがあって、ミス・ウィザーズの言うことを半分しか聞いていなかった。「それから、きみはブロードウェイへ向かって、安物のネックレスを買い、店員に先住民と取引するための品だと話したわけだ」

「あの店員が生意気だったから、最初に頭に浮かんだ気まぐれな言葉を投げつけて、仕返ししてやっただけよ。つけられていたなんて知らなかったから」

「そして、きみは図書館分館へ行って、古い新聞を調べながら、大声で独り言を言っていたんだな？」

「それはほとんど言いがかりだわ！　ミッジ・ハリントンの経歴について新事実がないか、見つけようとしていただけ。そりゃ、驚くような記事を見つけたときに、一回か二回くらいは声を上げたかもしれないけど。夢中になっていたから、自分が図書館にいることを忘れちゃったのよ。誰にだってあることだわ」

「きみにあることが、ほかの誰にでも起こるとは限らない」警部が言った。「報告書によると、それからきみは中古店に行って、古い蓄音機用のレコード盤を物色してまわり、一九三一年に発売された『The Clock Store』というナンバーを見つけた。それを四ドル五十で買って、家に向かったが、気が変わってタクシーでティファニーに乗りつけ、そこで客と称して三万ドルのエメラルドのネックレスを盗もうとした」

「これにはわけがあるのよ、オスカー。〝わたしが狂うのは北北西の風が吹くときだけだ〟（ハムレット第二幕第二場）よ。でも、あなたの言い方ではまるで、救いようもないみたいに聞こえる。ねえ、あなたのスパイ連中はなにごとも見逃さないようね？　もっとも、わたしが昼食になにを食べたかまでは無理でしょうけど」

「チキンサラダと紅茶だろう。それにきみはラッカワナに電話している」

「そうよ。ナタリー・ローワンにかけたわ。ニューヨークの二百マイル以内のすべての郡書記官に電話して、ミッジが四年半前に結婚した相手の名前を突きとめるよう、指示をした。そうすれば、もうひとり新たな容疑者が加わるということになる」ミス・ウィザーズは得意そうに笑った。

「ほら、このことは初耳だったでしょ！」

警部は、また落書きに戻っていた。「まあまあ、ヒルデガード。きみは警察をなんだと思っているんだ？　間抜けだとでも？　ミッジが殺された翌日には、彼女の結婚についてはわかっていた。もう三年以上前のことになるが、十五にもなっていなかったミッジは、ある大学生とメリーランドのロッククリークへ駆け落ちした。ここは結婚を認めてもらえない男女が、偽名を使い、年齢を詐称して式をあげるグレトナ・グリーンのような町だ。数日後、男のほうの家族がこれを知って、婚姻を無効にした。フィラデルフィアの金持ちで、名前はグレシャム。当人はウィルトン、いや、ウィルモット・グレシャムという」

衝撃だった。「でも、オスカー、その男のことについては、あなたのファイルにはなにもなかったじゃない」

「どうして書かなくちゃならない？　ウィルモットはミッジといくらも年が変わらなかったし、本人やその家族を殺人事件に巻き込む必要はなかった。家族に説得されて、その結婚が間違いだったことを認め、彼はプリンストンの大学へ戻ったよ。そして二度とミッジと会わないという約束を守った。我々は気がつかれないように、徹底的に彼を調べたが、ミッジが殺された夜、彼は寮にいて勉強していたことがわかっている」

「八月の暑い金曜の夜に、勉強していたですって？　夏の学校は、わたしの時代とはずいぶん変わったのね。それがアリバイなわけね！　それじゃあ、彼はマリカが殺されたときのアリバイもあるの？」

警部は困ったように額をこすった。「それはわからない。直接本人に訊いてみればいい。彼は学期の途中で卒業して、今は確か、ウォール・ストリートのオフィスで仕事に就いているはずだ。おそらくこの町に住んでいるだろう」

「まあ」ミス・ウィザーズはため息をついた。「確かにあなたの言うとおり、その若者はマリカ殺しの犯人とはまったく一致しないわ。霊媒師のことも、マリカがミセス・ローワンに話した霊界からのメッセージについても知るはずがないもの。それに、ミスター・ゾトスが、ありきたりな動機についても話してくれたわ。ミッジ殺しの動機という意味よ。でも、容疑者を絞り込むのに役立つんじゃないかしら？」そして立ち上がった。「もう行って、早く絞り込みに入ったほうがいいわ」

「待て！」警部が鋭い口調で止めた。

「ねえ、オスカー、わたしを囚人として拘束するなんて、こんなばからしいことを続けるつもりじゃないでしょうね？」

「きみに食事をしてもらいたいんだ」

「こんな時間になにを食べるの？　朝食？」ミス・ウィザーズは、もう一度まじまじと警部を見た。「まさか、あなた本当にわたしを誘っているの？　これは休戦ってこと？」

ヴィレッジにある、戸外レストランの裏庭の小さなテーブルに座って、ふたりでチキンカチャトーレ（チキンのトマト煮）の皿を見つめていたとき、ミス・ウィザーズはそのことに気がついた。ほとんど無条件降伏だったということを。「わたしが今日、きみを尾行させた理由を本当に知りたいか？」パイパー警部が切り出した。「わたしはもう万策尽きて、崖っぷちにいるんだ。だからだよ」

「オスカー！」

警部はむっつりとうなずいた。「これまできみの当て推量が、何度も当たっていたことを思い返してみた。もしも、あのふたつの殺人は関連があるというきみの直観が今回も正しかったとしたら――あの男が死刑になったりしたら、わたしの良心が許さないだろう。きみはなにかつかんでいるのか？　わたしの知らないことを、なにか知っているのか？」

「まあ、オスカー、あなたはわたしの答案用紙を見たいのね？」

「そんなところだよ」警部はスティックパンを取って、まるで、お気に入りのパーフェクト型葉巻であるかのようにかじった。「きみは答えがわかったのか？」

「そうとまでは言えないけど、疑問点のほとんどは解決したわ」ミス・ウィザーズは、手をつけていない警部の皿を見た。「オスカー、具合でも悪いの？」

「こんな状況で、具合が悪くならない奴がいるか？」警部は苦笑いをした。「新聞を見ていないのか？」

ミス・ウィザーズは、ほかの用事で忙しかったことを白状した。すると警部がポケットから新聞の切り抜きを取り出した。〝**犯人逮捕のために、千人の警官を動員**……ベルヴュー・シティ病院で死の床にいるロロ（バナナノーズ）・ウィルソンは、三流の空き巣泥棒だが、〝二挺拳銃〟クローリーの時以来の大規模な昨夜の追跡で負傷した。ウィルソンは、十三か月前のショーガール、ミッジ・ハリントン絞殺事件関連の取り調べのため、殺人課が行方を追っていた。この事件の犯人として、プレイボーイの広報エージェント、アンドリュー・ローワンがシンシン刑務所に収監されているが、その死刑が、来週、執行されることになっており……〟ミス・ウィザーズは記事を読んでぽかんとした。「でも、オスカー――」

「わかっている」警部が遮った。「すべて大いなる間違いだ。だが、ウィルソンは撃たれ、我々はそのことについてマスコミになんらかの釈明をしなくてはならない。ウィルソンが逮捕された本当の理由にふれるわけにはいかないんだ。というのも、昨夜のゴムの鼻の演技で、きみはウィルソンがマリカ殺しのホシではないことを証明したし、ウィルソンは犯行時刻には空き巣強盗をやらかしていて、別の場所にいたことがわかっているからだ。ところが、今朝、わたしは頭痛がしているうえに、長官から責め立てられた。それで、バナナノーズが古い殺人事件と関わっている可能性があるので、身柄を確保したかったのだということにして、とりあえずスミティにマスコミを追い払わせることにした。やっこさんは、ハリントン事件のことはひと言もふれなかったと言っているが、マスコミの連中はどういうわけかそれをかぎつけた――」

「ローワンが遺言書を作成したり、保険金の受取人を変更したりしているのだもの、マスコミが知らないとしたらかえってヘンだわ」ミス・ウィザーズは指摘した。

「あるいは、きみが容疑者たちをビビらせようとして、あちこちでハリントン事件が再捜査になるという噂を流したんだろう？」警部は肩をすくめた。「起こってしまったことはしかたない。まあ、いずれにせよ、ウィルソンはせいぜいあと数時間の命だろう。ローワンの死刑が執行されたら、彼の遺言書やその他もろもろがすべて公になる。その結果、どうなるかわかるか？　警察が無実の人間を罪に陥れて死に追いやり、彼を救えたかもしれない証人を撃ったと、非難ごうごうになるだろう」

「言いたいことはわかるわ」ミス・ウィザーズは同情するように言った。「でも、すきっ腹であれこれ考えようとするのはやめて。胃潰瘍になっちまうわよ」そして、新聞の切り抜きをふたたび手に取り、しばらくして声をあげた。「まだなにか書いてあるわ！　デイヴィッド・カウソーンの全国指名手配って、なんのこと？　この男はマリカが送金していた相手じゃないの？」

警部はぶすっとしてうなずいた。「我々に残された最後の希望だ。だがおそらく奴は名前を変えているだろう。顔写真も見つかっていない」

「マリカの本棚にあった古い《ビルボード》誌を探してみて」ミス・ウィザーズは優しく言った。

「ないしは、舞台エージェントにあたるのよ」

「なんだって？」

ミス・ウィザーズはハンドバッグを開けて、メモ帳を取り出した。「これを読んでみて。二年前に幕開けしたステージショーの評から抜き出したものよ。ミッジ・ハリントンはダンスの演技をやっていて、アイリス・ダンは同じ舞台で喜劇をやっていたの。そこでふたりは出会ったのよ。でも、ほかの出し物もあって――」

警部はそれに目を通した。「これがどうしたんだ?」

「声に出して読んでみて、オスカー」

「〝カウソー・ザ・グレートが、メアリという名前の人魚の幽霊を目に見えるよう実体化した……〟ばかな。人魚に魂やらなんやらがあるわけないと思うが」

「言いたいのはそこじゃないの! ばかね、その人魚は彼のアシスタントなだけよ。ほら、両方の名前を口に出して言ってみて。カウソー・ザ・グレートって、デイヴィッド・カウソーンの芸名じゃないかしら? それに、マリカ・ソレンは、メアリ・カウソーンに発音がよく似ていない? たぶん彼の娘なのよ。とにかく、彼女は舞台でマジックや、霊媒的な妙技をやっていた。父親が結核になったとき、独立して霊媒師と占い師としての自分の店を構えた。当然のことながら、マリカはショービジネス関連の知り合いと連絡を取り合っていて、そうした関係から、ミッジも彼女の顧客になった。ミッジがアンドリュー・ローワンに、九十六丁目にすばらしい女性がいるという話をして、それが妻のナタリーにも伝わったのよ! とても単純でしょう?」

警部はうなずいた。「そうだとすると、もうひとりの容疑者カウソーンは、除外だな。オフィスに帰ったら、カウソーンの捜索をやめさせよう」

「あら、どうして? これまでにも、自分の娘を殺した父親はいたわ」

「そうかもしれないが、マリカは自分の父親とダンスしたりはしなかっただろう」

「彼女は誰とも踊ったりしていないのよ。下に住んでいる男性が言ったことなんか、あてにならない。うるさい音など、彼はなにも聞こえなかったのよ。マリカは降霊会のためのムードミュージックとして、静かな讃美歌をかけていたのよ」

「だとすれば、マリカが自分に仕事のいろはをおしえた父親のために降霊会をやろうとしていたと考えるのは無理があるな。それに、その他のこともつじつまが合わない。病み上がりのカウソーンが、マリカのアパートの裏庭のフェンスを飛び越えられたとはまず思えないしな」

ミス・ウィザーズは、もっともだと思った。「あのフェンスについては、わたしも行き詰まってしまったわ。でも、オスカー、あまり慌てて捜査網を解除することないわよ。カウソーンの居場所がわかって、タイムリミットまでにここに連れてこられるのなら、わたしたちにとって彼はとても役に立つ可能性があるわ。彼はあの業界のトリックをすべて知っている。ナタリーとわたしが考えているちょっとした儀式に、彼の才能を貸してもらうことに同意してくれれば――」

「だめだ!」パイパー警部は、もう少しでコーヒーカップをひっくり返しそうな勢いで言った。「まさか、きみたちは、容疑者全員を殺人現場に呼び寄せて、古臭い降霊会ごっこをやるつもりなんじゃないだろうな。被害者がよみがえったように見せかけ、容疑者たちを怖がらせて、パニック状態に陥らせるつもりなんじゃ?」

「あら、そうよ」ミス・ウィザーズは、目に奇妙な光をたたえて白状した。「大筋はそんなところね」

「冗談だろう。いくら理屈の上だとはいえ、真犯人がさわれば傷口から血が流れ出すという考えに基づいて、容疑者たちに死体をさわらせるという昔のやりかた同様、そいつは荒唐無稽すぎる。第一、誰も来やしないさ」

「来ずにはいられないわよ! それにもちろん、あなたが彼らを来させてくれるもの……」

警部はため息をついた。「警察権力は、法によって制限されているんだ。わたしが彼らをそんなところへ引っ張ってきたら、それこそバッジ返上だ」

「殺人犯をつきとめたら、そうはならない。それに犯人をつきとめられなかったら、どのみちバッジを失うことになりかねないわ。オスカー、わたしはふたつも予感がしているのよ。どんな口実でもいいから、暗い部屋の中に容疑者を一堂に会させることができれば、わたし——いえ、わたしたちはこの殺人事件を解決できるに違いない」

「きみと、きみの予感ときたら——」警部はそう言いかけてやめた。

ミス・ウィザーズは、にっこり笑った。「もうひとつは、あなたがコーヒーを飲み終えたらすぐに知事に電話して、アンディ・ローワンの死刑を延期させるだろうという予感よ」

「またいつもの早合点だ」

「あら、オスカー！　あなたは和解のオリーヴの枝を持って、ここに来たのかと思ったのに。ねえ、わたしの言うことを聞いて。電話してくれるわよね？」

「だめだ！」

「どうして？」

「どうしても知りたいなら言うが、すでに今日の午後、そうしようとしたが、却下されたんだよ！とてもじゃないが、知事はそんなことを受け入れるムードじゃなかった。どうやら、今朝、保険会社の代理人からも、同じ件で働きかけがあったらしい。その手の圧力には屈しないおかたなんだよ、わが知事殿はね。新たな重要証拠があるとわたしが断言しない限り、刑の執行延期も停止もしないと、やっこさんは言った。そんなものなどないのにだ」

「そうとも言い切れないわ」ミス・ウィザーズは少し考えてから続けた。「でも、とにかく働きかけてはみてくれたのね、オスカー。どうやらあなたにも事の道理がわかってきたようね」

「そんなことはない」警部はそっけなく言ってから、言い直した。「つまり、わたしはまだローワンがやったのだと思っているということだ。だが前にも言ったように、一連の証拠に弱点があるのが気に入らない。安全策でいきたいんだよ、わたしは」

「ディナーをごちそうさま」ミス・ウィザーズは、しみじみと言った。「もう失礼しなくちゃ。今夜ナタリー・ローワンと会う約束をしたようなものだから、行かないと、きっと彼女は半狂乱になって――」

「半狂乱になっているのは、彼女だけじゃないぞ」パイパー警部が叫んだ。「きみはいったい、どうしてしまったんだ。頼まれもしないのに、きみはさんざんみんなに助言を押しつけてきたじゃないか。その調子で今、わたしになにか言うことはないのか？」

「言うまでもなく、偏見のない広い心で見て、証拠の裏づけをとって、始めからまたやり直すことよ。あなたの知性をためす練習問題として、あの夜なにがあったのか、ローワンが修正した供述をとりあえず信じてみて。そうすれば、答えにたどり着けるわ」

警部には、喉に硬いしこりがひっかかっているかのような、釈然としない思いが残っていた。

「それなら、きみのとっておきの説というのは相も変わらず、ミッジ・ハリントンはローワンをゆすっていたが、結局怖くなって、あの日、古い友人、おそらくは元恋人に、用心のために一緒について来てもらったというものなのか。だが、実は彼女の元恋人は積年の恨みを抱いていて、ふたりで誰もいない屋敷に入ったとたん、ミッジの首を絞めて殺し、そこでぶらぶらと時間をつぶして、後からやってきたアンディを殴り倒して、彼のポケットから金を盗んだと？」警部は首を振った。

「もっとましな仮説を考えられないの、オスカー？」ミス・ウィザーズは手袋をつかみ、ありえないほど右側に傾けて帽子を被った。

「それにきみは同じ人物がミッジとマリカを殺したと言い張っているが、きみの話からすると、すでにきみの容疑者たち全員は除外したことになるぞ！　容疑者だけでなく、事件の関係者全員を」

「ほんとにそうかしら、オスカー？」ミス・ウィザーズは奇妙な表情を浮かべた。「どうしてそう言えるの？」

警部は大まじめだった。「いいかい、まずは男たちのことだ。我々はたった今、カウソーン、バナナノーズ・ウィルソン、グレシャムのことについて話した。納得できるさまざまな理由から、いずれも除外できる。スプロットとブルーナーは、きみのお気に入りの容疑者だが、アリバイが完全ではないにしても、どちらも例の五千ドルは手にしていない。事件後何か月も、スプロットは、自分のバンドのバックメンバーに給料を払えなかったし、ブルーナーは、家賃滞納でブルックリンのスタジオを追い出されている。きみの話からすると、ゾトスも、際どい状態から素早く逃げ切れるほど機敏なタイプには思えない。きみとタリーと一緒にあたりを散歩するのにも息切れするようでは、マリカの脳天をかち割って、裏の階段を駆け下り、フェンスを飛び越えることなど、とてもできなかっただろう……」

「いいところを突いているわ。でも――」

「可能性を極限まで広げて、女性陣のことに移ろう。わたしとしては、女性が、自分のルームメイトやほかの女性をあんな風に殺すなんて信じられない。アイリス・ダンは、フェンスを飛び越えられたかもしれないが、それなら、彼女の動機はなんだ？　ブルーナーの前妻のヴィルラは、ミッジがミス・アメリカになるチャンスをぶち壊す手紙を委員会に送って、すでに十分に復讐を遂げている。ナタリー・ローワンは、夫を救うためならなんでもやる覚悟でいるが、最初のフェンスの上で立ち往生してしまったろう。クローリスも同様だ。さあ、どうだ？」

「ごもっとも」ミス・ウィザーズは言った。「不可能なことを除外したら、どんなにありえそうもないことでも、残ったものが真実よ。あなたに答えてもらいたい疑問がいくつかあるの。まず、アンディ・ローワンが逮捕されたとき、彼の体になにかの痕跡や傷はあった？」

「え？　たいしたものじゃないが、確か額にこぶのようなものがあった。おそらく、奴の車がトラックの後ろに突っ込んだときに、フロントガラスにぶつかってできたものだろう」

「あるいは、棍棒かなにかで殴られたときのものかもね。次に、アンディを逮捕したふたりの警官は、どうして後で急に羽振りが良くなったのかしら？　新車を購入したり、妻に新しい毛皮のコートを買ってやったりして？」

ミス・ウィザーズは、急に立ち上がるとその場を後にした。パイパー警部は慌てて伝票をつかんで、その後を追いかけた。「待て！　そいつは重大な告発だぞ――」

「でも、わたしは告発などしてはいないわ」ミス・ウィザーズは言った。「ただ疑問に思える点を挙げているだけ。殺人のあった夜、アンディのポケットに五千ドルが入っていたことは、当の本人もナタリーも認めているけれど、そのことがどうもひっかかっているのよ。マリカのアパートの裏のフェンスの件と同じようにね」警部がレジで支払いをしようとすったもんだしている間、ミス・ウィザーズは戸口でうろうろしていた。「おやすみなさい、オスカー。タクシーのことは心配しなくていいわ。シェリダン・スクエアで地下鉄に乗るから。十分もあれば帰れるでしょう」

だが、ミス・ウィザーズはそうしなかった。タイムズ・スクエアで電車を降りると、六番街に近い四十二丁目で、カメラや、キャンプ用品、あらゆる楽器などを驚くほど安く売っている雑貨店を見つけ出した。そこには、七十八回転、四十五回転、三十三と三分の一回転のレコードに対応している、さまざまな大きさと値段のポータブル蓄音機があった。ミス・ウィザーズはさんざん店員をてこずらせてから、手持ちの現金のうちかなりの金額を一台の蓄音機に投資した。それを、市外の電話番号帳が備えてある、支局にある大きめの電話ボックスの中に運び、そこでちょっとしたセッションをした。やっとすべてが終わると、一式まとめてタクシーに乗せて、目を血走らせて自宅に向かった。

電話がかかってきたとき、アイリスはまだ食事の最中だった。グレシャム家の夕食は遅く、食事のために、いちいち正装しなくてはならない。楽しいかもしれないが、ビルの母親やおばや妹のお古のドレスは、袖や襟元がなくて、アイリスはむき出しの肩や胸の谷間がひどく気になって仕方がなかった。借りたブローチで精一杯ごまかしてもうまくいかず、茹ですぎた野菜や、紙のように薄いハムの味すらほとんどわからなかった。

ビルは、なんの支えにもなってくれなかった。一日中、彼とふたりきりになることすらできなかった。それはまるで、この屋敷の中で彼の身になにかが起こって、ビルという人格がなくなってしまったかのようだった。いまにも踊り出しそうに見える、ビル・ロビンソン（一九三〇年代に人気を博した黒人ダンサー、俳優）似の執事に、微笑みかけることすらなかった。その年老いた黒人の執事が、小声で申し訳なさそうに言った。「ニューヨークから、ミス・ダンに長距離電話です」

アイリスは、ビルの顔を見やった。彼女が執事に〝ミス・ダン〟と呼ばれたことに、頬を紅潮させてくれたように思えた。

〝どんなことがあっても、わたしの夫だもの、味方になってくれるはず〟そして、ナプキンを置いて立ち上がろうとした。そのとき、年老いたクロコダイルの正す声、いや、立派な人だけれど、得体のしれない義母の声――が、テーブルの上座から聞こえてきた。「彼女は食事中だと言いなさい、トーマス。あとでかけ直すようにと」

「いいえ、お願い！」アイリスは、思ったより大きな声で思わず叫び、慌てて部屋から走り出ていった。電話は長い廊下の先にあり、そこにたどり着く頃には、電話の主が誰であれ、どんな知らせであれ、とにかくグレシャム家の人々の前で、裕福なおじか誰かが突然の病に倒れたので急遽呼び戻されたのだと、ただちに話そうと心に決めた。そうすれば荷造りして、十時の列車でニューヨークへ向かうことができる……

だが、誰も自分がここにいることを知らないはずなのを思い出した。そう、誰ひとりとして。アイリスは、身を隠していることになっていた。エージェントもここを知らないし、俳優組合も知らない。アイリスは、自分でもよくわからない奇妙な強迫観念にかられて受話器を取った。それはやけに冷たく感じられた。「も、もしもし? ミス・ダンですが」

交換手が言った。「先方が出られています。どうぞ」そして、それは聞こえてきた。聞き覚えのあるあの笑い声だった。ゆっくりととどろくような、この世のものとは思えない笑い声!

「いや、やめて!」アイリスは叫んだ。するとそれは聞こえなくなった。

「怖がらないで」電話の向こうから、きびきびした女性の声が聞こえてきた。「これはただのテストよ。あなたが前に聞いた笑い声は、こんな風だったんでしょう?」

第十二章

火を隠すことはできるが、煙はどうする？
——リーマスじいや（J・C・ハリスによる黒人民話の語り手）

ミス・ウィザーズがプロスペクト・ウェイの屋敷に着いたのは、ずいぶん遅くなってからだった。旅行かばんや、タレーランのごはんや水の皿、ゴムボール、チョコレート風味の骨の入った紙袋、そしてなくてはならない黒い傘と、特大のハンドバッグを持ち込んだ。今夜、自分の家やベッドのぬくもりから、無理やり離れてこなくてはならないのは、ミス・ウィザーズにとってかなり苦痛だったが、なんとか断ろうとナタリーに電話したものの、結局、どうしてもと、ものすごい勢いで押し切られてしまった。

もちろん、日常の中のあらゆる変化がまだ冒険の前兆になる年頃のタリーにとって、これは狂喜乱舞する出来事だった。嬉々としてタクシーに乗り込み、いつもの如く、脇を通り過ぎるすべての車に向かって、思い切り吠えまくって、心行くまで山の手へのドライヴを楽しんでいた。ローワン家の庭の木々や、藪の新しいにおいが気に入り、玄関に静かに出迎えに出てきたナタリー・ローワンのことが大好きになり、居間の一番大きな椅子に座っていた、青いサージのスーツを着たたくましい男のことすら気に入った。男はグレイのきつい巻き毛を片方の手で撫でつけ、もう一方の手には独特な香りのするパイプを握っていた。おかげで部屋の中は青く煙っていた。

「やっと来てくれたのね。本当にありがとう」ナタリーが声をあげた。「もちろん、ミスター・ハフのことは覚えているわよね、ミス・ウィザーズ？」

「忘れるわけないわ」ミス・ウィザーズは、この紹介に冷ややかに応えただけで、シンシン刑務所の看守が帰る前に話がしたくて待っていたと聞いても、あからさまに感情を示さなかった。

「この前の日曜に、あなたのもくろみを知っていたら、あんな風に所長に引き渡したりはしなかったでしょう。ミセス・ローワンとそのご主人の友人ならば、わたしの友人でもありますから」ハフはもったいぶった口調で言った。

「ずいぶんと、愛想のいいこと」ミス・ウィザーズは小声で言ったが、気を取り直して、死刑囚は元気かどうか、礼儀正しく訊いた。

「あのような囚人は、誰も見たことがないでしょう」丈夫そうな黄ばんだ歯でパイプをくわえたまま、ハフは言った。「なにが彼を支えているのかは、よくわかりませんが、諦めた素振りはまったく見られません」

「やましいところがない証拠なのでは？」

「もちろんそうですわ」ナタリーが息を切らして割って入った。「誰が見てもわかります」

ハフは顎を撫でた。「本当にそうであるか、あるいはそれに近いことなのでしょう。わたしは刑務所を出入りする連中をたくさん見てきましたが、確かに、ローワンは、ほかの死刑囚たちとは違います」

「最新情報を知っている？」ナタリーが言った。「アンディは自伝を書いているのですって。ねえ、想像してみて！」

それほど、予想外なことでもなかったので、時間をつぶせるなんらかの方法があることは、ローワンにとってひょっとしてとてもいいことかもしれないと、ミス・ウィザーズは言った。「その自伝の中から、新たな事実が出てこないかしら？」

「誰も読んでいないんですよ」ハフが答えた。「わたしですら」

「でも、重要なのはここのところよ」ナタリーが言った。その声は緊張でうわずっていた。「いい、アンディはあのひどい場所にいる限り、書き続けるつもりなの。所長自身に序文を書いてもらい、原稿をニューヨークの新聞社に送って出版にこぎつける腹よ。その印税で、状況証拠だけで殺人犯にされた者たちのための基金を設立するんだわ！」ナタリーは息をのんだ。「そんなことをしても、アンディ自身には、なにもいいことはないのに」

「わたしはミセス・ローワンにずっと言っているんですよ」ハフが言った。「覚悟しておいたほうがいいとね。希望をもち続けることは、悪いことではありませんが、死刑囚棟に入って、生きて出られるのは、わずか五十人にひとりです」

「わたしたちが相手にしているのはつまるところ人間であって、統計の数字ではありませんよ」

ミス・ウィザーズはこう言って、突然泣き出したナタリーの顔を見た。「落ち着いて——」

「ごめんなさい！　もう我慢できなくて……」ナタリーは小さなテーブルをひっくり返して、いきなり部屋から出ていった。浴室のドアがバタンと閉まる音が聞こえた。

静寂は重苦しく、きまり悪かった。「無理もありませんね」ハフが床に転がった自分のハイボールのグラスを拾い、残った中身をゆっくりと飲み干しながら言った。「じゃあ、わたしはこれで帰ります。あなたがなんとか解決してくれるといいのですがね。わたしはどことなくあの男が好きですから」

ミス・ウィザーズは、ハフをドアまで見送って、低い声で言った。「ローワンの原稿を手に入れる機会があったら、見せていただけますかしら？」

「ミセス・ローワンにも同じことを言われたのですが、それはだめですね、マダム。死刑囚棟の囚人の私物は、本人のものです。彼が生きている間は、そうなんですが、死刑の後であれば？」

「後では遅いんです」ミス・ウィザーズは咳払いをした。「お金の問題であれば——」

ハフは驚いたようだった。「マダム、ここに来たことさえ問題にされかねないんですよ！」

ドアが閉まると、ミス・ウィザーズは二階へ行って、ぬるま湯とアスピリンと鎮静剤で、ナタリーを安心させ、懸命に落ち着かせようとした。「取り乱したりして、ごめんなさい」ナタリーがやっと蚊の鳴くような声で言った。「しかも、親切なミスター・ハフの前で」

「そんなことはかまわないわ」ミス・ウィザーズが言った。

「まさか、あなたまで出ていかないわよね？　夜もいてくれるのでしょう？　廊下のすぐ向こうの部屋で寝てもらえば、なにかあってもふたりともすぐにわかるんじゃないかしら？」

「なにも起こらないわよ」ミス・ウィザーズは言った。「もうあなたは眠って。わたしは下でちょっと後片付けをして、明かりやドアなどすべて点検しておくわ。タレーランをキッチンで寝かせれば、番犬になるかも」

ナタリーは眠そうにうなずいた。「わざわざ灰皿の吸殻を片づけなくてもいいですよ。どんな男性であれ、家に男性のいる気配があってくれたほうがいいもの」それから、はっと目を大きく見開いた。「それと、電話が鳴っても、そのままにしておいて。どうせまた恐ろしい笑い声が聞こえるだけだから……」

「あの笑い声の電話については、それほど心配しやしないわ」ミス・ウィザーズは言った。「ところで、今日かかってきた電話は、最初の笑い声の電話とどこか違いがあった？」

「よ、よくわからないけど、違うような気がしたわ」

「わたしにはその理由がわかると思う。電話と電話の合間に、あなたに恐怖のウィルスを植えつけていたからよ。あなたは今、とても神経がささくれだっていてすべてに過敏になっているから、わたしの感じた恐怖にすぐに影響されてしまった。アイリスの恐怖がわたしに伝染したようにね。彼女が最初に受けた電話の話に、わたしがあれほどびくびくしなければ、あんな悪魔の笑い声の電話なんかすぐに切って、なんでもないと考えたでしょうね。窓を開ける？」

「お願い」ナタリーが言った。「でも――でも、それじゃあ、いったい誰がアイリスに恐怖を植えつけたの？」

「問題はそこなのよ。でも、とにかく今夜はもうそれくらいにしておきましょう。ふたりとも、大変な一日を過ごしてきたんだから」ミス・ウィザーズは、ベッド脇の明かりを消して、静かに部屋を出ていった。

階下の、ミッジ・ハリントンが死んだ部屋の真ん中で、ミス・ウィザーズはしばらく目を閉じたまま立ちつくした。一年以上前のあの夜、ここであったことを心に思い描いてみようとした。オービュソンのカーペットの真ん中で、ミッジは首を絞められて倒れていた。そこへ、なにも知らないアンディ・ローワンが入ってきて、罠にはまった——

しかし、ここは黒いぶしのオーク材の家具に囲まれた、ただの部屋だ。ミス・ウィザーズは、コッターピン製造者のエミール・フォーゲルの立派な肖像画を見上げた。「あなたがしゃべることができたらねえ。でも、マリカの前では話してくれたんでしょう？　はなから黙っているか、せめてもう少ししゃべっていてくれれば……」

肖像画はこちらをむっつりと見返してきただけだった。ミス・ウィザーズはさっさとグラスを片づけ、キッチンに残されていたミスター・ハフの食事の皿を洗った。ポテトパンケーキとアップルソースだったらしい。おねだりして、冷えたパンケーキの残りをうまいこと手に入れたタリーは、虫も殺さぬような神妙な顔をして、おとなしく隅にうずくまった。それでも、女主人は冷蔵庫のドアをしっかり閉めて、キッチンのスイングドアを開けられないようにふさいだ。

「そこでおとなしくしているのよ」ミス・ウィザーズはタリーに言い聞かせた。「おまえはまるで純真な茶色の子羊みたいな顔をしているけれど、心の中では盗み食いをしようと狙っているんでしょうから」ミス・ウィザーズは、もう一度、戸締まりを確認して、明かりを消し、二階のやけにふわふわした雰囲気の客室へ上がった。ミス・ウィザーズの数少ない質素な持ち物は、自己主張の強いブルーとゴールドの配色の部屋とは奇妙に対照的だった。枕元に立てかけてあった、くたくたのフランス人形を、クローゼットの中にしまってしっかり目につかないようにして、いつものようにブラシで髪を百回梳《と》かし、古いフランネルの寝間着に着替えて、ベッドの中に潜り込んだ。

一日の中で、初めて穏やかにじっくり考えを巡らせることができる時間だった。客観的に考えたり、決断したりすべきときだったが、そのまま眠りに落ちてしまった。夢も見ない深い眠りで、一瞬、死んでいたような感じがした。それは、五分だったかもしれないし、五時間だったのかもしれないが、突然、ぱっちりと目が覚めた。彼女は息を潜めた。家の中でなにかおかしな気配がしている。

「音がする」ミス・ウィザーズは確信した。「音に違いないわ」また聞こえた。廊下のほうから、かすかな金属音がする。

「ネズミがいるだけよ」ミス・ウィザーズは落ち着こうとしたが、体が強張っていた。「ネズミだからって、簡単には片づけられない。あれほど虫酸の走るものはないもの！」

しかし、そのネズミは静かになるどころか、ゆっくりと部屋のドアを開け始めた。ネズミが爪先立ちになって、部屋に忍び込んでくることなどありえない。すると、急にベッドの上にどさりとなにかの体重がかかった。ミス・ウィザーズは起き上って、思わず叫び声を上げそうになった

——すると懐かしい犬のにおいがして、それがタリーであることがわかった。キッチンドアのバリケードを突破するという難題を見事クリアして、まるで猟犬のように女主人の痕跡をたどり、歯で寝室のドアノブを回して開けたのだ……

「あらまあ、金庫破りも顔負けだわね!」ミス・ウィザーズは、タリーの首を抱きしめた。タリーは暗がりの中で、ミス・ウィザーズの耳を丁寧に舐めると、生い茂った草の間からヘビを追いたてるように、あたりを五、六回見渡してから、彼女の足元で丸くなった。犬の哲学からしたら、なにごとにもふさわしい時間と場所があり、今は寝る時間であり、そこが寝る場所だった。愛情のほうはとりあえず次のごはんのあたりまでお預けだった。

タリーはドアを開けることは自分で覚えたけれど、閉めるほうは頭になかった。この家には、どこか殻に閉じこもりたくなる気分にさせるものがあった。足元からスースーする冷たい隙間風が入ってくるので、ベッドを抜け出てドアを閉めに行かなくてはならなかった。戻ってきたときには、目が冴えてしまい、とても眠れそうになかった。羊の群れを数え始め、五匹ずつ千匹まで数えてから、今度は歴史上有名な犯罪者たちの名前をアルファベット順に挙げてみたり、ラテン語の愛するという動詞を一人称 amo、二人称 amas、三人称 amat という具合に変化させてみたり、あげくの果ては延々とロザリオのビーズを数えてみたりした。

そのビーズが、高価で奇妙なものへと変わった。占い師の水晶玉を小さくしたような四つの丸い石できている、ネックレスへと。そこからそれは、棺のような形をした宝石、さらには四つの水晶玉へと変化していった……いつの間にか、ミス・ウィザーズはネックレスにがんじがらめになって、そこから抜け出すことができなくなっていた。無駄にもがいてあがいて、ますますこんがらがっていく。やっとのことで、絶対失敗のない、問題解決の呪文を思い出した。「これはただの夢よ」そう自分に言い聞かせると、すぐに目が覚めた。だが、悪夢の一部はまだそのまま続いていた。ベッドが激しく揺れていて、初めて南カリフォルニアに旅したときに体験した小さな地震のようだった。あのときは、サンなんとかという断層が数インチずれただけだったのに、死ぬほど恐ろしかった。しかし、これは地震ではなかった。「タリー！　寝ているときに尻尾を振り回すのはやめて」彼女はささやいた。だが、タリーはやめようとしなかった。

怪訝に思って、ミス・ウィザーズは、ベッド脇のライトのスイッチを手探りしてつけた。はっとして見ると、タリーが大歓迎の証として、ぶんぶん尻尾を振り回していた。その目線の先には、シルクのパジャマにふわふわしたローブを羽織ったナタリー・ローワンがいて、戸口からこちらをじっと見ていた。

「わたしよ！」ナタリーが言った。「ああ、寝ていたのね」

「ちょっとの間ね」ミス・ウィザーズはため息をついた。「ふたりとももう休むはずだったでしょ？」

「それじゃあ、聞こえなかったのね？」

「なにを？」

ナタリーが近づいてきて、声をひそめてほとんどささやくように言った。「誰かが家のまわりを歩いているのよ。敷石をまばらに敷き詰めてあるのだけど、ずっと音がしているの。たぶん寝ぼけていたか、夢を見ただけだとは思うけど――でも本当に誰かがいたのなら、あなたの犬が吠えるはずよね？」

「そうとも限らないわ」ミス・ウィザーズは言った。「暗闇でそいつがあの子を踏みつけたりしなければね。でも安心して。誰かが家のまわりをうろつきまわっていたとしても、こうして明かりがついたのを見たら、今頃はもう逃げていったあとでしょうよ」

「あるいは、下に潜んでいて、暗闇の中で待ち構えているのかも――」

「ばかをおっしゃい。今はタリーもこうして起きているのだから、もし、誰かが下にいるのなら、友だちになりに駆けつけるでしょ。それにどうやって家の中に入れるというの？」

「わ、わからない。でも、アンディがミッジのために作った合鍵がある……」

「あれから、鍵を変えていないの？」ミス・ウィザーズは仰天した。

ナタリーは首を振った。「銃を持っている？」

「もちろん、持っていないわ。持っていたとしても、どうやって使ったらいいかわからないもの。でも、大丈夫。あなたが聞いた音はたぶん巡回中の警官よ。パイパー警部が、わたしたちの安全のために、管轄署に見張りの警官を手配してくれたに違いないわ」ミス・ウィザーズは指を絡め、こうした罪のない嘘をつくことをお許しくださいと祈った。それから三十分もたって、夜が白み始める頃になって、互いの部屋のドアを開けておくことを約束して、ミス・ウィザーズはナタリーをやっとのことで落ち着かせることができた。

「〝眠ることは、夢をみることかもしれない……〟（ハムレット第三幕第一場）ミス・ウィザーズは自分に言い聞かせ、うんざりしたように寝つけないベッドに戻った。しかし、夢などまったく見なかった。タリーが静かにベッドから出て下へ行ったときも、死んだように眠っていた。

八時半ちょっと過ぎに、ナタリーがコーヒーを淹れに下へ行くと、タリーが居間の庭に続くフレンチドアの前で、何かを期待しながら待っていた。ブラインドはみんな下りていて、鍵も異常なかったが、ドアのガラスの一部が器用に切り取られていて、部屋の中のラグの上に落ちていた。ガラスの上にスコッチテープをきちんと交差して貼ってあったため、ガラスは砕けてはいなかった。

「プロの手口だわ」やっと二階から下りてきてこれを見たとき、ミス・ウィザーズは言った。開いた穴から中に手を入れて掛け金をはずし、音もたてずにドアを開けることができたろう。少なくとも、人間の耳に聞こえるような音は。タリーには聞こえたろうか？　なにが起きているのかを確かめに、勢いよく下に降りていったのではないか？

「タリーがわたしたちを救ってくれたのよ！」ナタリーは頑として言い張った。「あなたはいつも番犬としては失格だと言っていたけれど、侵入者が誰であれ、タリーがそいつを追っ払って、引き返してきたときのために、ドアの前でじっと番をしていたのよ」

「そうかもしれない」ミス・ウィザーズは、タリーのふわふわの頭を優しく撫でた。懐中電灯になにかをかぶせて光を弱くして外から近づこうとした侵入者は、大きな犬が部屋の向こうから一目散に駆け寄ってくるのに気づいて、恐れをなして逃げたのかもしれない。タリーとしては、ただ単に歓迎の意を表そうとしていただけなのだが。

だが、漏水を指でふさいで堤防を守った伝説のオランダ少年よろしく、そのあとずっと見張りについていたというのは、どうにもうさんくさかった。タリーにとってドアはあくまでもドアであり、ただ単に外に出たかっただけなのではないか？

「だけど、どうして」朝食の席でナタリーが訊いた。「ここに押し入ろうとするのかしら？」

「それに、どうして、ここに電話してきて、あらかじめ録音しておいた機械的な笑い声で、わたしたちを怯えさせなくちゃならないのかしらね？」ミス・ウィザーズは鼻を鳴らした。「そろそろ、こうしたもろもろの疑問に答えを出すときだわ。時間がなくなりつつあるんだもの……」

それから、ミス・ウィザーズは、パイパー警部が食後の葉巻で、灰皿にたっぷり灰を積み上げる前に、警部のオフィスに突入した。「オスカー、今日がその日なのよ！」

「なんの日だって？　わたしがイーストリヴァーに飛び込む日か？　きみは今朝の新聞を見たか？　どの新聞もローワンの有罪判決を疑問視している。ウィルソンが撃たれていなかったら、多くを語ったことだろう、とさ！」

「とりあえず、新聞のことは放っておきなさいな。ねえ、昨夜の夕食のときの会話を覚えている？」

警部は顔をしかめた。「きみのふたつの質問のことか？　ひとつ目は、昨夜答えた。ふたつ目は、これから答えよう。言っておくが、ローワンを逮捕したふたりの警官は、どちらも通常の給料以外、一銭も手にした形跡はない……」

「あら、そうなの！」ミス・ウィザーズは言った。「でも、わたしが言っているのはそのことじゃないの。容疑者全員をひとつ屋根の下に集めて、なにか新事実が出てくるのを期待して、彼らに揺さぶりをかけてみるという話のことよ。覚えているでしょ？」

「ああ、インチキ降霊会のことか？　そのことは忘れるんだ。どのみち、決してうまくいかなかったろうよ。それに、カウソーンの居場所がわかったんだ。だが、奴を呼び寄せることはできん。ネヴァダ州のリノにいて、プロのマジシャンの手並みを発揮して、ダイス賭博でしこたま儲けているよ。病院を出た理由は、結核がほぼ完治したうえに、払いもたまっていたからだということだ。それに、かわいい看護婦を連れていき、彼女と結婚したらしい。それからマリカは娘でも妻でもなく、従妹《いとこ》だそうだ。彼女が金を送っていたのは、やっこさんから引き継いだマジックに対する支払いだという。どうやら彼らは、マジックの使用権について取り決めをしていたようだ」

しかし、奇妙なことに、ミス・ウィザーズはその知らせにもがっかりした様子は見せなかった。

「降霊会のことなんか頭をよぎりもしなかった」彼女は強い口調でいった。「もともとナタリーのアイデアだったから。でも、思ったのだけど、オスカー、あなたがマスコミにこう伝えたら、どうなるかしら？　バナナノーズ・ウィルソンが逮捕されたのは、殺人のあった夜に彼がローワンの家に泥棒に入っていて、ミッジが犯人と一緒に到着したのを目撃していたからだと。彼が二階で金目のものを物色していて、窓からミッジたちが入ってくるのが見えたら、もちろん、配水管かなにかを伝って下り、大慌てで逃げていったはずよね。そして、罪をかぶるのを恐れて、ずっと黙っていた……」

「ばかばかしい！　とんだ世迷い言だ！」

「警察がウィルソンのアパートから押収した盗品の中に、殺人事件以来、見当たらなくなっていた持ち物があったと、ナタリーに偽りの証言をさせてみてはどう？　盗難届をすぐに出さなかったのは、気が動転していたからで、捜査の最中になくなっていることに気がついたと、言い訳させたら？　そうしたら、今夜、あなたがローワンの家に容疑者たちを一堂に会させる口実になるんじゃないかしら。バナナノーズ・ウィルソンを上階の窓辺に待機させて、あの夜、ミッジと一緒にあの家にやって来た人物を特定させる、ということにしたら？」

「そんなばかげた考えは、どこから浮かんできたんだ？」パイパーは詰問した。

「もちろん、全部お芝居よ。でも、それでなにか成果があがるなら、やってみるだけの価値はある！　ウィルソンを動かせないなら、実際に窓辺に待機させる必要はないのよ。あなたの部下に包帯を巻かせ、車椅子に座らせておけばいい――」

「なるほど」警部は言った。「やってみるだけの価値はあるかもしれん。だが、言っておくが、ロロ・ウィルソンは、夜のうちに死んだ。マスコミもすでに知っているよ」

「ええっ！」ミス・ウィザーズは、がっくりとため息をついた。「でも、なんとかして容疑者全員を一箇所に集めなくてはならないわ……あなたが協力してくれれば……」

「わたしはそんなことに関わりたくないね」

「〝それならひとりでやるまで〟」と小さな赤いめんどりは言って、それを実行に移した」ミス・ウィザーズは背筋を強張らせて、さっさと部屋を出ていった。

電話が鳴ったり、ドアが開いたりするたびに、パイパー警部は顔をしかめたが、その日の午後遅くなるまで、ミス・ウィザーズからなんの知らせもなかった。またしても、なにか悪巧みをしているに違いない。その確信は、その日の郵便の最終便と共に明らかになった。やっとミス・ウィザーズが現れたとき、警部は一枚の紙を握り締めたまま、ぶつぶつ言っていた。

「きみ！」ミス・ウィザーズが近づくと、警部は怒鳴った。「あまりに多くのことに耐えてきたが、もう我慢の限界だ！」そしてせせら笑いながら、声に出して文面を読んだ。「〝わたくし、ミセス・ナタリー・フォーゲル・ローワンは、故ミス・ミッジ・ハリントンの非公式追悼会を開催いたします。ぜひとも、あなたさまにもご参加いただきたく、ご出席のほど、よろしくお願いいたします。開催日時は、九月十九日午後九時より、プロスペクト・ウェイ一四四にて。ミス・ハリントンや、ほかの俳優の映画を上映し、その後で討論会を行います。その結果、司法の大きな誤りを正し、無実の男が死刑にされるのを阻止できることを望みます〟

「オスカー、ナタリーの招待状は少し行き過ぎているけれど――」

「行き過ぎているだと！　いいか、続きがある。〝ご出席いただいたご厚意に対し、またわたくし、ミセス・ローワンの誠意の証として、同封のものの残り半分を、お越しいただいたときに現地でお渡しします〟で、百ドルの半分がこの手紙と一緒に入っていた」

「ナタリー・ローワンはお金をくさるほど持っているから、お金をばらまくことが、確実にみんなを集める方法だと考えたんでしょうよ。露骨すぎるけど、効果的だわ、オスカー。多少問題はあるかもしれないけれど、実害があるとは思えない。とにかく、今わたしたちには証人を集めることが必要なのよ」

「きみたちには、是が非でも拘束衣が必要だな！」警部は悪態をついた。「こんなばかげたアイデアは、まったく聞いたことがない。いまやわたしには、すべてがお見通しだ」

「すべてをわかっているわけじゃないわよ、オスカー。でも明日の夜になれば、あなたにもわかるでしょう」

するとと、警部は急に気味が悪いぐらい穏やかになった。「まあ、座りたまえ、ヒルデガード。だが、これはまったくきみのやり方らしくないな――」

「わたしも、困っているからなのよ」ミス・ウィザーズは言った。「あなたと同じようにね。ローワンが、彼の保険金の受取人を、わたしにしてしまったことを知っていた？　保険会社に立ち寄って、保険契約書と裏書条項を見せてもらってきたところなの。それに、屋敷とナタリーの宝石に関する保険証書もね。そんなに身を乗りださないで！　ネックレスはひとつもリストになかったわ」

「それなら、どうして――」

「どうして、保険会社は知事と連絡をとったのかしら？　それはローワンの生命保険に倍額補償の約款があるからなのよ。ローワンが死刑になったのちに無実だとわかれば、利口な弁護士なら不慮の死を申し立てることができるのよ。たとえそれが、法的な死刑による死であったとしてもね」

警部はこめかみに指を押しつけた。「ちょっと待て。このフィルム上映はなにか意味があるのか？」

「ある意味、心理作戦なのよ、オスカー。ナタリーは映写機を借りて、ローワン逮捕後に、あなたたちが彼を撮影した十六ミリフィルムを上映するつもりなの。自分があやうくそうなっていたかもしれないと想像したら、犯人は冷や汗をかくでしょうね。それから、ミッジが、美人コンテストのパレードで脚光を浴びているニュース映画や、ハリウッドと契約をとろうとして挑戦した、パラマウントのトライアルテストの場面も探しておいたわ。それらはさらに犯人の心を揺さぶるはずよ」

「いいかい。犯人がぶざまにのこのこ現れるはずはないと思うが、かりに犯人がその部屋の中にいたとしても、いったいどうして、きみたちいかれた女性陣は、犯人が古い映画を見せられただけで、観念して罪を自白すると思うんだ?」

「必ずしもそう思っていないわ。映画は雰囲気を出すためだけにかけるのよ。まわりを暗くするためにもね」

「そうすれば、犯人が逃げ出して、自らボロを出すか?」警部はうなずいたが、間抜けな笑いを見せた。「どうして犯人が逃げ出さなくちゃならないんだ? 舞台裏でヴァイオリニストにお涙ちょうだいの曲でも演奏させるつもりか?」

「お願い、オスカー。明日の夜には、あなたにもすべてわかるから」

「ほう?」警部は激怒して、飛び上った。「いくら大金を積まれても、わたしはきみのパーティなどになどには金輪際いかんぞ」

「百ドルの賞金つきでも? それならわたしのために来てちょうだい」

警部は、ほとんど絶望的になって言った。「しかし、重ねて言うが、ローワンは有罪だぞ!

無罪なら、バッジを返上して、ロングアイランドに引きこもってアヒルを育てるさ。絶対にな！」

「わたしにはだれが犯人かわかっているわ」ミス・ウィザーズは静かに言った。「でも、あなたに納得してもらうために、それを立証してみせなくちゃならない」そして右手を挙げた。「あなたがそう誓ったのなら、わたしも誓うわ。これがうまくいかなかったら、もう二度とあなたを困らせないことを。ここそこ嗅ぎまわるのをやめて、趣味の針仕事に専念するわよ」

警部はミス・ウィザーズをじっと見た。「本気か？」

「二言はないわ」

警部はゆっくりとうなずいた。「この件がどういう結果になろうと、これはわたしたちが一緒に関わる最後の事件になる。わたしも本気だからな」

ミス・ウィザーズはしっかりと手を差し出し、ふたりは握手した。「いいだろう」警部は期待に目を光らせて言った。「これで決まりだ！」

〝鬼さん、鬼さん、頭の上にあるものはなあに〟
〝それを取り返すにはどうしたらいいの？〟
――子供の遊戯より

第十二章

日曜の夜の八時半少し前、プロスペクト・ウェイの屋敷のすべての明かりが、こうこうと灯っていた。パイパー警部が、実にばかばかしいと思いながらステップを上がり、ドアベルに手を伸ばしたその瞬間、すべての明かりが消えた。

驚いたが、とりあえずベルを鳴らすと、すぐにミス・ウィザーズが現れた。一張羅であるスイス・キャラコの水玉模様の服を着て、心配そうな表情で警部を責める。「オスカー、早目に来るって、約束したじゃないの！　照明のテストを手伝ってもらおうと思っていたのに」

「きみひとりでも、十分うまくやれそうだがな。なにをそんなに慌てているんだ？　このくだらんパーティは九時スタートだろう？」

「わかっているわよ。でもひとりでいると、ついつい神経質になっちゃって」

「自業自得だ」警部は、同情の余地はないというように言った。「こんなばかげたことを企てたって、誰も現れやしないさ」

「そのことについては、まったく心配していないわ。きっと全員やって来るわ。各人と電話で話して、あなたにはなんの嫌疑もかかっていないけれど、真犯人をあばくために手伝いにきて欲しいと話したの。興味本位のせいか、ナタリーの賄賂のおかげなのかはわからないけど、彼らは全員、来ると約束したわ」

「それはそうと、我々の麗《うるわ》しの女主人はどこだ？　この金を返したいんだ。なにせ、突拍子もないアイデアだからな」

「重病には思い切った治療が必要なものよ、オスカー。効き目があれば、ほかはどうとでもなるわ。心配しないで。ナタリーは、時間に間に合うように帰ってくるから。やたらそわそわして、物欲しそうな目でお酒のデカンターを見つめていたから、出かけて夕食でもとって、客人たちが到着するまで戻ってこないように勧めたのよ。彼女は耐えようとはしているけれど、後にも先にも、今日が最後の日だということがどうしても頭から離れないのね。明日は二十日だから――」

「わたしがそれを忘れているとでも？」パイパー警部は、ミス・ウィザーズの後に続いて居間に入った。そこには、小型映写機が準備されていた。「魔法のランプでもって、起きるべきものを阻止しようというのか？」

「もし、マジックがうまくいったらね。例のものを持ってきてくれるのを忘れていないでしょうね」

「ローワンのフィルムのことか？　ああ、ここにあるよ」警部はコートのポケットから、平たい小さな缶を取り出した。「わたしには、まだきみのこの茶番劇の手順がわからないのだが」

ミス・ウィザーズは鼻を鳴らした。「まあ、見ていて。今夜がすべてのクライマックスよ。それは――」

「わたしに言わせれば、趣味の針仕事生活の始まりだろうよ」

ミス・ウィザーズは口ごもった。「オスカー、わたしたちの取り決めのことなんだけど――」

「ははん！」警部は鋭い口調で言った。「自分の言ったことで、にっちもさっちもいかなくなっているようだな。いまさら撤回はなしだぞ」

「そういう意味じゃないの」

警部はミス・ウィザーズの肩を叩いた。「まあいいじゃないか。遅かれ早かれそうなるんだから。ほら、わたしが間違っている可能性だってあるさ。それはそうと、わたしがここにいるからには、警察官らしく下調べをしておいたほうがよかろう。怪しい奴がベッドの下だのなんだのに隠れていないかどうか確認するのさ。なにかが起こるとは思えないが、部屋の中の連中に目を光らせている間に、背後から驚かされたくないからな」

パイパー警部は、警官らしくさっさと二階に上がっていった。残されたミス・ウィザーズは、居間のブラインドを閉め、照明に最後の細工をした。映画の上映中、できるだけ部屋を暗くしておきたいのには、しかるべき十分な理由があった。ふたつのフロアランプ、四つのテーブルライトがあり、三本の鎖で吊るされた洗面器のようなシャンデリアが、天井に向かって光を反射させせていた。

ミス・ウィザーズは、それぞれどこに座ってもらうか、すでに決めてあった。ホームムービーの扱いにかなり慣れているナタリー・ローワンには、映写機を操作してもらう。パイパー警部には、少なくとも最初は、入り口に一番近い椅子に座ってもらう。スイッチに手が届き、頭上の明かりを消してもらうことができる。ミス・ウィザーズ自身は、フレンチドアのそばのテーブルの近くに座る。そこからはフロアランプのひとつにすぐ手が届く。事前にネタばれしないように、ほかの明かりは電源を抜いてあった。

オスカー・パイパー警部が、二階には備えつけの家具があるだけで、なんら不審なものはないことを確認して、満足して戻って来た。すると、ミス・ウィザーズが居間のほうから小さく叫ぶ声が聞こえてきた。「オスカー、ねえ、ちょっと！」

「客を出迎えてから、すぐに行く」ちょうどドアベルが鳴ったので、警部は叫んだ。来訪者はアイリスだった。シルバーフォックスのジャケットに、黄緑色のロングドレスというでたちで、美しく輝いて見える。パイパーの顔に浮かんだ表情を見て、彼女はほほえんだ。「こんにちは、警部さん。ちょっと着飾りすぎかしら？　この後、出かけるところがあるので、外の車の中に人を待たせているんです」

「その人を連れてきて！」ミス・ウィザーズが、居間から声をかけてきた。「ミスター・グレシャムなんでしょ？」

アイリスはうなずいたが、ためらっていた。「でも、ビルは来たがらないと思うの」

「なにを言うの。わたしたちみんなが大丈夫なら、彼にも耐えられるわ。あなたと一緒にニューヨークに帰って来るとわかっていたら、彼にも招待状を出しておいたのに」

「帰ってきたわけじゃないの。数時間前まではね。わたしの後を追いかけてきたのよ」

「ミス・ダンは、ミッジと一時結婚していた若者と一緒に逃げ回っていたことを、必死でわたしたちに知られないようにしていたのよ」ミス・ウィザーズが説明した。「そのため、フィラデルフィアの彼の家族のところに身を潜めたりもしていたの」

「本当は、彼の家族にわたしのことを気に入ってもらえるはずだったわ」アイリスが割って入った。「そうすれば、先週の金曜日にわたしたちが結婚したという報告ができたのに。ビルときたら、怖気づいて、ただわたしたちは婚約したとだけ言ったのよ。なにせお母さまのことが怖くてたまらないんだもの。でも、やっと——」

「ほらほら、お惚気《のろけ》はそれくらいにして、彼を連れてきて」ドアが閉まると、ミス・ウィザーズは言った。「ねえ、オスカー——」

しかし、警部は怪訝そうな顔をしていた。「そもそもアイリスはどうやってビルと出会ったんだ？」

「おそらくミッジの遺品を引き継いだときに、ミッジが不運な結婚をしていた間にビルから贈られた思い出の品をいくつか見つけたのよ。そして、それをビルを訪ねる口実に使ったんだわ。でも今はそんなことはどうでもいいことなのよ。わたしは——」

また、ドアベルが鳴ったので、ミス・ウィザーズは唇を嚙んだ。今度はジョージ・ゾトスだった。ぴっちりした黒いスーツに、ダブルのコートが、かたくるしく窮屈そうで、手には山高帽を持っている。この小男は相変わらず息を切らしていて、汗にまみれて弁解がましく言った。「金につられて来たと、思われたくありませんが、まだわたしが見たことのない、かわいそうなミッジのフィルムがあるならと思って――」

パイパー警部が、ゾトスを居間に招き入れて振り向くと、リフ・スプロットとクローリスが入ってきた。ふたりとも、警部の姿を見ると青くなった。「け、警察がこのパーティをお膳立てしていたとは知らなかったわ！」ふくよかな赤毛のクローリスははっとして、身を護るかのように、夫の腕をつかんだ。

「非番なもので」警部が言った。「休みの日には、執事の仕事をしていましてね」やっとナタリーが現れたので、警部はほっとした。このときに合わせてか、黒いサテンのドレスを着ている。ダブルのブランデーかなにかを飲んできたようだったが、顎を上げ、目を輝かせている。アイリス・ダンとビルのすぐあとに、青ざめ、うさんくさそうな顔をしたニルス・ブルーナーが入ってきた。一同から離れ、急いで廊下を戻ろうとしたパイパー警部は、ミス・ウィザーズにとうとう捕まってしまった。

「オスカー、急いでおしえて」ミス・ウィザーズはささやいた。「事件のあと、この家をどれくらい念入りに捜索したの？」

「徹底的にやったさ」警部もささやき返した。「わたし自身がここにいたんだから、なにひとつ見落としていない。どうしてだ？」

「凶器のネックレスを探したんでしょ？」警部が訝しそうにうなずいたので、ミス・ウィザーズはたたみかけるように続けた。「今はそちらに視線を送っちゃだめよ。でも、凶器は居間のシャンデリアの中にあるわ――そう、問題のネックレスらしきものがね」

「なんだって？」

「シーッ、オスカー！　決定的な瞬間に間違いがないように、電球を調べていたら、そこにあったのよ。四つのパールとグリーンの宝石のついたようなのが」

「だが、そこは調べたぞ！」警部は怒ったように言った。「警官だって、映画くらい行く。『失われた終末』（シャンデリアに酒瓶が隠されている場面がある）はわたしも観た」

ミス・ウィザーズは、警部の腕をつかんだ。「それなら、犯人が今日、そこに隠したのよ」

警部は首を振った。「どうも、これはでっちあげみたいな気がしてきたぞ。きみとナタリーとで、アンディ・ローワンを救うための最後の悪あがきとして、これを細工したんじゃないか？」

ミス・ウィザーズは、軽蔑するように警部を睨んだ。

「オーケー、じゃあ、犯人はどうやってここに侵入することができたんだ？　無理やりこじあけて入った形跡はないぞ」

「ない？」ミス・ウィザーズは、歪んだ笑みを浮かべた。「昨日、ナタリーがフレンチドアのガラスを取り換えなくてはならなかったことは話したでしょ。それから、ローワンがミッジのために作った合鍵も、まだ出てきていない。犯人が依然として持っている可能性もあるわ」

警部は眉をひそめた。「そうすると、事態は変わってくるぞ。それが、本当に凶器のネックレスなら——」

「お願い、オスカー！　これはわたしたちのパーティだから、とにかく今は邪魔しないで。ある目的のために、ネックレスはそこにそのまま残しておいたわ。あなたはドアに一番近いところに陣取って、明かりが消えたら——」ミス・ウィザーズはさらに声を低くして、まさに蚊の鳴くような声で言った。

「あら、そこにいたのね！」ナタリーがさっと、廊下をこちらに向かってきた。「みんなそろっているわ。あなたがたも居間にきてくれないかしら？　みんなになんて話せばいいかわからなくて。そろいもそろって、ガチガチに緊張しているのよ……」

ナタリーは、百ドルの残り半分をみんなに配り終えていたが、警部もミス・ウィザーズも受け取らなかったのには、驚きもし、少し傷つきもしたようだった。

「ほかの人たちには効果があったわけだから」ミス・ウィザーズは言った。「それでいいんじゃないの。さあ、ショーを始めましょう」

張りつめた雰囲気の中、三人とも、居間の所定の場所に落ち着いた。ミス・ウィザーズはフロアランプに一番近い椅子。ナタリーが映写機を操作しながら警部に合図すると、頭上の明かりが消えた。ふいに、向こう側の壁に白い四角いスクリーンが現れ、クレジットの文字が浮かんだ。そして、ミッジ・ハリントンが手すりのついたポーチを横切って、夜の闇を情感をこめて見つめる様子が映し出された。いたるところでやっているお決まりのスクリーンテストのようで、ミッジはノエル・カワードの戯曲『焼棒杭に火がついて』のバルコニーのシーンを演じていた。

誰かがはっと息をのむ音が聞こえた。無理もない、とミス・ウィザーズは思った。ミッジは動かない写真で見るよりはるかにきれいだった。たいていの長身女性たちと違い、ミッジの所作は優雅で流れるようだ。ニルス・ブルーナーは、ダチョウの羽根の扇をつけて現れたあの日よりも、ずっと優秀なダンス教師だったに違いない。

ミス・ウィザーズは、スクリーンの映像にはあえて注意を払わなかった。耳をそばだて、誰かがガサガサ動く音をとらえようとしていた。警部が言われたとおりにしてくれていることを期待しながら、真っ暗な中で目をこらす。警部がスクリーンに釘付けになって忘れていなければ、手筈通り、アイリス・ダンのすぐ後ろの空いた席に密かに移動して、彼女を見張っていてくれるはずなのだが。

ナタリー・ローワンは、夕食に酒を飲んでいようがいまいが、たいして影響はないようで、音がやや大きいのをのぞけば、滞りなく映写機を操作していた。スクリーンの上では、アマンダ役のミッジが、彼女の相手をするために選ばれた、口達者な若い俳優と、軽快に気の利いた台詞のやりとりをしていた。「相手役のほうは、接写の場面では台の上に立っているわ」ふいにアイリスの声が聞こえた。

ミッジはとてもよくやっていた。生粋のブルックリン訛りがほんのわずかに抜けないのを除けばだが。こうした映像は、殺人犯にとって、見るに耐えない試練に違いない。スクリーンの中の、背の高い笑顔の女性を見上げ、彼女の命がまさにこの部屋で消えたのだということを痛感させられるのだから……

スクリーンテストが終わり、画面はいきなり、コニーアイランドでの美女パレードのニュース映像シーンに変わった。窮屈そうな水着姿のミッジ・ハリントンが、カメラに向かって笑顔をふりまいている。暗闇の中で、誰かが鼻をすすってかんだ。ジョージー・ポージー・ゾトスの最後の賛辞に違いない。

眩いばかりの陽光の下、パレードするミッジの立派な肢体を見ているのは、どこか残酷な気がした。狂喜したように息もつかずにしゃべるアナウンサーの声が、ミッジの体の曲線について冗談を飛ばし、最後に彼女は身長だけでなく、なにもかもがほかの参加者たちを上回っていると言った。すると、スクリーンが真っ白になり、突然、モルグに横たわるミッジのスチール写真が映し出された。かっと目を見開いて、首のまわりにはおぞましい絞殺の跡がくっきりと見える。

「やめて！」誰かが叫んだ。クローリスだった。「明かりをつけて！」だが、夫になだめられたらしく、ふたたび椅子の背にもたれかかる音が聞こえた。

「お静かに、みなさん」ミス・ウィザーズが言った。「みなさんに、次に聞こえてくるものを見てもらいたいんです」画面は、センター・ストリートにある警察本部での場面になっていた。アンディ・ローワンが椅子の端に座り、警官たちに向かって、なぜ、女性の遺体を車に乗せて、町中を走り回っていたのか、しどろもどろになりながら、要領を得ない説明をしていた。

尋問している警官たちは、最初は紳士的な態度だったが、アンディがなかなか期待していたような自白をしようとしないため、徐々にイライラがつのってきていた。パイパー警部も一箇所、少なくとも後頭部だけは登場していた。

ミス・ウィザーズは、小柄だけれど豪胆なアイルランド人警部が、部屋の向こうではなく、隣にいてくれたらとふと思った。と、そのとき、頭上のどこかでかすかにチリンという音が聞こえた。まだ目が十分暗闇に慣れていなかったが、影が動くのが見えた。誰かが手を伸ばして、シャンデリアからそっとネックレスを取ったのだ。

意味のない質問や受け答えの繰り返しが続く、白く光るスクリーンしか見えなかったが、ミス・ウィザーズには、この部屋、まさにミッジ・ハリントンが死んだこの部屋のどこかで、殺人犯が密かに行動を起こそうとしていることがわかった……

これ以上は耐えられなかった。まだ、タイミングは早いかもしれないが、もう待てなかった。右手にあるフロアランプに手を伸ばしたが、どういうわけか、あるべきところになかった。さらに遠くへ手を伸ばしてみたが、テーブルもなくなっていた。おかしい。なにかの拍子に、身体の向きが変わってしまったに違いない。深く息を吸って、誰か明かりをつけて、と叫ぼうとしたその瞬間、急に喉がきつく絞めつけられて、声を出すことができなくなった。絞めつけてくる力は容赦なく増し、耳鳴りがし始めた。漆黒の闇に包まれて、部屋の向こうのスクリーンすらぼんやりしてきた。あとはただひたすら、喉元に力なく爪を立てるしかなかった……

どうして、ネックレスが殺人の現場に戻されていたのか、今わかった。もう一度、同じ行為を繰り返すために用意されていたのだ。だが、今となってはもう遅すぎた。ミス・ウィザーズは突然、パキッという音がするのを感じた。それは彼女が危惧していたように、頸椎の折れた音ではなかった。どうにか、助けて！　と押しつぶされたようなかすれた声を振り絞った。その瞬間、明かりが見えた。それはパイパー警部の手にしている懐中電灯の光だった。

呼吸を整えようとしながら、ミス・ウィザーズは後ろを振り返ったが、そこには誰もいなかった。自分の手を見ると、驚いたことにふたつにちぎれたエメラルドとパールのネックレスを持っていた。

騒ぎになる前になだめようとして、パイパー警部があげた声は、長いつきあいの中でも聞いたことのないようなかすれ声だった。「そのまま、みなさん、席を立たないで」警部は天井灯をつけてから、ミス・ウィザーズのほうへ近づいてきた。「いったい――」

「誰かがわたしを殺そうとしたのよ」ミス・ウィザーズはなんとか声を絞り出した。「でも幸い、チェーンが切れたの」

たちまち、みなが口々に自分ではないと否定し始め、騒然となった。確かに誰も席を立っていないようだった。

「それでも」ミス・ウィザーズは言い張った。「誰かがわたしを殺そうとしたのよ！」

ナタリーが映写機の電源を切って、驚き怯えた目をして訊いた。「でも、誰が？」

「同じ現場で、同じ凶器で、ふたたび殺人が起きれば、アンドリュー・ローワンを釈放せざるをえないことを知っていた人物よ！」ミス・ウィザーズが答えた。その声には活力が戻っていた。

「あなたのことよ、ナタリー」

「なにをばかなことを！」ナタリーが言った。「わたしは映写機のそばを離れていないわ。だって――」

「映写機はそばに誰もいなくても自動で動くことは、あなたにはわかっているわよね。彼女の手を見て、オスカー！　さっき、シャンデリアに隠されたネックレスを見つけたとき、念のため、その上にこっそり万年筆のインクをたらしておいたのよ。みごとにひっかかってくれたわ」ミス・ウィザーズはふいに指差した。「彼女の両手を見て」

部屋の中にいる本人も含めた全員が、ブルーブラックのインクで汚れたナタリー・ローワンの手を見つめていた。ナタリーは、子供のように慌てて両手を背後に隠した。

復讐と恋愛においては、女は男より野蛮である
——ニーチェ

第十四章

「首の具合はどうだ」数時間後、大通りにあるこぢんまりしたカフェテリアのボックス席で、パイパー警部が言っていた。ふたりとも古い友人だが、ここがアメリカ大通りという名前なのをついぞ知らなかった。「命の危険も顧みずにやるのはきみの勝手だが、あれは愚かなまねだったぞ」

「そのうち、喉についた残りのインクのしみがとれればいいのだけど」ミス・ウィザーズは濡らした紙ナプキンで首をこすりながら言った。「あなたに勇敢だったと手放しで褒められる前に白状しておくわ。あの瞬間まで、自分が狙われているとは露ほども想像していなかった。次の犠牲者はアイリスだとばかり思い込んでいたのよ。おそらく最初はそうだったんでしょう。でも、わたしが真相に近づきすぎていると思って、ナタリーは標的をわたしに切り替えたに違いないわ。でも本当のところは、今日の今日まで真実に近づいてなどいなかったのよ」

オスカー・パイパーは、湯気のたつパストラミ・サンドを置いて、キュウリのピクルスをがぶりとかじった。「誰が犠牲者になるにせよ、あの女の目的にはかなっていたろうな」

「ねえ、オスカー」ふいにミス・ウィザーズが言った。「ふたりとも正しかったのは、今回が初めてなのに気がついた？　だから、あなたが警察を辞めて、アヒルを育てる必要はないし、わたしも針仕事に専念する必要はないのよ」

「どういうことだ？」

「わかりきっているじゃないの、オスカー？　あなたはずっとローワンは有罪だという考えを捨てなかったし、実際にそのとおりだった。事前に妻と共謀してミッジを殺そうとしたわけではないでしょうけれど、犯行後のナタリーを幇助して、必死で遺体を始末しようとしたし、それ以来ずっと口をつぐんでいた。ナタリーの別荘の使用人は、お決まりの木曜ではなく、毎週金曜に休みをとっていたに違いないわ。だとすると、彼女が車でアンディをつけて町まで行ったのに気づく人間は誰もいない。あの夜、自分の作った料理に夫が文句をつけたと、彼女は確か言っていたけど、もしも使用人がいたのなら、彼女はまず料理をしなかった」

「一理あるな。だが、おかしなものを凶器に選んだものだな——ネックレス、それも高価なものを選ぶとは」

「もちろん、そのとき身につけていたに違いないわ。そう、おそらくふたりが破廉恥なことをしているのに出くわし、上靴かなにかで夫を殴って気絶させた。もっとも、通常ならその手の傷は額にはつかないものだけど。もちろん、書斎の金庫の中に、五千ドルなどなかった。趣味のアンティークを買うためのお金だと、ナタリーは言っていたけど、彼女の家の中に一九〇〇年より前の家具などひとつもなかった。

保険契約書のリストの中にネックレスがなかったことに、もう少しで惑わされるところだったわ。でも、きっとナタリーはそれをフランスで買って、関税を払わずにこっそりアメリカに持ち込んだに違いないと気づいたの。とにかく、ナタリーはアンディに遺体を捨てに行かせて、罪をかぶってもらった。その間、彼女自身は家に帰って警察と病院に電話して、アンディを捜しているふりをした」

「なあ」警部が割って入った。「ふたりの人間が殺人に荷担した場合、たいてい、その関係には大きくひびが入るものだ。そうならずに互いに最後まで信頼し合ったらどうなるのか、わたしはかねがね疑問に思っていた」

「彼らの場合、ほぼうまくいっていたのよ、オスカー。アンディには、ほとぼりがさめたら、ナタリーがきっと助けてくれることがわかっていた。逆に、ナタリーに少しでも疑いがかかれば、ふたりとも破滅なことも。だからこそ、ナタリーは裏切られて傷ついた妻を演じて、裁判にも姿を現さなかった。でも、あなたも気づいているように、お金の工面はした。タイムリミットが近づいて、上訴が失敗すると、なにか行動を起こさなくてはならなくなった……」

「アンディは見せかけの遺言書を作って、なにか手を打つべきだということをはっきりさせた。ナタリーが刑務所を一度だけ訪ねたときに、奴はそのことを伝えたのだろう。それ以来、保険金の受取人を変更したり、死後に出版する手記を書いているとほのめかしたりして、あらゆる手段を使ってナタリーを刺激し続けた」警部はにやりとした。「奴には、ナタリーを掌握しているのがわかっていた。彼らはもちろん、橋渡し役としてハフを利用した。おそらく金をたんまりと渡すことによって」

「あのふたりは頭がいいわ、オスカー。頭が切れるし、幸運でもあった。でも、間違いを犯した。そう、ナタリーが心変わりした理由をごまかすために、マリカが彼女の亡くなった最初の夫からのメッセージを受け取ったという話をでっちあげたときによ。ナタリーは後からよく考えてみて、わたしがマリカと接触するのは時間の問題だと気づいた。そうしたら、相手はそんなメッセージを受け取ったふりをした覚えはないと否定するに決まっているわ。ナタリーはその時点では、ふたつの殺人をどうやって架空の殺人犯に結びつけるかを考えずに、とにかく早いところ、マリカを始末しようとした。犯罪の手口《モーダス・オペランディ》はもちろんわかるわよね？」

警部はうなずいた。「ナタリーは、おそらくどこかのレストランで、低いオックスフォード靴とスラックスをはき、トレンチコートを着て、男物の帽子を被った。つけ鼻をつけてメガネをかけ、髪は帽子の中にたくしこんで、マリカのアパートの階段を男として通り抜けた。そして、部屋の中に入れてもらうために、鼻とメガネを取ってポケットに入れ、帽子もコートの下に隠して、いつもの自分に戻り、降霊会の約束をしていたマリカの部屋をノックした。中に入ってしまえば、あとは簡単だ。マリカを殺して、わざと間違った手がかりを残すために、慎重に遺体の下に帽子を置いた。わたしがわからないのは、ナタリーがどうやって裏のフェンスを越えたかということだ」

「越えてなどいなかったのよ、オスカー。ナタリーは、とてつもなく図太い神経の持ち主だわ。ミセス・フィンクたちが裏から上がってくる音が聞こえると、目をそらすためにキッチンのドアを開け放って、玄関ドアのかんぬきをはずして、正面の階段を堂々と下りていったのよ！　遺体を見つけた連中が興奮のあまり、ドアに鍵がかかっていたうえにかんぬきが下りていたか、それとも鍵が閉まっていただけなのか、はっきり覚えていないはずだとふんでね。実際、誰もはっきり覚えていなかった」

「これは、もう少しコーヒーが必要だな」警部が言った。「ウェイター！」

「サンドウィッチももう少し必要だと思うわ」ミス・ウィザーズが言った。「喉の痛みに耐えて食べなきゃならないけど。それからどうなったかは、あなたはよくわかっているわよね、オスカー。わたしは、ミッジとかかわりのあった男性たちを犯人に仕立てようとするのに疲れ果てたわ。そんなことをしても、彼らをひどく怖がらせただけで、なにも収穫がなかったから。時間切れが近づくにつれて、ナタリーは、別の殺人をもうひとつ犯す、当初の計画を進めざるをえなくなった。アンディ・ローワンは罠にはめられただけの被害者で、犯人は野放しになっていることを、あなたやわたし、すべての人に納得させるために、最後の詰めとして、ふたたび犯罪を遂行しなければならなくなったのよ。もちろん、その犯人は殺人狂だということにするために、あの奇妙な電話のアイデアをでっちあげた」

「ああ。だが、きみが買った『The Clock Store』というレコードについては？」

「あれはA面の曲のタイトルよ。店員が売上伝票にそちらのタイトルを記載しておいたのを、あなたの部下が見つけ出したというわけ。そのB面が『笑うレコード』とかなんとかいうもので、何年か前に、人を大笑いさせて、馬の毛のソファの上でおなかを抱えて笑い転げまわらせるために、使われたの。風変わりなレコードで、最初はひとりの男性が楽しそうに笑い出して、ほかの人もそれに加わって、それが伝染していって、しまいには大爆笑になっていくというものなのよ」

「あの頃はよかったな。だが、どうしてそれが、きみやアイリスが聞いた、地獄の底からわき上がってくる、恐ろしくおぞましい笑い声になるんだ？　確か、そうきみは言ったぞ」

「ナタリーが、レコードの回転盤に細工を施したのよ」ミス・ウィザーズは説明した。「ナタリーの家の玄関にあったような古い蓄音機は、そういう速度調整が自在にできるようになっているの。アイリスに長距離電話をかけたときに、親指でレコードの回転を早めたり遅くしたりして、似たような笑い声を演出することができたわ。音の高さを上げ下げすると、犬が遠吠えするような暗くて物悲しい音になるのよ」

「きみはいつもどういうわけか、あのおばかな犬を引き合いに出そうとするな」

「タリーはそんなにばかじゃないわ！　あの夜、タリーがわたしのベッドで一緒に寝て、起こしてくれなかったら、ナタリーはあの場で目的を果たせていたかもしれない。一階のフレンチドアのガラスがなくなっていたことが、侵入者があったという、ナタリーの話を裏づけることになったでしょうね。そのあとタリーは外に出たくて、ドアのそばに座っていたけれど、初めて来た家で、そこを通って庭に出たこともないのに、どうしてあの子はそこが外へ続く出口だとわかったのかしら？　ナタリーがドアに細工していたときに、フレンチドアを通り抜けたからよ」

警部は首を振った。「ナタリーがあの夜、きみを殺そうとしていたとは思えないな。彼女が始めからずっとやりたかったのは、ミッジ・ハリントンのことを知っていて、ふたつの殺人——というか三つになるところだったわけだが——を犯せる可能性のある容疑者たちを、暗い部屋に一堂に会させるという、陳腐《ちんぷ》な茶番劇（黄金時代の本格物にしばしば見られた、名探偵が関係者を集めて謎解きをする趣向を、揶揄した言葉）を行うことだった。あの女の計画におあつらえ向きの推理を考えつくのに、きみは大いに役立ったというわけさ」

「わかっているわ、オスカー。わたしも最初はまんまとひっかかった。それから、ネックレスの夢を見るようになって、しまいにいくつか実験をしてみた。安物のアクセサリーは、軟質の金属でできていて、留め金も甘いわ。ミッジを殺した犯人は、凶器に本物のネックレスを使ったはずだし、関係者でそんな高価なネックレスを持っていそうなのは、ナタリー・ローワンだけだった。その肝心な点を、わたしは自分なりに証明してみせたわ。そう、ティファニーに行ったあの午後、どんなに強く引っ張っても、切れることはなかったのよ。ナタリーはネックレスを銀行の貸金庫に預けていたに違いない。もちろん、自分ではそれを処分する気にはなれなかったのでしょう。金曜にそれを家に持ち込んで、シャンデリアに隠した。そこならそこならすぐ手に取れて、都合がよかったからよ——」

「ちょっと待て」警部が遮った。「それが、ミッジ・ハリントンを殺したのと同じネックレスなら、どうして留め金が切れて、きみは助かったんだ？」

「それを訊いてくれるのを待っていたわ」ミス・ウィザーズは嬉しそうに言った。「ずっと前に、あなたがローワン事件の一連の証拠には、弱点があると言ったのを覚えている？」

「ああ。それがどうしたんだ？」

「シャンデリアに隠されたネックレスを見つけたとき、金のつなぎ目をいくつか緩めて弱点を作っておいたの。予防策としてね。もちろん、インクをたらす前によ」ミス・ウィザーズはにっこりした。「わたしも見た目ほど、いつも騙されやすいわけじゃないのよ、オスカー」

「きみは」警部は意気込んで言った。「スコットランドの質屋と同じくらい騙されやすいよ」そして両手をこすり合わせた。「ナタリーがなにもしゃべらなくても、確実に殺人罪で起訴できる。だが、彼女はしゃべるだろう。女だからな」

「オスカー、知事は本当にローワンの執行猶予を認めたの？」

警部はうなずいた。「ナタリーの裁判が終わるまで、保留するだろうな。あのふたりが結婚式のように手を取り合ってあの世にいけるよう、刑務所が死刑囚棟にふたり掛けの電気椅子を特注でこしらえてやっても驚かないさ」

ミス・ウィザーズは、まだ痛みの残る首元にそっと手をやりながら、そうなってもいっこうにかまわない、と言い放った。

解説

森 英俊

「ミス・ヒルデガード・ウィザーズは、帽子について話には聞いていても、まだ現物を見てない人間がデザインしてもらったような帽子をかぶり、古めかしい木綿のコウモリで風車と決闘するつもりで、すっとんで行く。そして、その舞台裏では、ミス・マープル、ミス・シルヴァー、ジェイン・アマンダ・エドワーズが老嬢の合唱をしている」

ミス・ウィザーズ

冒頭に紹介したのは、古今の名探偵をペンギンに例えたスチュアート・パーマーの愉快なエッセイ「友を語らば」のなかでヒルデガード・ウィザーズについてふれた一節である（ペンギンがそれぞれの名探偵に扮しているイラストもかわいい）。さすがにみずからが創造したシリーズ・キャラクターについてだけに、シリーズの性格や魅力を凝縮したような一文になっている。

本書の主人公ヒルディことヒルデガード・ウィザーズは、いわゆる老嬢探偵のくくりに入れられることが多いが、歳が離れていることもあって、英国在住のミス・マープルやミス・シルヴァーに比べると格段に行動的で、なおかつかなりユーモラスにカリカチュアされている。ロウワー・マンハッタンにある水族館のペンギンの水槽で男の他殺死体が発見される『ペンギンは知っていた』（一九三一）で初登場したとき三十九歳だから、シャーロット・マレー・ラッセルが創造した米国中西部で活躍する四十代のジェイン・アマンダ・エドワーズよりは若い。とはいえ、シリーズが進展するにつれ、よき相棒のオスカー・パイパー警部と共に歳をとっていき、中年から老年の域にさしかかっていく。

独身なのは若い頃に不幸な恋愛経験があり、それがトラウマになってしまったためと思われる。『ペンギンは知っていた』の捜査を通してパイパー警部といい感じになるものの、結局ふたりの関係は友人の域を出ないままに終わる。これはあくまでも筆者の推測にすぎないが、もともと『ペンギンは知っていた』は単発作品として構想されたもので、予想外に人気が出すぎたために、シリーズ化されることになったのではないか。そう考えれば、同書の最後で市庁舎に向かったふたりにハッピーエンドが訪れなかったことにも合点がいく。そのおかげで四十年近くにわたって書き継がれる大人気シリーズへと成長したのだから、読者にとっては幸いだったというべきか。どの時期かまではわからないが、『ペンギンは知っていた』の米国での版元ブレンターノ社はかつてパーマー自身が編集者をしていた出版社であり、同書の出版にみずから関わっていた可能性もある。シリーズ四作目の *The Puzzle of the Pepper Tree*（一九三三）からは版元がミステリ出版最大手のダブルデイ社へと移り、なおかつ英版のほうもミス・ウィザーズが英国に上陸するその次の *The Puzzle of the Silver Persian*（一九三四）から、やはりミステリ出版最大手コリンズ社で刊行されるようになった。どちらの版も歴史ある〈クライム・クラブ〉叢書から刊行されており、さらには一九三〇年代にハリウッドで六本ものミス・ウィザーズ物の映画が作られていることが、高い人気の証しといえるだろう。

一九五〇年にシリーズ短編集 *The Monkey Murder* を編纂したエラリー・クイーンの序文によれば、ミス・ウィザーズはパーマーの高校時代のひどく時代遅れの英語教師がモデルで、それにパーマー自身の父親の性格を加味したものだという。エドナ・メイ・オリヴァーが初代ミス・ウィザーズ役を演じてからは、多分にその影響も受けたという。ヴァン・ダインのファイロ・ヴァンスや初期のエラリー・クイーンに代表されるような、冷たいイメージの天才型ディレッタント探偵ではなく、カーター・ディクスンのヘンリー・メリヴェール卿、クレイグ・ライスのジョン・J・マローン弁護士、ティーレット夫妻のフォン・カッツ男爵に近い、コミカルなキャラクターである。

米国中西部のアイオワ州ダビューク（アイオワ州最古の都市。製造業が盛んで、宗教都市の側面も持っている）出身で、同地の学校を卒業し、地元で教えたあと、『ペンギンは知っていた』の事件の起きる十年前に、ちょっとした刺激を求めてニューヨークへとやってきた。『ペンギンは知っていた』時にはマンハッタンにあるジェファーソン公立学校で教えていて、シリーズ第三作の *Murder on the Blackboard*（一九三二）ではあろうことか、そのジェファーソン公立学校内で同僚の音楽教師が殺害されるという事件が起きる。

教師としては、生徒たちの知識をいかにして伸ばすかに専心してきており、生徒間の人気も高く、教え子の多くと卒業後も交流が続いている（元生徒から依頼された事件がいくつか中短編で綴られている）。教師という職業とは不釣り合いなほど犯罪への興味を抱いており、事件の捜査のためなら、代理教師を頼んで学校を休むことも厭わない。ひとが本当のことをいっているかどうかを見てとれるのは、長い教員生活のたまものでもある。収納力抜群の大きなハンドバッグにしまっている小さなメモ帳に事件がらみのことを速記で走り書きし、推理を組み立てる際の参考にする。絵も巧みで、『ペンギンは知っていた』には彼女がメモ帳に描いた現場の見取り図が掲載されている。寝ているうちに謎が解けることもあり、なにか見落としていると、頭のなかで小さな赤いランプがちかちか瞬いて知らせてくれるというから、まさに探偵にはうってつけだ。愛用の黒い木綿のこうもり傘がときに武器になり、『ペンギンは知っていた』でも水族館のスリを捕まえるのにひと役買う。

コミカルなキャラクターとしての最大の所以は、その特異な容姿と、帽子に代表される奇抜なファッション・センスにある。長身で痩せており、馬面に長い首、鋭い青い目に口紅なしの引き締まった唇をしている。手も骨ばっていて、走るさまはさながら奇妙な足の長い肉食鳥のよう。髪は灰褐色で、それをブラシできっかり百回梳かすのが毎晩の日課。全体としての印象は「束ねた麦藁のあいだから異国的な花が顔をのぞかせている、さかさにしたほうき」(「一寸の虫にも」)。

意外に地味なサージの服を着ていることも多いが、時代遅れのブラウスに時代遅れの時計を留めていたり、羽毛をさかだてた黄色の大きな鶏のような服装をしていることもある。たしかにこんな姿の女性はめったにいないだろうし、ひと目見たら忘れられないに違いない。

帽子はミス・ウィザーズなりのおしゃれのポイントのようで、おニューのものも含めて相当数持っているらしいが、独自のファッション・センスに基づいているため、どれもが奇妙きてれつ。作者のギャグが炸裂している感のある、その珍妙な帽子のくだりを読むのが、シリーズを通じての楽しみのひとつで、パイパーによる帽子いじりもお約束になっている。英国女王メアリーのかぶり物をどことなく思わせる、ブルーのビーズ飾りのついた帽子、どう見ても萎びた果物や野菜が乗っているようにしか見えない帽子、煙突のてっぺんにかぶせてやればコウノトリが喜んで巣にしそうな帽子、チンパンジーが指先に塗ったペンキでデザインしたみたいなおニューの帽子など、とにかく風変わりなものばかりで、ペシャンコにしぼんだスフレ、帽子のなんたるかは知っているが見たことがない人間が作ったもの、と評されることも。ふだんそれらの帽子を見る機会のないマローン弁護士は、ロールシャッハ・テストのインクのシミにインスピレーションを受けて作られたものに違いないと、びっくり仰天する(「ウィザーズとマローン、知恵を絞る」)が、それもむべなるかな。ありえないほど右側に傾けるなど、かぶりかたすらおかしいこともある

から、どこまで笑わすつもりだろうか。ちなみに、*Miss Withers Regrets*（一九四七）の米版のジャケットには、帽子をかぶったミス・ウィザーズの姿が描かれている（書影参照）。

尊敬するシャーロック・ホームズのひそみにならってか、ときおり変装を試みるが、変装しきれていないこともしばしば（本書でもたちまち見破られてしまう）。「一寸の虫にも」でも、容疑者から話を聞き出すために、みずからの発案でおしゃべりな老婆〈青酸マーサ〉として監房に入るが、無惨な失敗に終わり、さんざんパイパー警部らの物笑いの種になる。意外にロマンティストで人情にも厚く、それだけに、本書の結びでパイパー警部を前にして口にする怒りのこもった台詞は胸をつく。

教師生活のほうは公立学校に三十年つとめたあと引退。のちに喘息の治癒のためにロサンジェルスへと移住（本書の時点では教師は辞めているが、まだニューヨークの西七十四丁目のこぢんまりしたアパートにとどまっている）、サンタモニカ海岸通りからわき道に入ったコテージで、アフリカすみれを栽培しながらのんびり暮らすようになる。とはいえ、素人探偵としては現役を続行、ロスやマローン弁護士のいるシカゴ、パイパー警部のいるニューヨークで、事件を解決する。移住してからは日常的に車の運転をするようになり、年代物のシボレー・クーペをびゅんびゅん飛ばしては、同乗させられているパイパー警部やマローン弁護士の肝を冷やさせる。

ミス・ウィザーズの愉快な仲間たち

長く続いたシリーズの割にはレギュラーは少なく、重要なのは以下のふたり、いやひとりと一匹である。

センターストリートにあるニューヨーク市警本部で殺人課の長をしている、アイルランド系アメリカ人の筋肉質の小男、胡麻塩頭に妖魔《レプラコーン》めいた顔のオスカー・パイパー警部は、ミス・ウィザーズにとって昔馴染みであり、元恋人であり、よき喧嘩相手《スパーリング・パートナー》でもある。シリーズ全体を通じて狂言まわしの役をつとめ、数々の中短編ならびにロンドンに向かう客船内で発生した怪事件をミス・ウィザーズがスコットランドヤードの主任警部と捜査する *The Puzzle of the Silver Persian* 以外のすべての長編に登場する。ミス・ウィザーズとの息のあった掛け合い、丁々発止のやりとりは、このシリーズの売りであり、ユーモアの源泉にもなっている。たとえば、ミス・ウィザーズ物に惚れこんだフレデリック・ダネイの熱心な依頼を受けて新シリーズの第一弾として執筆された「十二の紫水晶」には、次のような愉快なやりとりがある――


「シャーロック・ホームズばりに喋るのは止めてくれよ」

「あんたは全く申し分のないワトスンだわよ」

「ワトスンだって？　それじゃ僕は三枚目の脇役ってわけかい？　君が何か推論を下す度に、びっくり眼を丸くして歩き回るというわけかい？」


ふたりの年齢は近く、気の合う理由のひとつはたがいのユーモアのセンスが似ていることで、その陽気な笑い方もミス・ウィザーズには心地良く響く。製材所のような鼾《いびき》をかくのが玉に瑕だが。皮肉屋でもあり、「きみの行くところでは、どこでもごたごたが起こる。きみが引き起こすんだよ」と、ミス・ウィザーズに辛辣な言葉を投げかけることも。

ニューヨーク市警の巡査からの叩き上げで、「スペインの伊達男」の時点で、警察官としてのキャリアは三十五年もの長きにわたり、その間にギャングに二度も撃たれているが、見返りとして得られたものはわずかで、銀行にある給料二ヶ月分くらいの預金と、退職積立金のうちのなにがしかの取り分だけ。ミス・ウィザーズがニューヨークで教師をしていた頃までは、事件のあるたびに現場へ飛び出していっていたが、しだいに事件の捜査を分署に任せ、デスク勤務することが多くなった。良心的な警察官であることは、本書での苦悩するさまを見ても明らかで、地方検事による売名行為ともいうべきスタンドプレーをなにより嫌っている。

興奮すると下唇を突き出す癖があり、葉巻のヘヴィースモーカー。『ペンギンは知っていた』では短時間のあいだに四本も立て続けに吸う。安物の太い葉巻がお気に入りだ。拳銃はめったに撃たないが、ボストンの団体競技で入賞した腕前を持っている。

Four Lost Ladies（一九四九）で新たにレギュラーに加わったのがフレンチプードルのタリーことタレーランで、原綴りが同じことからして、フランス革命の前後に活躍した貴族出身の大政治家の名前から命名されたものだろう。ミス・ウィザーズとの初対面のシーンは、なかなかに衝撃的かつユーモラス。事件を捜査する過程で失踪した女性の関係者のふりをしたがために、ミス・ウィザーズは犬舎に置き去りにされていたタリーを引き取らされるはめになり、ある日なんの前ぶれもなくアパートに届けられてくる。タリーは大はしゃぎで部屋のなかを走り回り、はてには入浴中のミス・ウィザーズの浴室のドアを押し開け、なかに勢いよく飛びこんでくる。タリーのことをトイプードルだとばかり思っていたミス・ウィザーズは、目の前の犬のあまりの大きさに、びっくり仰天するという次第。

どんな客にも大喜びでじゃれつこうとし、パイパー警部にいわせると、世界中の人間の誰にでもなつくような間抜けだが、独学で芸を覚え、歯でうまいことドアノブを回して、クローゼットのドアを開けることができるようになるから、まんざらバカ犬というわけでもない。実際、本書でも意外な活躍（?）を見せる。

犬は飼い主によく似るというが、タリーもミス・ウィザーズ同様、個性あふれる見てくれをしており、おかしなアンズ色の毛に、前髪につけたリボンがだれもの目を惹く。西海岸に引越した際にはパイパー警部から模造ダイヤの首輪と緑の蝶ネクタイをプレゼントされているから、今頃は同地の名物犬になっていてもおかしくない。

夢の共演

熱心なミステリ・ファンならご存じのように、ミス・ウィザーズはクレイグ・ライスが生んだ愉快な酔いどれ弁護士ジョン・J・マローンと夢の共演を果たしている。本書のちょっと前に邦訳の出た中編集『被告人、ウィザーズ&マローン』（一九六三）はそのふたりが共演した六つの事件を収めたもの。別々の作家の創造になるふたりの名探偵の共演というのはかなりレアで、ほかには高木彬光と山田風太郎の合作『悪霊の群』（一九五五）における神津恭介と荊木歓喜先生の事例くらいしか思い浮かばない（特撮映画の世界では「キングコング対ゴジラ」という日米の二大怪獣スターが共演する例があるが）。

ハリウッドに共に招聘され、同じ脚本に関わったのがふたりの人気作家の知り合ったきっかけで、気の合うふたりはよき飲み仲間になり、そのつき合いは断続的な文通を通じて、ライスが早すぎる死を遂げるまで続いた。パーマーによれば、ライスは笑いの才能、世界は狂っているという感覚を持って生まれてきた作家であり、ふたりの共作は文学史全体のなかでも、もっとも幸運で、もっとも平和的なものだったという。一九四九年の初めごろからたがいのシリーズ探偵を共演させるというアイディアがふくらんでいき、映画化の話が持ちあがったこと、パーマーがミス・

ウィザーズ物にマンネリを感じていたことも、共作に拍車をかけた。

ジェフリー・マークス（Jeffrey Marks）のライス評伝 *Who Was that Lady? Craig Rice: The Queen of Screwball Comedy*（二〇〇一）によれば、初期のころは、パーマーが完成させた初稿にライスが目を通し、修正をしたり、意見を出したりしていたが、ライスのアルコール中毒がひどくなるにつれて彼女の役割は減り、プロットや会話部分のアイディアを出すに留まるようになったという。シリーズの最後のふたつは、ライスの死後にパーマーが手元に残されたノートや手紙から単独で書きあげたもの。つまり実質的に執筆にあたったのはほとんどパーマーだったということになるが、それでいながら、マローンの登場するシーンにまったく不自然さを感じさせないのは、ふたりの作家の仲のよさと、パーマーのたしかな筆力のなせる業だろう。

シリーズ第一作の「今宵、夢の特急で」で、ニューヨークに向かう特急列車のなかで初めてミス・ウィザーズの姿を目にしたマローンは、「まるで着飾った案山子」「パドックでウィンクをしてよこし、その後すっからかんにしてくれた三歳馬」といった、忘れがたい印象を受ける。ふたりの探偵活動はニューヨークで、シカゴで、そしてロスで展開されることになるが、ふたりがほぼ同等に探偵力を発揮するのがすばらしい。

ライスとの共作ではないが、「一生懸命やりまショウ」はミス・ウィザーズがもうひとりの有名人と夢の共演を果たす、往年の喜劇映画好きにはたまらない作品。ここでのミス・ウィザーズは冒頭、かねてから大ファンだったグルーチョ・マルクスの司会するテレビのトークショーに主演し、ロスでセンセーションを引き起こしている名士失踪事件の謎を解決したと爆弾発言、それがとんでもない顚末をもたらすことに。

本書について

最後に本書について簡単にふれておこう。本書はいわゆるデッドライン物の範疇に属する作品で、デッドラインに設定されているのが無実かもしれない囚人の死刑執行の日であるからして、きわめてサスペンス度が高い。同種のデッドライン物には、フィリップ・マクドナルドの *The Noose*（一九三〇）、エラリー・クイーンの『Zの悲劇』（一九三三）、ジョナサン・ラティマーの『処刑六日前』（一九三五）、ウィリアム・アイリッシュの『幻の女』（一九四二）といった作例があり、サスペンスの横溢するなか、いかに意外性を演出するかが鍵になる。パーマーは先行作のうち少なくとも『幻の女』は読んでいた可能性があるから、この名作を意識して、さらなるひねりをもくろんだのではないか。さらに、メインストリートをスピード違反して疾走するブルーのセダンがパトカーに追いかけられたのち、停車中の配達トラックの後ろにつっこんで停まり、運転手のアンディ・ローワンが運転席で気を失っているなか、車の後部座席から軍隊の古い毛布に包まれた大柄の裸の美人の死体が発見される、冒頭部分の展開は、青年が密室のなかで死体とふたりきりのところを発見される、カーター・ディクスンの『ユダの窓』（一九三八）を連想させなくもない。

エラリー・クイーン（フレデリック・ダネイ）はスチュアート・パーマーのミス・ウィザーズ物の短編集 *The Riddle of Hildegarde Withers*（一九四七）を〈クイーンの定員〉の百三番目に選んだ際に、「ヒルデガード・ウィザーズの冒険（および失敗）は大まじめなフーダニットを描こうとしているのではない。それどころか、むしろドタバタ探偵劇なのだ」（名和立行訳）と評したが、本書はそれらとは明らかに性質を異にしている。二百四頁でミス・ウィザーズが見るクロスワードがらみの夢に象徴されるようなデッドライン物であり、今回の事件がミス・ウィザーズとパイパー警部双方の探偵（片方はアマチュアでもう一方はプロの警察官、という違いはあるが）

としての存在意義をゆるがしかねないシリアスなものであることも、ドタバタ度とはっちゃけたユーモアとがぐっと抑えられている要因になっている。先述のように、本書の結びでのミス・ウィザーズの台詞もふだんの彼女らしからぬもので、その心情は察するに余りある。

黄金時代の終焉が近づくにつれ、エラリー・クイーンやパトリック・クェンティン、ヘレン・マクロイなど、米国では多くの本格派が作風を変えることを余儀なくされた。本書もそうした試みのひとつであり、黄金時代まっただなかの一九三〇年代初めから一九六〇年代終わりまで続いた人気シリーズの最大の異色作であることはまちがいない。

※本稿で言及したパーマーの邦訳作品の出版データは以下のとおり

「友を語らば」（水沢伸六訳／エラリイ・クイーンズ・ミステリ・マガジン一九六一年三月号）
「一寸の虫にも」（深町眞理子訳／ミステリマガジン一九七四年十月号）
「ウィザーズとマローン、知恵を絞る」（宮澤洋司訳／論創海外ミステリ『被告人、ウィザーズ&マローン』所収）
「十二の紫水晶」（峯岸久訳／エラリイ・クイーンズ・ミステリ・マガジン一九五六年九月号）
「スペインの伊達男」（峯岸久訳／エラリイ・クイーンズ・ミステリ・マガジン一九五七年三月号）
「一生懸命やりまショウ」（峯岸久訳／エラリイ・クイーンズ・ミステリ・マガジン一九五八年十月号）
『ペンギンは知っていた』（野中千恵子訳／新樹社）
スチュアート・パーマー&クレイグ・ライス『被告人、ウィザーズ&マローン』（宮澤洋司訳／論創海外ミステリ）

【著者】スチュアート・パーマー　Stuart Palmer

1905-1968年。アメリカ黄金時代を代表するパズラー作家のひとり。ユーモアあふれる作風に謎解きを融合させ、ミス・ウィザーズ・シリーズを中心に人気を博した。邦訳長編に映画化もされた『ペンギンは知っていた』がある。

【訳者】三浦玲子（みうら・れいこ）

英米翻訳家。主な訳書にサントロファー『赤と黒の肖像』、バーク『囚われの夜に』、ダーレス編『漆黒の霊魂』など。

ヴィンテージ・ミステリ・シリーズ

五枚目《ごまいめ》のエース

●

2014年7月18日　第1刷

著者…………スチュアート・パーマー
訳者…………三浦玲子《みうられいこ》

装幀…………藤田美咲

発行者…………成瀬雅人
発行所…………株式会社原書房
〒160-0022 東京都新宿区新宿1-25-13
電話・代表 03（3354）0685
http://www.harashobo.co.jp
振替・00150-6-151594

印刷…………新灯印刷株式会社
製本…………東京美術紙工協業組合

©Miura Reiko, 2014

ISBN978-4-562-05083-3, Printed in Japan